소녀들
단어 줍는

ORIGINAL TITLE: AWAY WITH WORDS

Text copyright © Sophie Cameron, 2023
First published in Great Britain in 2023 by Little Tiger,
an imprint of Little Tiger Press Limited
Korean edition copyright © Nasimsabooks, 2025
All rights reserved.
This Korean edition is published by arrangement with Little Tiger
Press Limited through Shinwon Agency Co., Seoul.

이 책의 한국어판 저작권은 신원 에이전시를 통해 Little Tiger Press Limited와 독점 계약한 나무를심는사람들에 있습니다.
저작권법에 의해 한국 내에서 보호를 받는 저작물이므로 무단 전재 및 무단 복제를 금합니다.

소녀들 타오르는

소피 캐머런 장편소설
노지양 옮김

나무를 심는 사람들

추천사

　사람은 말로 마음과 생각을 나타낸다. 그 말이 막혔을 때 존재를 부정당하는 것처럼 고통을 겪는다. 존재를 존중받지 못한 사람은 스스로 침묵 속에 말을 가두어 버리기도 한다.

　말의 길이 가로막힌다는 것에는 여러 의미가 있다. 갑자기 다른 언어를 쓰는 곳으로 이주해야 했을 때 우리는 고향을 잃은 것처럼 낯선 말의 세계에서 헤매야 한다. 아무도 내 말에 귀 기울여 주지 않는 따돌림 속에서는 어렵게 꺼내 놓은 말들도 곧 혼자가 되어 버린다. 세상에 돌아다니는 말이 많다고 해서 그 말들이 모두 자유로운 것은 아니다. 우리는 온라인과 오프라인에서 수많은 말이 쏟아지는 것을 목격하고 있다. 그러나 이 책의 주인공 갈라가 선택적 함구증을 겪는 나탈리와 만든 연극 무대에서 호소했던 것처럼 "정작 하고 싶은 말은 못 하고 사는 사람들"도 많다.

이 책은 말의 힘에 대해서 말한다. 그런데 아주 독특한 방식으로 말의 중요성을 드러낸다. 책을 펼치면 낱말들이 움직인다. 독자의 손에 만져질 것 같은 그림이 되어 시의 문장들이 다가온다. 책은 눈으로 읽는 것이지만 손으로 읽는 것 같은, 어떤 순간에는 책 안의 낱말에 몸을 기대거나, 문장들 사이에서 내가 걷고 있는 것 같은 느낌을 준다. 말로 수를 놓은 아름다운 상상의 카펫 같다. 때로는 바닥까지 추락하고 때로는 둥근 원을 그리며 환호하는 말의 이미지들을 보면서 이주자, 장애인, 성소수자가 우리 곁의 한 사람이라는 것을 이해하고 공감하게 된다.

요즘처럼 낱말과 문장에 대한 관심이 높은 때도 없다. 곳곳에서 문해력이 필요하다고, 미디어 리터러시가 중요하다고 소리를 높인다. 이 소설은 그런 고민들이 어디에서 왔는지 뿌리를 보게 하는 작품이다. 거칠게 공격하는 언어들 사이에서 온화한 말의 결과 시적 상상력의 풍요로움을 되찾고 그것을 통해 우리의 부서진 존재를 되살려 주는 이야기다. 갈라와 나탈리는 단어를 줍는 일을 통해 흩어져 버린 말의 원천을 복원하고 부서질 뻔한 존재의 자긍심을 구출한다.

그들의 이야기를 읽는 것만으로도 우리의 상처는 상당히 회복된다. 읽고 나면 우리가 나누고 싶은 말과 글에 대한 질문들이 가슴에 남는다. 새로운 말의 세계를 향해 나아가려는 모든 어린이, 청소년들과 같이 읽고 싶다.

김지은(서울예술대학교 교수, 아동청소년문학 평론가)

이해되지 못한 말들은 다 어디로 갔을까.
그런 말들이 모양과 색깔을 지닌다면 어떨까.
감정에 따라 달라지는 단어의 모양과 색깔들
그리고 그런 말들을 볼 수 있고,
만질 수 있는 세계가 있다면,
그런 사람들끼리의 소통은 어떨까.

1장

교장 선생님 얼굴에 민달팽이가 붙어 있었다. 라임그린색의 달팽이가 턱 한가운데에 떡 하니 붙어 있는 것이었다.

진짜 민달팽이가 붙어 있었다는 게 아니라 단어가 붙어 있었다는 말이다.

단어 *민달팽이*가 라임그린 색깔의 글자로 선생님 턱에 붙어 있었다.

"갈라, 환영 ～～～." 교장 선생님의 성함은 미스터 왓슨이다. "～～～～ 학교다."

교장 선생님이 무슨 말을 했는지는 모르겠지만 적어도 내게는 이렇게 들렸다. 교장 선생님의 입에서 단어들이 투두둑 떨어졌고, 못 듣고 놓쳤던 단어는 눈으로 읽으려고 해 보았다. 단어들은 환하고 또렷했고 계란 노른자처럼 샛노란색이었다. 하지만 선생님의 얼굴에 달라붙은 민달팽이에 정신이 팔려 이분 말씀에 통 집중을 할 수가 없었다. 왜 이 선생님은 이른 아침부터 민달팽이 이야기를 하고 계실까? 혹시 정원 가꾸기에 진심인 분이라 마당에서 키우는 채소 걱정을 하고 계신 걸까? 어쩌면 학교로 출근하는 길에 달팽이를 밟았고 그 때문에 기분이 찜찜하신 걸지도 모른다. 아니면 아침 식사로 달팽이를 드시고 온 걸까? 스코틀랜드 사람들은 원래 아침에 달팽이 한 접시를 먹는 걸까?

왓슨 교장 선생님은 내 시선을 의식했는지 손으로 턱 주변을 털어 냈다. 단어 민달팽이가 책상 위로 톡 하고 떨어졌다.

"나는 네가 ～～～." 교장 선생님은 내게 말했다. "～～～ 변화가 ～～～. 하지만 ～～～～."

문장은 교장 선생님의 입에서

     하나씩

          하나씩

               떨어져

책상 위에 가득 쌓인 단어들 사이에 묻혀 버렸다. 아직 아침 9시도 되지 않았는데 선생님의 책상은 마치 사전의 반을 뱉어 낸 것처럼 단어들이 무더기로 떨어져 있었다. 그중에는 내가 아는 단어도 몇 개 있었다. 키보드의 스페이스 바 뒤에는 회색의 작은 글씨 **추워**가 있었다. 커피잔 옆에 보이는 건 보라색 필기체로 된 **음악**이었다. 하지만 나는 여전히 이 선생님이 지금 무슨 말씀을 하고 있는지 파악이 되질 않았다.

내 옆에서는 아빠가 웃으면서 고개를 끄덕였다. "우리 갈라는요 무척 ～～～ 하답니다." 아빠가 내 어깨에 손을 올려놓으며 말했다. 아빠가 영어를 할 때면 언제나 그렇듯이 목소리가 우스꽝스러울 정도로 높아졌다 낮아졌다 해서 마치 아빠의 성대가 회전목마를 타고 있는 건 아닌가 싶어진다. "우리 ～～～ 여기서 행복하게 ～～～ 생각합니다."

행복이라는 단어가 아빠 재킷의 옷깃 위에 걸려서 내려가지 않았다. 흐린 하늘색인 걸 보니 거짓말이 틀림없었다. 내가 여기 와서 행복하다고? 전혀 그렇지 않았다. 내가 내 의지로 스코틀랜드에 오고 싶었던 적이 있어야 행복하든가 말든가 할 것 아닌가. 우리는 원래 스페인 동북부에 있는 해안가 마을 카다크에서 살았고 스코틀랜드로 이사 온 지 5일밖에 되지 않았는데 내가 살던 곳이 너무 그리워서 가슴이 아플 지경이다. 우리 학교 복도에서 친구 파우와 달리기 시합을 하고, 수업 시간에 옆자리 친구와 너무 떠들다가 선생님에게 혼나 손들고 서 있던 날들로 돌아가고 싶다. 정말이지 내가 원래 속했던 곳으로 돌아가고 싶다.

교장 선생님의 입에서 단어들이 한참 쏟아지고 있는데 문에서 노크 소리가 들렸다. 선생님이 커다란 오렌지색으로

"네?"라고 대답하자 두 명의 여학생이 교장실로 들어왔다. 둘 다 내 또래 정도, 거의 열두 살 정도 되어 보였다. 한 명은 하얀 피부에 키가 크고 밝은 갈색 머리에 얼굴에는 주근깨가 좀 있었고, 다른 아이는 까만 피부에 키가 작고 웃으면 반달이 되는 갈색 눈에 치아 교정기를 끼고 있었다. 키가 큰 친구가 무슨 말을 하자 교장 선생님이 고개를 끄덕였다.

"고맙다 ～～～！갈라, 이 학생은 ～～～ 이고 이 학생은 ～～～ 야." 선생님이 나를 돌아보며 말했다. "둘은 ～～～ 란다."

선생님이 자기들 소개를 하자 두 사람은 나를 보고 어색하게 웃었다. 선생님이 반복해서 말하는 단어 하나가 있었는데 전에는 한 번도 들어보지 못한 단어였다. 선생님이 그 단어를 말하면서 아이들을 가리켰기 때문에 그 단어가 이 애들의 이름이라는 것을 짐작할 수 있었다. 아빠가 나에게 대답을 하라는 눈빛을 보내자 나는 재빨리 책상을 훑어보았고, 교장 선생님의 연필꽂이 연필심 위로 무언가 대롱거리는 것을 보았다.

"안녕." 나는 그 단어를 발음하려고 해 보았다. "아일리드?"

여자애들은 나를 보고 눈을 깜박깜박했고 키가 큰 아이의 눈이 커다래지더니 밝은 분홍색 단어들을 속사포처럼 쏟아냈다.

　내가 당황하고 있다는 걸 눈치 챈 아빠가 우리가 집에서 쓰는 카탈로니아어로 바꾸었다. 그들의 이름은 *에일리*였다. 두 사람의 이름이 같았다. 에일리 치좀과 에일리 오비아카였고 'A-lee'라고 발음한다고 했다.

　왓슨 선생님과 아빠는 둘 다 내 발음에 웃었고 여자애들도 따라서 웃었다. 비웃거나 놀리는 느낌은 전혀 아니었지만 순식간에 내 볼이 빨갛게 물들었다. 알파벳의 반 정도를 발음하지 않을 거면서 왜 E-I-L-I-D-H로 쓰는 걸까? 나로서는 이럴 때 영어가 약간 이상한 언어라고 생각한다.

　교장실 밖에서 시작 종소리가 들렸다. 선생님과 아빠가 일어나 문 쪽으로 다가갔고 나도 따라갔다. 두 명의 에일리가 문 옆에서 머뭇거렸고 나는 이 애들이 내가 수업 받을 교실을 안내해 주기 위해 왔다는 사실을 알게 되었다. 교정기를 낀 에일리가 나를 보고 미소를 짓더니 한쪽으로 비켜서 내가 복도로 나갈 수 있게 해 주었다.

　복도는 왁자지껄했다. 열 명이 넘는 아이들이 웃거나 가방을 흔들거나 아침을 마지막으로 한입에 털어 넣으면서 각자의 교실로 가고 있었다. 이 학교는 전의 학교보다 건물이 더 큰 것도 맞지만 모두가 뛰어다녀서 그런지 더 커 보였다. 아마 학생 수도 지난 학교의 두 배가 넘을 것이었다.

　단어들 때문에 더욱 그랬다.

수백　수천 개의　단어가　입에서
　　공중을　날아다니고　　　　　　떨어져
　　　　　　벽에서 튕겨져서
　　　　　　바닥으로
　　　　　　　　　떨어져
　　　　　　　　　　　파닥거린다.

화난 빨간색의 단어들과 행복한 노란색 단어들이 있고 수줍어 하는 속삭임은 파스텔색이고 **흥분된 비명은 굵은 대문자다.** *피곤할 때 내뱉은 단어는 하품처럼 끝이 흔들리면서 흐려지고, 소문이나 비밀의 단어들은 내 발목 근처에서 출렁출렁 흐른다.* 아이들이 별 생각 없이 내뱉은 말의 강들이 정문 앞 안내 데스크를 넘어 복도를 따라 반짝이며 흐른다.

　물론 옛날 학교도 단어로 넘쳐흘렀었다. 그래도 그 학교에 다닐 때는 집중을 하지 않아도 되었다. 가끔은 수업 시간이 따분할 때 친구들과 단어들을 책상 너머로 던지고 놀기도 했지만 우리 주변에 단어가 얼마나 많은지에 대해서는 두 번 이상 생각해 본 적 없었다. 학교 끝나고 미화원분들이 단어들을 모두 쓸어 담을 때도 그랬다. 내가 카탈로니아어나 스페인어를 할 때는 단어가 내 입에서 언제 나오는지도 알아채지 못했다. 그저 옷에서 털어 내거나 음식 위에 떨어지면 건져 낼 뿐이었다.

여기서는 오직 단어들만 보이고 단어들만 들린다. 그리고 그중 이해하는 단어가 거의 없다.

"괜찮니, 우리 강아지?" 아빠가 카탈로니아어로 물었다. "아직은 많이 어색하지? 금방 적응할 거야."

모국어 단어들과 아빠의 익숙한 황토색 그림자가 구명 튜브처럼 느껴졌지만 왓슨 선생님이 커다란 흰색 말로 "오!"라고 말하자마자 그 느낌이 사라져 버렸다. 선생님은 안내 데스크로 가서 책상에 앉아 있는 한 여성분과 이야기한 다음 종이 한 장을 가져왔다.

"너의 ～～～～ 야, 갈라." 교장 선생님은 내게 종이를 건네주며 말했다. "에일리와 에일리가 ～～～～ 해 줄 거야."

종이는 수업 시간표였고 가장 위에는 1C반이라고 적혀 있고 내가 들어야 할 수업과 과목이 기록되어 있었다. 고개를 들어 올려다보자 선생님은 데스크 뒤의 복도를 손으로 가리켰지만 무슨 말씀을 하시는지는 알 수 없었다. 주변에 너무 많은 단어들이 춤을 추고 있었기에 나에게 필요한 단어를 집어낼 수 없었다. 아빠는 카탈로니아어로 여기 온 두 명의 에일리가 나와 대부분의 수업을 같이 듣는다고, 그 친구들이 수업 등록을 알려 줄 거라고 했다. 나는 '등록'이 무슨 뜻인지 몰랐다. 컴퓨터 혹은 서류 캐비닛과 관련이 있는 단어처럼 들렸다.

"그래, 갈라?" 아빠는 내 머리를 쓰다듬더니 웃었다. "오늘 하루 재미있게 지내고. 이따 집에서 보자."

아빠는 왓슨 교장 선생님과 악수하고 에일리들에게 밝은 파란색의 인사를 나눈 다음 내게 다시 손을 흔들고 정문으로 걸어갔다. 지난주, 스코틀랜드에서 온 이후에 예전 학교와 아빠와 텔레비전 쇼에서 배운 모든 영어 단어들이 머리에 마구잡이로 섞여 있었고 그건 내가 하나로 맞출 수 없는 퍼즐이었다. 하지만 두 명의 에일리가 첫 교시 교실로 향하고 있었고 이들의 뒤를 따라가면서 몇 개의 단어를 조합해 한 문장으로 만들어 낼 수는 있었다.

이곳은 나의 집이 아니야.

2장

 이곳으로 이사 오기 전에 아빠의 태블릿으로 포트로즈와 카다크 사이의 거리를 검색해 본 적이 있다. 최단 거리가 1,105마일 즉 1,778킬로미터였다. 포트로즈에 와서 살아 보니 그 거리는 더욱 까마득하게 느껴진다. 포트로즈 또한 카다크와 마찬가지로 해변을 끼고 있는 작은 도시지만 그 외에는 모든 면이 다르다고 보면 된다. 내가 살던 동네의 새하얀 건물들은 강렬한 햇살 속에서 눈이 부실 정도로 반짝거렸고 해변 산책로를 따라 자전거를 탈 때면 바다에 점점이 떠 있는 예쁜 배들이 보였다. 친구들과 해변에서 신나게 축구를 하다가 모퉁이 가게에서 파는 세상에서 가장 맛있는 추로스를 사 먹곤 했다.
 이곳 포트로즈에는 추로스도 없고 햇살도 거의 없다고 할

수 있다. 지난 8월 한여름에 아빠와 처음 포트로즈에 왔을 때는 이곳이 퍽 마음에 들었었다. 어디를 둘러보아도 가득 펼쳐지는 초록색 나무와 풀들이 좋았고 라이언이 집 근처 바닷가 카페에서 사 준, 초콜릿 과자 스틱이 꽂힌 달콤한 아이스크림도 맛있었다. 물론 나에게 익숙한 여름은 아니었지만 그때는 중요하지 않았다. 끈적끈적한 더위나 기승부리는 모기나 관광객으로 발 디딜 틈 없는 거리에서 잠깐 탈출한 것만 해도 기분 전환이 되었으니까.

하지만 지금은 1월이고 모든 것이 *따분하고 칙칙해 보인다*. 건물들은 갈색 아니면 베이지색이다. 낮은 짧고 날씨는 춥고 하늘은 잿빛이다. 학교에서도 모든 색깔을 빼낸 것만 같다. 스페인에서는 우리가 원하는 옷을 입었지만 여기에서는 교복을 입는데 교복은 흰 셔츠에 넥타이, 검은색 스웨터와 검은색 스커트 혹은 검은색 바지다. 아침에는 복도를 걷는 다른 학생들을 보면서 단체로 장례식에 참석하는 펭귄 무리에 합류한 것 같은 기분이 들기도 했다.

"〰〰〰 첫 번째." 에일리 C가 나를 보고 활짝 웃었고 나는 아이들을 헤치고 에일리 C를 따라 갔다. 에일리 C의 말은 풍선껌의 핑크색으로 전체적으로 선이 부드럽고 양 끝만 뾰족했다. "〰〰〰 음악이야."

"〰〰〰 좋아해." 에일리 O가 웃으며 덧붙였다. 에일리 O의 말은 에일리 C의 말보다 작고 더 섬세하고 글자들은 환한 레몬색이었다. "너 혹시 ～～～."

둘 다 말을 너무 빠르게 쏟아 내서 이 아이들이 떨어뜨린 단어들을 모두 읽을 수가 없었다. 주변 잡음 때문에 더 듣기가 힘들었다. 내가 잘 따라가지 못한다는 걸 눈치 챈 에일리 O는 왓슨 선생님이 준 시간표를 가리켰다. 하루에 7교시까지 있었다. 오늘의 1교시는 지리이고 그다음 시간은 음악이었다. 그러니까 이 애들이 한 말은 지리 수업이 먼저고 음악이 그다음인데 음악 시간이 가장 좋다는 걸까?

평소 같으면 음악에 대해 하고 싶은 말이 아주 많았을 것이다. 내가 기타를 조금 칠 줄 알고 피아노도 쳤다고 말했을지도 모른다. 내가 좋아하는 밴드에 대해서 이야기해 주고 친구들이 좋아하는 밴드를 궁금해했을 것이다. 하지만 지금 현재의 나는 하고 싶은 말을 하기 위해 필요한 영어 단어들을 갖추고 있지 않다.

"오케이." 나는 하고 싶은 말 대신에 이 한 마디를 했다. 세 글자. 탁한 진흙색 글자들. 실은 질문이 무엇인지도 정확히 몰랐기 때문에 내가 제대로 대답했는지도 알 수 없었다. 그럼에도 이 단어는 내가 스코틀랜드에서 온 다음부터 할 수 있었던 유일한 단어 세 개 중에 하나였고 나머지 둘은 "헬로"와 "아이리드(eyelid, 눈꺼풀)"였다(사실 아이리드가 무슨 뜻인지도 몰랐다).

에일리들을 따라 복도 끝에 있는 교실로 갔다. 교실 안으로 들어가니 몇 명은 고개를 돌려 호기심 어린 얼굴로 나를 쳐다보았지만 대부분은 자기들끼리 이야기를 하거나 핸드폰을 보고 있었고 월요일 아침 특유의 몽롱한 표정이었다. 나무 교탁에 등을 기대고 있는 분은 붉은색 곱슬머리에 커다란 안경을 쓴 여자 선생님이었다. 에일리 C가 그 선생님에게 가서 들뜬 오렌지색으로 말했다. 에일리 C가 내 성을 잘못 발음하긴 했지만 내 이름이 들리긴 했다. "스페인"이라는 단어도 들렸다.

"와!" 선생님이 나를 보며 미소를 짓더니 "귀여운 ～～～"라는 말을 했다. (어쩌면 "행운의"였을지도 모르겠다.) 본인 이름이 미스 앤더슨이라고 했다.

내가 다니던 학교와 이 학교의 또 하나 다른 점이 있다면 이전 학교에서 학생들은 선생님을 이름으로 불렀는데 이곳의 학생들은 우리 할머니 야야가 좋아했던 옛날 드라마에서처럼 미스 누구, 미스터 누구라고 부른다는 점이었다.

"한 가지만 잊지 말아 달라고 부탁할게." 아빠는 그날 아침에 나에게 당부했다. "학교에서 라이언을 만나면 라이언이라고 부르지 말고 미스터 영이라고 불러야 한다. 알았지?"

라이언, 즉 미스터 영은 이 학교의 체육 선생님이다. 그는 아빠의 남자 친구이기도 하고 우리가 여기 포트로즈로 이사 온 이유이기도 하다. 라이언은 방학이나 휴가마다 우리 집에 와서 지냈고 아빠도 나는 할머니 야야에게 맡겨 놓고 한 달에 한 번은 스코틀랜드로 그를 만나러 가곤 했다. 그렇게 두 사람은 2년을 떨어져 살며 가끔 만났고 이제 같이 살기로 결정했다.

같이 살게 될 도시는 포트로즈로 정해졌고 나는 강제로 나의 친구들, 우리 학교, 우리 동네, 우리 아파트를 떠나 아빠와 스코틀랜드로 이사 오게 된 것이다.

내가 결정한 건 아무것도 없었다.

그래서 나는 여기에 있다. 스페인 문학 시간에 책을 들여다보며 하품을 하고 있어야 할 시간에 두 명의 에일리들 뒤의 빈 책상에 몸을 구겨 넣은 채 눈치를 살피고 있다. 교실을 둘러보니 아이들 몇 명이 나를 빤히 쳐다보고 있었다. 여자애 둘이 손으로 입을 막고 매끄러운 은색의 단어들을 서로에게 속삭이다 내가 쳐다보는 걸 알아채고 고개를 돌렸는데 둘 다 무엇 때문인지 모르지만 킥킥댔다. 무언가 이상하고 외로운 느낌이 강한 바람처럼 가슴을 스쳐 지나갔다. 나의 원래 집과 학교가 더욱 그리워졌다.

마지막 아이들이 교실로 들어오자 미스 앤더슨은 책상에 앉았다. 그리고 내가 알아들을 수 없는 연한 녹색의 단어들을 말하더니 컴퓨터 쪽으로 고개를 돌렸다. "로스 아모스?"

빨간 머리 소년이 귀찮다는 듯 팔을 천천히 들었다. "네. 여기 있습니다."

앤더슨 선생님은 에일리 C를 부르더니 케이틀린 더글라스란 여학생 이름도 불렀다. 그러니까 아까 말한 등록이란 출석 부르는 시간 같았다. 내 성은 빌라노바(Vilanova)로 알파벳순으로 하면 거의 마지막에 불릴 것 같았다. 이름이 불리길 기다리고 있으려니 손에 진땀이 났는데 내 이름 차례가 되자 미스 앤더슨은 고개를 들더니 이름은 부르지 않고 미소만 지었다.

"우리 반에 오늘 ～～～～ 있어요. 갈라 빌라노바. 스페인 ～～. 혹시 ～～～～ 줄래, 갈라?"

교실의 모든 얼굴이 동시에 나를 향했다. 에일리 O가 웃자 교실 천장의 조명이 그 아이의 치아 교정기를 비추면서 에일리 O의 입에서 하얀 빛이 반사되었다. 나는 어색하게 웃으면서 숨을 깊게 들이쉬었다. 무언가를 말해야 했고 미스 앤더슨이 문장의 끝을 올린 것으로 봐서 질문을 했다는 것을 알 수 있었다.

"안녀엉." 겨우 입을 뗐다. 보통 나의 단어들은 밝고 환한 색이고 선이 굵은 편에 직각으로 꺾이곤 했는데 이번 단어는 물을 잔뜩 섞은 연한 하늘색이었고 가장자리가 번진 것처럼 지워져 있었다. 내 목소리가 아니라 다른 사람의 목소리를 빌려 온 것만 같았다. 마음에 들지 않아서 다시 해 보기로 했다. "안녕."

잠깐 침묵이 흘렀고 내 뒤의 한 남자애가 킬킬거리자 선생님이 조용히 하라는 눈빛으로 쏘아 보았다. 볼이 다시 화끈화끈해졌다. 뭘 잘못 말한 걸까? 에일리 C가 의자에 등을 기대더니 천천히 무슨 말을 했다. 그 단어들이 그 친구의 입에서 떨어져 나올 때 몇 개를 읽을 수 있었다.

너에 대해

말하기를

원하서

미스 앤더슨이 나에 대해 무언가를 말하기를 원하신다고? 그러면 그렇게 해야지.

"내 이름은 갈라입니다." 나는 쭈뼛거리며 말했다. "난 11살 가졌어요. 나는 스페인 왔어요."

이번에는 두 명이 더 웃었다. 선생님이 선명한 녹색의 엄한 목소리로 아이들에게 무슨 말을 하고 나서 나를 쳐다보았다. "신경 쓰지 마, 갈라. 미안."

눈이 따끔거렸지만 화가 났다기보다 신경질이 났다. 나를 보고 킬킬거리는 아이들에게도, 또 내 자신에게도 짜증이 났다. 전에 다니던 학교에서 영어는 내가 가장 좋아하는 과목 중에 하나였다. 크리스마스 전에 본 영어 시험에서 만점을 받기도 했다. 하지만 다른 모든 것과 마찬가지로 이곳은 달랐다. 사람들은 물 흐르듯이 수많은 단어들을 흘려보내고 이곳 사람들의 억양은 내가 영어 공부하면서 보았던 영상과는 많이 달랐다.

내가 말한 몇 마디 단어가 내 검은색 스웨터에 달라붙어 있었다. 나는 그것들을 책상으로 떨어뜨린 다음 내가 무엇을 틀렸는지를 알아내려고 했다. 결국 알아내긴 했다. 스페인 다음에 '에서'를 빼먹은 것이다. 또 "11살 가졌다"가 아니라 "*열한 살이야*"라고 말했어야 했다. 다시 고쳐서 말하려고 해 보았지만 단어들이 내 입안에서 엉켜서 단어들을 꿀꺽 삼켜야만 했다. 미스 앤더슨은 출석을 다 불렀고 내가 문법에 맞춰 다시 말할 시간은 없었다.

아무도 눈물이 그렁그렁한 나의 눈을 보지 못하게 창문 쪽으로 고개를 돌렸다. 창문 밖을 보니 이제 내리기 시작한 비가 조용하기만 한 회색의 운동장을 적셨다. 옛날 학교에 있었던 탁구대도 없고, 다른 쪽 벽에 농구 골대 하나만 쓸쓸하게 서 있었다. 운동장마저도 옛날 학교와 비교할 수가 없었다.

전날 밤 야야가 했던 말이 떠올랐다. 어디를 가건 그 장소만이 가진 좋은 점들을 한번 적어 내려가 보라고. 새로운 생활에서 만나는 장점에만 집중하면서 고향에서 맞게 될 부활절을 기대하고 있으라고. 야야는 내가 가능한 기분 좋게 새로운 변화를 맞이하도록 무척이나 애를 쓰고 있었다. 하지만 나는 좋은 기분을 *느끼고 싶지 않았다*. 화내고 토라지고 싶었다. 내 의사와 상관없이 1,778킬로미터 떨어진 도시로 오게 되었으니 *토라질 자격도* 있는 것 아닌가. 내 가방에서 펜을 꺼내 시간표 뒤에 작은 글씨로 목록을 작성하기 시작했다.

<u>다음 장소의 장점들</u>

<u>포트로즈</u>   <u>카다크</u>
없음   전부 다

이건 앞으로도 절대 변하지 않을 것이다.

3장

 누군가 말을 아주 많이 하면 우리 할머니 야야는 "앵무새처럼 떠든다"라고 말씀하시곤 했다. 에일리들을 정확하게 묘사하는 표현이 아닐 수 없었다. 이 친구들은 첫 수업의 출석 부르는 시간부터 쉬지 않고 떠들었고 이들의 단어는 서로에게 닿거나 바닥에 떨어졌다. 그래도 에일리 O는 나에게는 조금 더 천천히 말하기 시작했기에 그 친구가 하는 말의 몇 단어는 읽을 수 있었다. 그래서 에일리 O와 에일리 C가 둘 다 여기서 몇 킬로미터 떨어진 동네에 살고 몇 년 동안 절친이었다는 사실을 알게 되었다. (어쩌면 다섯 살 때부터 단짝이었을지도 모르는데 어찌 되었건 긴 세월이었다. 파우와 내가 친구였던 시간만큼이나 길었다.)
 지리 수업 교실에 가니 에일리 C는 맨 앞줄에 있는 책상을

가리켰다. "우리는 ～～～～ 왔어." 에일리 C는 그 책상 앞에 자기 가방을 올려놓았다.

그리고 에일리 C는 선생님 책상으로 후다닥 뛰어갔고 책상 앞에서는 머리가 벗겨진, 빨간색 스웨터를 입은 남자 선생님이 하품을 하고 있었다. 그 선생님이 고개를 끄덕이다가 에일리 C가 내가 누군지 설명하자 피곤한 미소를 지어 보였다. 시간표에 따르면 이 선생님의 이름은 미스터 멘지스(Menzies)였고 그 선생님이 자기를 소개할 때 그의 입에서 나온 단어이기도 했다. 하지만 그가 말하는 식으로 하면 "밍-이스"처럼 발음해야 했다. 그러니 에일리 이름이 "A-lee"라고 발음되는 것이 더 이상하게 느껴졌다.

미스터 멘지스는 손가락으로 에일리 C가 가방을 올려놓은 책상 옆의 책상을 가리켰다. 내가 앉자마자 에일리 O는 무슨 말을 하더니 뒤로 몸을 돌려 우유병 모양의 필통을 내밀었다. 필통 안에는 만화 캐릭터가 그려진 펜과 연필이 가득 들어 있었다. 에일리 O가 펜을 빌려주고 싶어 하는 것 같아서 필통 위쪽에서 손을 움직여 보았다. 에일리 O는 고개를 끄덕이더니 필통을 내 앞으로 더 밀었고 나는 꼭지에 귀여운 플라스틱 강아지가 올라간 펜 하나를 꺼냈다. 볼펜을 누르자 펜심의 색깔이 빨간색, 파란색, 초록색으로 바뀌었다.

"고마워." 나는 말했다. 나도 필기도구가 있었지만 에일리 O 것만큼 깜찍하지는 않았다.

에일리 O는 책상 사이의 틈에 몸을 숙이더니 손가락으로 강아지를 가리켰다. "스페인어로 '개' ～～～～?" 에일리 O가 질문을 하니 단어들이 선명한 녹색 글자들로 나왔다.

나는 에일리 O에게 내 모국어가 카탈로니아어라고 말하고 싶었다. 학교에서 스페인어를 배웠고 일부 친구들과 스페인어로 이야기하기도 했고 스페인어 영화와 드라마를 보긴 했지만 집에서 아빠와 야야와는 카탈로니아어로 대화했다. 하지만 어떻게 설명해야 할지 몰라서 그냥 질문에 대답을 했다.

"*페로.*" 내가 말했다. "개는 *페로야.*"

"*페로.*" 에일리 O가 따라했지만 r이 두 개 들어간 단어를 발음하기 어려워했고 틀린 발음이 나왔다.

다시 발음을 강조해서 말해 보았다. 에일리 O는 따라 하고 또 따라 했다. 에일리 C도 합세했다. 다른 아이들 몇 명이 우리 주변으로 다가왔다. 얼마 후에 책상과 바닥에는 오직 *페로로로오 페로로로로로로오 페오로로로로로로오*만 가득 떨어져 있었다. 작은 소세지 모양의 개들처럼 앞의 단어보다 뒤의 단어가 더 길어졌다. 단어들 생긴 모양이나 발음이 너무 우스꽝스러워서 방금 전까지 울적했다는 사실도 잊고 키득거리기 시작했다.

"자, 이제 충분하지." 멘지스 선생님이 말했다. (충분한(enough)도 이상한 단어였는데 왜 gh에 f 발음이 나는 걸까?) 선생님은 화이트보드로 가더니 어떤 단어를 썼다. "산맥." 선생님이 너무 크게 하품을 하면서 말해서 어금니에 씌운 금니까지 보였다.

선생님이 수업을 시작하자 아주 잠깐의 즐거움은 끝나고 먹구름이 몰려오는 것 같았다. 멘지스 선생님은 낮은 회색의 말로 중얼거리고 단어들은 수도꼭지에서 나오는 깨끗하지 않은 물처럼 입에서 흘러나왔다. 너무 빨라서 어떤 단어가 어디에서 끝나고 어디에서 시작하는지 전혀 알 수가 없었다. 선생님이 학습지를 나눠 주면서 모든 산 이름에 라벨을 붙이라고 했는데 마치 지도 하나 없이 산을 오르라고 한 것처럼 막막해졌다.

"여기 있어." 에일리 C가 오른쪽으로 몸을 기울이니 에일리 C 책상 위의 워크시트가 보였다. 알아듣지 못하는 무슨 말을 했지만 에일리 C의 얼굴에 퍼진 미소와 떨어진 단어의 포근한 색상들을 볼 때 베껴도 된다는 말인 것 같았다. 최대한 빠르게 친구의 답을 중간에 멈추거나 철자를 확인하지도 않고 똑같이 써 내려갔다.

"고마워." 내가 속삭였다. 오늘 수업 시간에 내뱉은 유일한 단어였다. 예전 학교의 성적표에는 이렇게 적혀 있었다. "*갈라는 영특한 학생이지만 수업 시간에 너무 떠드는 경향이 있어요!*" 내 성적표에 이런 말을 써넣던 예전 선생님들은 내 지금 모습을 보고도 믿지 못할 것이다.

수업이 끝나는 종이 울리자 내 물건들을 챙기고 두 에일리를 따라 다음 교실에 갔다. 옛날 학교에서는 같은 반 친구들은 한 교실에 앉아 있고 선생님들이 우리 교실에 들어왔었다. 이 학교는 수업마다 교실이 달라서 우리가 쉬는 시간에 교실을 찾아가야 했다. 음악실은 건물 반대편에 있었고 음악실에 도착할 즈음에는 내 신발과 바지에 수많은 단어들이 붙어 있었다.

다행히 음악 시간은 큰 무리 없이 지나갔다. 키보드로 노래를 연주하거나 로스라는 남자애가 바닷가 갈매기와 다르지 않은 목소리로 끼익거리며 노래하는 소리를 듣고 웃을 때는 단어가 필요하지 않았다.

그래도 점심시간 종이 울릴 즈음에는 지쳐 버려 더 이상 수업 내용을 소화하기 어려웠다. 에일리 둘은 여전히 수다에 열중하고 있었고 교실 바닥에 흐르는 단어들은 내 발목까지 차올랐다. 이 친구들은 위층으로 올라가서 복도에 둥그렇게 모여 있는 다른 친구들을 만났다. 그 친구들이 내게 자기소개를 했다. **스콧**, 올루, **프랭키**, *아미나*였다. 아이들의 이름과 환영 인사가 바닥에 색종이 조각처럼 떨어졌는데 각각 글자 모양도 개성이 있었고 색깔도 각자 달랐다.

"오늘 전학 온 친구 이름은 갈라야." 에일리 C가 말했다. 점점 에일리 C는 내 소개 담당자처럼 느껴지기 시작했다. 그런 게 있다면 말이다. "이 애는 ～～～～～ 스페인～～～～."

아미나라고 자기를 소개한 여자아이가 무슨 말을 했지만 알아들을 수가 없었다. 모두가 말을 너무 빨리했고 연신 과자를 입속으로 넣고 있었다. 아이들이 쏟아 낸 단어들이 여기저기 공중을 날아다녔다. 나는 아빠가 점심으로 싸 준 샌드위치와 귤을 꺼내 놓고 아이들의 말을 따라가려고 해 보았다.

올루는 핸드폰에 번역 앱이 있어서 몇 가지 질문을 했고 영 선생님과 같이 사는 것이 사실이냐고 묻기도 했다. 나는 고개를 끄덕이며 그렇다고 대답했고 그분이 아빠의 남자 친구라고 대답했다. 라이언과 아빠는 아이들이 이것 때문에 놀릴지도 모른다고 걱정했지만 아이들은 웃기만 할 뿐 별다른 말은 없었다. 아이들 사이에 라이언이 인기 많은 선생님인 건 확실해 보였다. 나도 예전에 라이언을 좋아했었지. 라이언 때문에 멀리까지 이사 오느라 내 친구들과 야야 할머니와 내가 아는 모든 세계를 두고 떠나기 전까지는.

"~~~~~~ 그거야?"

스콧이라는 남자애가 내 샌드위치를 보고 있었다. 나는 빵을 열어 안에 들어 있는 작은 초콜릿 바를 보여 주었다. 모두의 눈이 휘둥그레졌다.

"초콜릿 샌드위치라고?" 올루가 커다란 소리로 외쳤다. "너무 ~~~ 해."

에일리 C는 마치 내가 달팽이가 가득 들어 있는 샌드위치를 펼치기라도 한 것처럼 코를 찡그렸다. 이해할 수 없었다. 누텔라를 바른 토스트와 다를 것도 없는데. 여기 사람들도 누텔라는 먹지 않나. 라이언 집에는 늘 누텔라가 있던데. 그래도 모두가 다 이상하다고 생각하지는 않았다. 프랭키는 "놀랍다"라고 했고 에일리 O는 연하고 고운 살구색으로 무슨 말을 했다. 에일리 O는 샌드위치를 가리키더니 자기도 똑같이 만들 수 있다는 듯 흉내 냈다. 나는 웃으며 내 샌드위치 한 쪽을 떼어서 에일리 O에게 건네주었다. 다들 에일리 O가 어떤 최종 판결을 내릴지 기대하는 눈치였다. 에일리 O가 샌드위치를 한입 깨물고 오물오물 씹었다.

"~~~~~~ 맛있다!"

에일리 O에게 다음 날 하나 더 가져다주겠다고 말하고 싶었지만 단어를 찾는 데 너무 오래 걸려서 말할 기회를 놓치고 말았다. 에일리 C는 자기 과자를 좀 나눠 주었고 아미나는 앱을 이용해서 나에게 몇 가지 질문을 더 했다. 스콧은 작년 휴가에 가족과 갔다는 스페인의 한 마을 사진을 보여 주기도 했다. 그러다 프랭키와 무언가에 대해 진지한 토론을 벌이기 시작했고 그 즈음 나는 갈피를 잃었다.

대화를 이해하는 건 포기하고 아빠가 싸 준 귤을 먹으면서 옛 친구들이 지금 무엇을 하고 있을지 생각했다. 생물 시간이겠지. 파우는 아마 너무 많이 떠들다가 세 번 정도 지적을 받았을 것이고 라이아와 매리엄은 별것 아닌 일에 키득대고 있겠지. 시차가 있으니 그 친구들은 언제나 나보다 한 시간 앞서 있을 것이다. 미래에도 친구들은 한 시간 앞서 있을 테고 나는 절대 그 아이들을 따라잡지 못할 것이다.

10분 후 다음 수업을 알리는 종소리가 들렸다. 두 에일리는 불어 수업이 있었지만 나는 영어 보충 학습을 위해 영어 선생님과 1 대 1 수업을 받을 예정이었다. 다행히 아미나와 프랭키가 교실 위치를 알려 주어서 헤매지 않을 수 있었다.

복도를 걸어가고 있는데 누군가 내 이름을 불렀다. 라이언이 나를 향해 뛰어오고 있었고 그가 다가올 때마다 단어들이 주변에 쏟아졌다.

"갈라, ～～～～～ 너한테! ～～～～～ 첫날은 어땠어?"

어깨를 으쓱했다. "괜찮았어요."

"잘됐구나. ～～～～～～～～～～～～ 물어봐. 알았지?"

라이언이 웃었다. 내가 대답을 하지 않자 내 어깨를 잡았다. "있잖아. 나는 ～～ 만약에 ～～～～ 해. 집에서 보자."

집이란 단어가 라이언의 후드티 위에 떨어졌다가 다시 바닥으로 떨어졌다. 나는 새로 산 검은색 신발로 그 단어를 밟아 버리고 싶었다. 아빠와 나의 집은 카다크에 있다. 발코니에서 분홍색과 보라색 꽃들이 자라는, 작고 아늑한 아파트. 거실에는 푹 꺼진 구식 소파가 있고 내 창문 밖에서는 매일 아침 지저귐으로 나를 깨워 주는 작은 초록색 앵무새가 있는 집이 우리 집이다. 이 우중충한 회색 나라, 활기 없고 지루하고 졸음 오는 동네인 포트로즈가 아니라! 라이언의 집은 **절대로** 우리 집이 아니다.

"우리 집 아닌데요." 나는 뽀로통한 빨간색 단어로 말했다. 그날 아침 아빠에게 말하면서 상상한 문장이었다. 나는 이 단어를 큰 소리로, 화난 카탈로니아어로 말했다. "여기 안 왔으면 좋았을 거라고 생각해요. 아빠한테 다시 이사 가자고 말할 거예요. 아저씨가 있건 없건요."

오전 내내 머릿속으로 블록을 쌓듯이 단어를 이리저리 움직이며 말하다가 더 이상 그럴 필요 없이 하던 대로 말하니까 속이 다 개운했다. 라이언의 눈이 오른쪽에서 왼쪽으로, 아래에서 위로 움직였다. 내가 오전 내내 한 것과 같았다. 그는 내가 한 말을 읽으려고 노력했다. 그가 내 눈을 바라보며 말했다.

"갈라, 힘든 거 알아." 그는 느리고 이상한 카탈로니아어로 말했다. 라이언은 1년 전부터 우리의 언어를 배우기 시작했지만 단어의 철자가 틀리거나 글자가 하나둘 빠져 있곤 했다. 가끔은 전혀 이해할 수도 없었다. 그는 이마를 문질렀다. "아, 그 단어 ～～～가 뭐더라? 그거 ～～."

마침내 누군가 나의 언어를 한다. 아니 적어도 하려고 노력은 한다. 하지만 듣고 싶지 않았다. 거칠게 뒤돌아서면서 내 가방이 라이언의 몸에 부딪혔고 나는 영어 보충 학습 교실로 뛰어갔다. 라이언이 내 이름을 몇 번 더 부르자 교실 밖에서 다른 수업을 기다리던 몇몇 아이들이 호기심 어린 얼굴로 쳐다보았다. 죄책감이 내 몸을 타고 내려왔고 나는 복도를 흐르는 단어의 강을 뚫고 달리면서 뒤돌아보지 않았다.

그러다 어떤 장면 앞에서 걸음을 멈출 수밖에 없었다.

계단 옆으로 나와 같은 학년으로 보이는 한 여자아이가 몸을 웅크리고 있었다. 부스스한 금발 머리에 피부가 창백할 정도로 하얬다. 한 손은 열린 책가방 안에 넣고 있었는데 마치 필요한 물건을 찾으려고 하는 것처럼 보였지만 그 아이의 시선이 향하는 곳을 보면 무엇을 하려는지 분명해졌다. 그 여자애는 바닥에 쌓인 단어 더미를 향해 걸었다. 그 애는 마지막으로 주변을 둘러보더니 엄지와 검지로 단어 하나를 잡아서 재킷 주머니에 쏙 집어넣었다.

가슴이 두근거렸다. 전에도 사람들이 다른 사람이 뱉은 단어를 밀어내거나 다른 사람이 했던 말 중에서 무언가 찾기 위해 단어를 뒤적거리는 것을 본 적은 있었다. 하지만 다른 사람이 했던 말을 가져가는 건 한 번도 보지 못했다. 이 여자애는 누군가의 인격 한 조각을 가져가서 자기 것으로 간직하려는 듯 보이기도 했다.

하지만 이 모습은 여기 포트로즈가 내가 살던 곳과 다른 또 다른 점일지도 몰랐다.

4장

 내가 포트로즈에 관해 좋아하는 것이 하나도 없다는 말은 약간의 과장이긴 하다. 여기가 마음에 드는 이유는 두 개가 있고, 오후에 라이언의 집에 들어갈 때 그 두 개가 나를 향해 달려왔다. 셀린은 복슬복슬한 검은색 포메라니안으로 자기가 이 지구상에서 가장 터프한 개인 줄 안다. 디온은 순한 그레이트 데인으로 비스킷과 쓰다듬어 주기를 좋아한다. 디온이 펄쩍 뛰어 나를 카펫으로 넘어뜨렸고 셀린은 내 교복 바지를 잘근잘근 씹기 시작했다.
 "셀린, 그만해." 나는 웃으며 말했다. 나는 카탈로니아어로 말했고 내 단어들은 달콤한 솜사탕 색깔로 나왔다. "새 교복이란 말이야!"

아빠는 셸린과 디온이 영어만 알아듣는다고 하지만 나는 이 애들이 세상의 모든 언어를 아는 슈퍼도그라고 생각한다. 또한 내가 이 아이들에게 어떻게 말하는지는 상관없었는데 어차피 셸린은 라이언을 포함해 어느 누구의 말이든 못 들은 척했고 지금 디온이 원하는 건 내 얼굴을 핥는 것뿐이었다. 웃으면서 디온을 밀어내려 했지만 다시 내 얼굴 전체에 침을 묻히려고 하다가 멈추었는데 그때 부엌에서 나오는 발소리를 들었다. 나는 아빠가 학교 첫날을 그럭저럭 잘 보냈다고 생각하게 만들기 싫었다.

아빠가 복도를 걸어 내 쪽으로 오는데 얼굴에 걱정이 한가득이었다. "오늘 하루 어땠니?" 아빠는 희망이 담긴 노란색 단어로 말했다

"별로." 나의 대답은 커다랗고 굵은 글자에 회색이었다. "일단 이 교복 입기 싫고, 학교에 탁구대도 없는 것도 싫고, 그리고 애들이 하는 말 *하나도 못 알아듣겠어.*"

아빠의 얼굴이 아주 잠깐이지만 푹 꺼졌다. "그랬구나. 어쩌니, 우리 꼬맹이. 하지만 이제 첫날이잖아. 처음엔 낯설고 어색하게 느껴지는 게 정상이지."

라이언은 밖에서 이웃과 이야기 중이었다. 라이언은 학교 수업이 끝났을 때 나를 따라왔고 우리는 몇 분 동안 같이 걸어서 집에 왔다. 라이언은 계속 나의 하루가 어땠는지 질문했고 내가 첫 번째 질문에 단답형으로 대답하면 두 번째 질문을 했

다. 아까 그에게 소리 친 것 때문에 화가 났을 수 있었을 텐데도 전혀 표시내지는 않았다. 집에 왔을 때도 아빠에게 말하지 않았다. 대신에 그는 아빠에게 내가 친구를 사귀었다고 했다.

"아이들 ～～～～～ 괜찮아." 라이언은 아빠가 복도의 테이블 위에 올려놓은 자기 우편물들을 훑어보며 말했다.

나는 바닥으로 향했던 시선을 들어 올려다보았지만 아빠의 걱정스러운 얼굴은 밝은 미소로 변했다. "잘됐다." 그리고 영어로 바꾸어 말했다. "내 말이 맞지. 아빠는 ～～～～～ 네가 ～～～～～ 걱정할 ～～～～～ 그랬어."

"그 애들은 내 친구가 아니야." 나는 카탈로니아어로 말했고 디온은 몸을 뒤집더니 두드려 달라는 뜻으로 자기의 배를 내밀었다. "내 친구들은 파우와 라이아와 매리엄이지. 아빠가 몇 천 킬로미터 떨어진 이곳으로 나를 옮겨 놓은 바람에 다시는 볼 수 없게 된 *그 애들이* 내 친구야. 나 같은 건 벌써 잊어버렸을지 모르지만."

"너 같은 드라마 퀸을 어떻게 잊겠니?" 아빠는 발가락으로 내 옆구리를 툭툭 쳤다. 내가 대답하지 않자 아빠는 화제를 돌렸다. "우리 해 지기 전에 강아지들 산책시키고 올까? 라이언이 몇 번이나 말했던 그 돌고래들 볼 수 있을지도 몰라."

셀린은 "산책"이라는 단어를 알아들었는지 뛰어오르고 짖어 대기 시작했다. 역시 *내 말이 맞다*. 셀린은 카탈로니아어를 알아듣는다. 라이언은 자기 없이 우리 둘이 먼저 나가라고, 아니 그 비슷한 내용의 말을 했고 아빠는 개의 목줄과 큼직한 검은색 코트, 장갑, 머플러 두 개를 챙겼다. 인정하고 싶지 않겠지만 아빠도 스코틀랜드의 겨울에 쉽게 익숙해지지 않는 것이 분명했다.

오후 4시밖에 되지 않았는데 이미 해가 지고 있었다. 아빠는 나올 때 가져온 손전등을 켰고 우리는 해변가 산책로를 걸었다. 해변가 옆으로 펼쳐진 골프장을 따라 걷다가 라이언이 포인트라고 말한 곳까지 걸어왔다. 바다로 난 길고 좁은 길을 따라가면 끄트머리에 등대가 있다. 아빠는 하루 종일 인터넷으로 구인 광고를 살펴보면서 알게 된 이상한 일자리에 대해 말해 주었다. 어떤 동물원이 펭귄 조련사를 구하고 있다고 했다.

"아빠, 그거 해 보면 되겠다!" 나는 펭귄처럼 뒤뚱거리기 시작했다. "내가 학교 그만두고 도와줄 수 있음."

"미안하지만 사양할게, 갈라. 일단 아빠는 자격부터 안 될걸. 다른 일자리를 찾아보도록 할게." 아빠가 웃으며 말했다.

"그러지 말고 라이언이 스페인에서 직업 구하면 안 돼? 셋이 우리 집에서 살 수 있잖아." 내가 물었다.

아빠는 깊은 한숨을 쉬더니 한 손으로 머리를 쓸어 넘겼다. 아빠의 머리카락은 나와 완전히 똑같이 짙은 갈색이고 윤기가 흐른다.

"꼬맹아, 전에도 얘기했잖아. 라이언은 스페인에서 일자리를 구하지 못해. 적어도 체육 선생님은 하기 힘들어. 언어 장벽이 크잖아."

"배우면 되잖아." 나는 뽀로통한 녹색으로 말했다. "아빠가 *나한테도* 영어를 배우게 만드는 것처럼."

"라이언도 배우고 싶어 하지." 아빠 말은 진실이었다. 라이언은 줄곧 언어 학습 앱에 접속해서 공부를 하고 있다. "하지만 스페인에서 일할 정도의 수준으로 언어를 배우려면 몇 년은 걸려. 원래 언어는 어른들보다 아이들이 훨씬 빨리 배우니까."

과연 그럴까? 실제로 아이들에게도 새로운 언어 배우기란 그렇게 쉬운 문제가 아니다. 스페인을 떠나기 전에 다들 하나같이 내가 일단 여기 오기만 하면 스펀지처럼 언어를 빨아들일 거라고 말했다. 적어도 지금까지의 나는 스펀지는커녕 돌덩이처럼 느껴지고 양동이로 물을 들이붓듯이 단어들이 쏟아지고 있지만 내게는 하나도 스며들지 않는 것만 같다.

"아니면 우리 예전처럼 살면 안 되는 건가?" 나는 물었다. 내 말들은 징징댈 때는 항상 그렇듯이 중간 부분이 엿가락처럼 늘어났다. "라이언은 여기 살고, 우리는 거기 살고. 서로의 집을 왔다 갔다 하면서 살면 되잖아."

"그러면 너무 힘들잖아. 오며 가며 쓰는 돈이며 에너지며. 몸도 지치고 비용도 너무 많이 들어. 라이언이랑 나는 떨어져 있으면 서로 많이 보고 싶고 같이 살고 싶어. 이제 라이언은 우리 가족이잖아."

"라이언 우리 가족 아닌데." 그 단어는 너무 작고 너무 미약하게 나와서 거의 투명해 보였다. 그런데도 아빠는 단어들을 알아보았다.

"라이언 우리 가족 맞아, 갈라." 내가 대답하지 않자 아빠는 팔을 내 어깨에 둘렀다. "왜 그래? 너 괜히 그러는 거지? 라이언 좋아하면서."

아빠는 내 옆구리를 손으로 간지럽혔고 찡그림은 어쩔 수 없는 웃음으로 바뀌었다. 물론 마음속 깊이 라이언을 좋아한다. 라이언은 좋아하지 않을 수가 없는 사람이다. 언제나 명랑하고 쾌활하고 잘 웃고 수시로 농담을 하는 사람인걸. 라이언이 우리가 있는 카다크에 왔을 때는 정말 반가웠다. 언제나 재미있는 일들을 도모했다. 스노클링을 하기도 하고 바르셀로나 하루 여행을 하고 돌아오기도 했다. 라이언은 카탈로니아어나 스페인어를 하지 못했지만 별 문제가 되지 못했었다. 게임을 하거나 수영을 하거나 아이스크림을 먹으러 갈 때 굳이 긴 대화를 나눌 필요는 없으니까. 작년 여름에 라이언은 우리와 함께 한 달 내내 있다가 셋이 여기 포트로즈로 와서 휴가의 나머지 반을 보냈었는데 정말 끝내주게 좋았다. 아빠는 라이언이 옆에 있을 때는 자주 소리 내어 웃었고 나도 라이언이 같이 있어서 즐거웠다.

하지만 지금은 우리가 여기 오게 된 건 오로지 라이언 탓이란 생각만 든다.

"오늘 나 라이언한테 소리 질렀어." 아빠에게 털어놓았다. 이 단어는 작았고 죄책감 때문인지 분홍색으로 상기된 채 나왔다. "학교에서."

"그랬니?" 아빠의 눈에 화난 기색이 스치고 지나갔지만 아빠는 숨을 크게 쉬더니 바다 쪽을 바라보았다. "갈라, 그래도 그러면 안 돼."

"내가 집을 떠나야 한 것도. 그러면 안 되는 거 아닌가." 조약돌 하나를 발로 차니 돌이 튀어 올라서 바다 쪽으로 향했다. "집에 가고 싶단 말이야."

"갈 거잖아." 아빠의 녹슨 색깔의 단어가 손전등의 불빛 속에서 빛났다. 단어들의 가장자리가 딱딱하게 굳어 갔다. 아빠가 화가 나기 시작하면 언제나 그랬었다. "아빠가 약속할게. 시간 얼마나 빠른 줄 아니."

아빠는 부활절 휴가에 카다크행 티켓 세 장을 예약해 두었다. 하지만 아직 석 달이나 남았다. 영원처럼 멀게 느껴지지만 그 사이 내가 아빠의 마음을 바꿀 수 있을지도 모른다. 내가 여기서 얼마나 불행한지 설득하기에 충분한 시간일 수 있다. 카다크엔 아직 우리의 옛날 아파트가 있다. 아빠가 몇 달 전에 부동산에 내놓았지만 사겠다는 사람이 나타나지 않아서 결국 이사 오면서 필요한 물건을 일부 가져오고 나머지는 옛날 아파트에 두고 왔다. 조금만 더 열심히 노력해 본다면 여름 전에 이전의 생활로 돌아갈 수 있을지도 모른다.

우리는 등대를 지나 해변의 모래사장 쪽으로 돌아왔다. 지난 8월에 포트로즈에 왔을 때 라이언과 아빠와 같이 산책하던 길이었다. 돌고래를 구경하기 위해 수많은 사람들이 서 있었다. 돌고래가 이 근처에 가끔 출몰하는 건 확실했지만 내가 온 뒤로는 보이지 않았다.

지금은 돌고래들이 모습을 드러내기로 결정했다고 해도 너무 어두워서 잘 보이지도 않을 터였다. 디온은 물로 뛰어 들어가려 하고 있었고 셀린은 잔디가 깔린 둑 쪽으로 뛰어가더니 쿵쿵거리며 돌아다녔다. 바람이 꽤 세차게 불어서 단어들이 우리 입에서 나오자마자 바다 쪽으로 날아갔다. 손전등이 바닥에 불빛을 비치자 모래에 섞인 다른 사람들 단어도 내 발쪽으로 날아왔다. 한 단어는 *상패기*였다. 그 단어는 몇 초 동안은 내 운동화 끈에 걸렸다가 잔디 쪽으로 날아갔다.

"여기선 사람들이 단어를 주워?" 아빠에게 물었다.

아빠가 나를 돌아보며 물었다. "그게 무슨 말이야?"

신발 위에서 춤추듯이 팔랑거리는 단어들을 손가락으로 가리켰다. 대부분은 영어였지만 몇 개는 다른 언어거나 내가 이해하지 못하는 알파벳이었다. 무릎을 꿇어서 하나를 주웠다. **격려하다**. 약간 휘어진 로열블루색 단어다.

"이런 식으로 줍더라고."

단어를 주워서 아빠에게 보여 주는데 기묘한 기분이 나를 스쳐 지나갔다. 이전에도 다른 사람들의 단어를 만져 본 적이 있었다. 사람들이 잡동사니처럼 너무 많은 말을 쏟아 내면 단어를 만지게 될 수도 있었고 치우기 위해 발로 밀어야 하기도 했다. 하지만 내 엄지와 검지 사이에 단어를 넣고 있으니 기분이 훨씬 더 이상했다.

"내가 아는 사람 중에는 없는 것 같아. 왜?" 아빠가 얼굴을 찡그리며 말했다.

"학교에서 한 여자애가 단어를 줍더라고. 그 애는 단어를 집어서 자기 주머니에 넣었어. 마치 간직하려는 것처럼."

"정말이니? 옛날 사람들은 단어를 저장했다는 이야기를 들은 적이 있긴 한데 여기서도 흔한 일인지 아닌지는 모르겠다." 아빠는 내가 집고 있는 단어를 바라보았다. "근데 너 이 단어 무슨 뜻인 줄 아니? 이건 누군가에게 희망이나 자신감을 준다는 뜻이야. 카탈로니아어로 *아니마*(animar)라고 해."

"**격려하다**." 내가 읽어 보았다.

몇 번을 아빠가 시키는 대로 따라 하다 보니 단어들이 더 선명하게 보였고 명확하게 들렸는데 저 먼 바닷가 쪽에서 시끌벅적한 소리가 들려와 내 소리가 다시 약해졌다. 셀린은 래브라도와 그 주인에게 싸움을 거는 것처럼 보였다. 아빠가 달려가서 사과하고 셀린을 떼어 놓았다. 나는 단어를 다시 들여다봤다. *격려하다*. 납작해져서 마치 문신처럼 내 손바닥에 붙어 있었다.

모든 구어는 결국 흐려진다. 대부분은 며칠 후면 사라지지만 강력하거나 감동적인 단어들은 몇 주 혹은 몇 달 동안 우리 옆에 머물기도 한다. 이 단어는 아마 하루 이틀 정도 남아 있다 사라져 버릴 텐데 이미 색깔이 많이 흐려졌고 가장자리의 선도 희미해졌기 때문이다. 그래도 이 단어를 오래 잡고 있으니 감정이 옮겨 오는 것 같았다. 마치 말한 사람의 감정이 아직 이 단어 안에 살아 있는 것 같았다. 나는 희망 비슷한 감정을 느꼈다. 약간의 두려움이 섞인 희망이었다.

"**ENCOURAGE**(인커리지, 격려하다)." 아빠가 내게 말해 줬을 때처럼 두 번째 음절을 강조해 발음해 보았다. 내 손 안에 있던 단어는 바람에 날아갔다. 하지만 모래사장을 지나 아빠를 향해 뛰어갈 때 아까 느낀 희망적인 기분이 여전히 내 피부를 간질인다는 것을 느낄 수 있었다.

5장

 어떻게 된 일인지 며칠 동안 학교생활은 월요일 첫날보다 점점 더 힘겨워지기만 했다. 역사 시간에 미스터 캘빈이 하는 말을 단 한마디도 알아들을 수 없었다. 가정경제 시간에는 수납 용기에 이름표를 잘못 붙여서 케이크에 설탕 대신 소금을 넣기도 했다. 쉬는 시간에 프랭키가 나에게 가장 좋아하는 TV 프로그램이 뭐냐고 물었는데 혀가 갑자기 굳어 버려 내 입에서 나오는 단어들은 마치 키보드로 마구잡이로 친 무작위 단어 같았다. 만약 영어 공부가 사다리라면 나는 겨우 한 칸을 올라간 다음에 바로 다시 바닥으로 떨어지는 식이라 할 수 있다.
 자꾸 예전에 같은 반이었던 해리 루니 생각이 났다. 해리는 아홉 살 때 영국에서 카다크로 오게 된 아이였다. 우리 학교에도 영국, 아일랜드, 미국 등에서 온 전학생들이 적지 않았는데 그 애들이 카탈로니아어와 스페인어를 전혀 모른 채 우리 학교 교실에 던져진다는 것이 얼마나 고역이었을지는 한 번도 생각해 본 적이 없었다. 특히 많은 사람들이 1분에 한 번씩 두 언어를 오가는 곳이라 더욱 힘들었을 것이다.

하지만 상황이 *나랑 같지는 않다*. 예전 학교에는 영어를 잘하는 선생님들이 몇 분 계셔서 전학생들을 도와줄 수도 있었고, 동급생 아이들도 아무리 영어를 못해도 인사를 한다거나 이름이 뭔지 물어볼 정도의 영어 실력은 있었다. 그럼에도 불구하고 그 친구들이 적응하기 너무 힘들어한다면, 사실 몇 명은 그렇기도 했는데 부모님이 영어로 수업하는 국제 학교에 보내기도 했다. 하지만 이곳에는 나를 위한 그 선택지는 없다.

1 대 1 영어 수업이 도움이 되긴 한다. 담당 선생님은 미스 샤로 숱 많은 검은색 곱슬머리에 컬러풀한 새 모양의 귀걸이를 좋아하는 분이다. 우리는 수업 시간에 쉬운 영어책을 읽고 단어와 발음을 따라 하며 공부한다. 하지만 내가 볼 때 영어에는 앞뒤가 안 맞는 것들이 너무나 많다. 왜 "*through*"는 "쓰루"라고 발음하는데 "*dough*"는 "두"라고 발음하지 않고 "도우"라고 발음할까? 왜 알람이 울릴 때면 알람이 울린다거나 켜졌다(alarm on)고 하지 않고 "알람을 켜러 간다(alarm go off)"고 할까? (중세 시대에는 알람을 알리기 위해 사람을 보냈다고 하는 데에서 유래—옮긴이) 복수는 또 얼마나 변칙이 많은가. *s*를 붙여야 할 때도 있

고 붙이지 않아야 할 때도 있으며 가끔은 완전히 다른 단어가 되기도 한다.

"원래 그래서 그렇다고 할 수밖에 없네." 미스 샤가 말했다.

그래도 미스 샤의 말은 다른 사람들 말보다 훨씬 이해하기 쉬웠다. 목소리가 선명했고 단어는 커다랗고 단정한 글씨로 나와서 읽기도 편했다. 지금까지는 이 학교에서 가장 좋아하는 선생님이다.

"저는…" 지금 공부하고 있던 상태나 감정에 대한 단어 중에 내게 딱 맞는 단어를 찾아보았다. "피곤합니다."

미스 샤가 웃으니 귀에 달린 큰부리새 귀걸이가 찰랑찰랑 흔들렸다. "그래. 그럴 수 있겠다. 하지만 곧 〰〰 될 거야."

선생님은 책상에 떨어진 단어를 가리켰다. *쉬워지게*. 나는 의심스러운 표정을 지으면서 입을 삐죽거렸다. 그래도 생각해 보면 지난 이틀 동안 한 문장 전체를 다 이해한 적도 몇 번은 있었고 그 순간만큼은 미스 샤의 말이 맞는 것도, 앞으로 더 나아질 것도 같았다. 하지만 대체로 학교에 흐르는 단어의 물줄기는 점점 더 높이 올라가 커다란 파도가 되고 곧이어 그 파도가 나를 집어삼켜 나는 명사와 동사와 형용사들 밑에 가라앉아 버릴 것만 같았다.

다행히 점심시간 다음은 수학 시간이었다. 옛날 학교에서도 가장 좋아했던 과목이고 지금은 유일하게 기대하는 시간이다. 스코틀랜드에서 숫자마저 달랐다면 어쩔 뻔했을까. 숫자들은 여기서나 저기서나 전 세계 어디에서나 똑같은 게 정말 다행이다.

에일리 C는 이 수업을 같이 듣지 않았지만 에일리 O가 있었고 선생님에게 자기 자리와 마이클이라는 남자애 자리를 바꾸게 해 달라고 하여 우리 둘은 나란히 앉을 수 있게 되었다. 에일리 O는 이번에도 자기의 우유곽 필통에서 아무거나 빌리게 해 주었다. 이번엔 고양이 그림이 그려져 있는 샤프를 골랐다.

"훌륭한 ~~~~~. 나도 고양이 좋더라. 우리도 두 마리 키워. 그리고 세 마리 ~~~ 있어." 에일리 O가 말했다.

에일리 O는 핸드폰을 꺼내더니 사진첩을 눌렀다. 사진 속에는 고양이 두 마리와 기니피그 세 마리가 푹 꺼진 빨간색 소파에 나란히 앉아 있었다. 고양이 두 마리 모두 이 상황에 그다지 흡족해하지는 않는 듯했다.

"이 애들 이름은 폼폼, 쿠키, 바오야." 에일리 O가 기니피그 세 마리를 가리키면서 말했다. 단어들이 떨어질 때 이름을 읽었다. 이름들이 모두 다른 색깔로 떨어지다 보니 약간 책상 위에 놓인 무지개처럼 보이기도 했다. "고양이들 이름은 위스커스와 스티치."

동물들은 전부 다 귀여웠다. 특히 쿠키라는 기니피그는 갈색과 흰색의 털들이 대략 열두 방향으로 뻗쳐 있었다. 아빠가 카다크의 우리 아파트는 동물을 키우기엔 너무 작다고 해서 반려동물을 직접 키워 보지는 못했고 대신 핸드폰에 셀린과 디온 사진을 잔뜩 저장해 두고 자주 들여다보곤 했다. 강아지들 사진을 에일리 O에게 보여 주니 숨을 들이쉬더니 손뼉을 치기 시작했다.

"와, 미스터 영의 개들이구나! 우리에게 사진을 보여 준 적이 있어. ～～번이나. 너무너무 귀엽다. 선생님이 ～～을 학교에 데려왔으면 좋겠어." 에일리 O가 말했다.

그 말을 듣고 씩 웃었는데 일단 에일리 O의 말 중에 거의 모든 단어를 이해할 수 있었기 때문이고, 두 번째로는 학교에 그 강아지들을 데려온 상황을 상상하니 우스웠기 때문이다. 셀린이 복도에서 아이들 꽁무니를 쫓아다니거나 발목 아래서 깨갱깨갱 짖어 대고, 디온은 교실에 뛰어 들어가 책상 위에 풀쩍 올라가서 축축한 혀로 애들을 핥으면서 엉긴다면 얼마나 우스꽝스러운 난장판이 벌어질까?

내가 상상한 장면을 에일리 O에게 묘사해 주고 싶었지만, 머릿속에서 단어를 찾고 문장을 이어 붙이려고 애쓰는 데만 너무 오랜 시간이 걸렸고 어색한 침묵만이 흘렀다. 에일리 O가 눈치를 채고 재빨리 지난주 수학 시간에 공부한 내용을 보여 주며 설명했다. 에일리 O의 설명이 끝났을 땐 강아지들에 대해 이야기하기에는 너무 늦어 버리고 말았다.

수학 선생님은 미스터 핸더슨이라는 남자 선생님인데 듬성듬성하게 난 검은 수염이 우리 아빠와 비슷했다. 선생님이 우리에게 다가와 에일리 O의 교과서를 손으로 가리키더니 나에게 질문을 했고, 아무래도 선생님이 나에게 교과서가 있냐고 묻는 듯했다. 내가 고개를 저었다. 선생님은 아이들을 둘러보면서 무슨 말인가 했고 마치 눈에서 레이저를 쏘는 것처럼 아이들을 쏘아 본 다음 문으로 다가갔다. 선생님이 나가고 문이 쾅 하고 닫히면서 살짝 바람이 불었고 첫째 줄에 앉아 있던 아이의 부스스한 금발 머리카락이 바람에 흔들리는 것처럼 보였다. 월요일에 단어를 줍던 그 여자애였다.

핸더슨 선생님이 나가자마자 모두가 왁자지껄 떠들기 시작했는데 그 여자애는 교과서를 펴고 공부를 했다. 그 여자애 뒤에 앉아 있던 검은 머리의 남자애와 긴 갈색 머리를 하나로 묶은 여자애가 조그맣게 속삭이기 시작했다. 남자애의 단어가 교실 바닥에 떨어졌지만 여자애는 떨어진 자기 단어를 손으로 얼른 뭉개서 다른 사람들이 보지 못하게 했다. 그 애의 손바닥에 퍼진 탁한 색깔로 볼 때 좋은 단어는 아닌 것 같았다.

"있잖아, 나탈리?" 남자애가 여자애 쪽으로 몸을 기울였다. "너 ～～～～～～～?"

아이들 몇 명이 웃었다. 나탈리라고 불린 그 여자애는 반응하지 않았다. 어깨가 아주 살짝만 흔들리는 걸로 보아 그 남자애의 말을 전혀 듣지 않은 것처럼 행동하는 듯했다.

"걔는 ～～～～～～～" 머리를 하나로 묶은 애가 말했다. "너 ～～～～～ 그래?"

이번에는 에일리 O와 나만 빼고 거의 다 웃었다. 진심이라기보다는 무리에 속하고 싶어서 억지로 웃는 아이들도 있었지만 어떤 웃음소리는 정말 컸고 얄미웠다.

"저 애들 크레이그와 아비가일이야. 저 애들 ~~~~~~이야." 에일리 O가 속삭였다.

그 애들에게 제발 입 다물라고, 그 단어 소녀를 내버려두라고 말하고 싶었지만 단어들은 목에 걸려 나오지 않았다. 내가 잘못 안 건지도 몰랐다. 반 애들은 저 여자애를 놀리는 것이 아니라 같이 웃는 것일지도 모른다. 내가 아직은 알 수 없는, 이 반 아이들끼리 통하는 농담이 있을 수도 있다. 하지만 나탈리가 주먹을 꽉 쥐고 교과서에 얼굴을 파묻는 모습으로 보아서 이 상황이 전혀 재미있지는 않은 것 같았다. 무슨 말을 했는지 잘 모르겠지만 분명 기분 나쁜 말인 건 분명했다.

선생님이 돌아와서 레이저 같은 눈길로 아이들을 쏘아보자 모두가 입을 다물었다. 선생님이 대수학에 대해 설명했지만 나는 따라갈 수가 없었다. 그래도 교과서 연습 문제는 반에서 가장 빨리 풀 수 있었는데 이미 전에 공부한 내용이었기 때문이다. 핸더슨 선생님이 내가 쓴 답을 보더니 엄지손가락을 들고 활짝 미소도 지어 보였다. 일주일 내내 모르는 단어들이라는 진흙탕에서 허우적대다 숫자를 보니 마치 마른땅에 올라온 것만 같았다.

교실에서 나올 때 아까부터 궁금했던 질문을 에일리 O에게 하고 싶었다. 그런데 에일리 C가 복도에서 우리를 기다리고 있었고 그 친구가 이야기를 시작하면 말할 기회를 놓칠 것 같아 재빨리 궁금했던 것을 물어보았다.

"있잖아. 그 금발 머리 여자애는 누구야?"

수업이 끝나기 전부터 틀리지 않게 말하고 싶어서 머릿속으로 이 문장을 계속 생각했는데 그래서인지 내 글자는 맑고 파란 하늘 같은 색이었다. 깜짝 놀란 듯 에일리 C의 눈썹이 치켜 올라갔고 에일리 O의 얼굴은 환해졌다. 아마도 일주일 내내 내가 한 말 중에 가장 긴 문장이었기 때문일 터였다.

"어떤 여자애?" 에일리 C가 물었다.

나는 나탈리를 가리켰다. 벌써 교실에서 나와 복도 저쪽으로 걸어가고 있었다. 에일리 C가 그 애의 이름은 나탈리 나피어라고 말해 주었고 "말하다"와 관련된 무슨 말을 더 했다. 내가 에일리 C가 한 말을 읽으려고 하자 에일리 C는 손가락을 입술에 갖다 대더니 고개를 흔들었다. 그다음에 에일리 O가 얼굴을 살짝 찡그리면서 무슨 말을 덧붙였고 둘은 내가 이해하기에는 너무 빠른 속도로 대화를 나누었다. 마침내 에일리 C가 나를 돌아보며 말했다.

"나탈리는 말이야 ～～ 조금 이상해." 에일리 C는 지난주 월요일에 내가 초콜릿 샌드위치 이야기를 할 때처럼 코를 찡그렸다.

이상해. 나는 그 단어를 알았다. 항상 나쁜 뜻으로 쓰이는 단어는 아니지만 에일리 C의 입에서 나오는 단어의 색은 라임 그린색이었고 좋은 뜻으로 한 말은 아닌 듯했다.

"이상하다기보다는 워낙에 말이 없고 조용해." 에일리 O는 아주 작은 은색의 단어로 말을 했는데 나탈리가 이미 멀어져서 우리 말을 듣지 못할 텐데도 그랬다. "나는 그 애 목소리를 ～～ 없어."

에일리 C도 내가 알아듣지 못한 무언가를 말했고 웃었다. 두 사람은 화제를 돌려 점심시간 이후 수업인 프랑스어 시간에 볼 퀴즈 이야기를 했다. 하지만 라임그린색의 *이상해*라는 단어가 쉬는 시간 내내 머릿속을 떠나지 않았다. 혹시 사람들이 나도 이상하게 생각하는 건 아닐까. 나도 별로 말이 없고 초콜릿 샌드위치 같은 걸 먹잖아. 어쩌면 언젠가 애들이 *나를 보고 비웃을지*도 모른다는 생각이 스쳐 갔다.

6장

 금요일은 조회로 시작되었고 왓슨 교장 선생님이 30분 동안 단정한 교복 착용과 재활용품 활용 등에 관해 몇 가지 당부를 했다. 마지막 수업은 《한 여름밤의 꿈》을 중세 영어로 공부하는 시간이었다. 그 수업은 완전 불가능. 미스 샤가 수업 시간에 옆에서 도와주었는데도 마찬가지였다. 그래도 기분이 약간 나아졌는데 어느 누구도 셰익스피어라는 사람이 무슨 말을 하는지 도통 이해하는 것 같지 않았기 때문이었다.

 그날 오후 마지막 수업이 끝나는 종이 울렸을 때 나는 완전히 지쳐 있었다. 너무나도 길고, 너무나도 피곤한 한 주였다. 얼른 집에 가서 침대에 누워 주말 내내 잠이나 자고 싶은 마음이 굴뚝같았다.

하지만 그와 동시에 나는 *말을 하고 싶었다.* 일주일 동안 많은 생각과 의견과 농담을 안으로 꾹꾹 눌러 삼켜야만 했는데 그에 맞는 영어 단어들을 찾을 수가 없었기 때문이다. 주말에는 이 말들이 수천 가지의 색깔로 내 안에서 쏟아져 나왔다. 다시 나의 언어로 말을 하면서 단어들이 내 입에서 빠르고 완전한 형태로 쏟아져 나오는 걸 보니 큰 안심이 되었다. 이 단어들이 온 집 안을 채울 때까지 쉼 없이 말할 수 있을 것 같았다. 단어는 문을 뚫고 나가고 굴뚝 밖으로 빠져나가 불꽃놀이처럼 솟구치고… 하늘을…

아빠와 라이언이 내 방에 책상을 놓아 주며 가구 설명서를 큰 소리로 읽으라고 시킨 걸 제외하고 토요일에 아빠는 나에게 영어를 강요하지 않았다. 나에게 휴식이 필요하다고 생각하는 것 같았고 일요일 점심까지는 내가 하고 싶은 대로 하도록 내버려두었다. 그때 라이언이 "도블"이라는 보드게임을 하자고 제안했다.

"우리 규칙을 정하자. 영어로만 말하기." 아빠가 말했다.

나는 카드를 내 쪽으로 끌어당겼다. 나무, 달, 유령, 일단정지 표지판 등 다양한 사물의 그림이 그려진 카드였다. "싫어. 영어로 하면 나만 불리하잖아."

"먼저 이 단어들부터 한 번씩 읽고 시작하면 돼. 다 네가 아는 단어들일걸." 아빠가 교차된 뼈와 해골 그림을 가리키더니 영어로 바꾸어 물었다. "이건 영어로 뭐라고 하게?"

내가 어깨를 으쓱했다. "음… 죽은 머리?"

라이언이 웃었다. "두개골이라고 하는 거야." 라이언이 말하자 호박색 단어가 테이블에 떨어졌다. "그런데 '죽은 머리'라고 해도 말이 통하긴 한다."

나는 아빠가 제안한 영어로만 말하기 규칙이 지금쯤 잊혀졌길 바라며 카드들을 뒤섞기 시작했지만, 아빠는 게임을 시작하기도 전에 '자물쇠'라거나 '토끼풀' 같은 처음 보는 단어들을 자꾸 보여 주며 익히게 했다. 나는 첫 네 판을 연달아 졌는데 각각의 아이템 이름 외우는 데도 너무 오래 걸려서다. 라이언이 내게 져 주기 위해서 일부러 느릿느릿 거북이 기어가는 속도로 게임을 하고, 아빠는 내가 발음을 틀릴 때마다 계속 고쳐 주느라 바빴는데도 내가 꼴찌였다. 스트레스를 받기 시작했다. 무려 5일 동안 학교에서 영어 때문에 머리가 아팠는데 집마저 학교 교실처럼 느껴지는 건 지독하게 싫었다. 결국 나는 포기하고 카드를 모두 테이블에 던져 버리고 말았다.

"그냥 평소처럼 말하면 안 돼? 그냥 게임이잖아." 나는 카탈로니아어로 소리쳤다. 평소라는 단어는 너무나도 세게 튀어나와 아빠의 컵 가장자리에 닿았다 튕겨 아빠의 커피 안으로 쏙 떨어졌다.

"게임하면서 영어도 배우면 일석이조잖니, 갈라." 아빠는 컵을 똑바로 세워 둥둥 뜬 단어를 빼내더니 다시 영어로 말했다. "그러지 말고 우리 ～～～～～ 하자."

"조르디, 어쩌면 ～～～～." 라이언이 부드러운 푸른색으로 말했고 내가 알아듣지 못한 몇 가지 말도 추가했다. 라이언은 갈등을 좋아하지 않았다. 한마디로 디온 같다. 키도 크고 덩치도 크고 언제나 느긋하고 기분이 좋다. 그에 비하면 아빠와 나는 셀린 같다. 우리는 작고 털이 검고 둘 다 약간은 까탈스럽고 예민하다. 가끔은 아빠와 라이언이 왜 그렇게 서로를 좋아하는지 이해가 안 될 때도 있다. 두 사람은 정반대의 사람들 같았다.

"아니 갈라, 영어 공부 해야 돼. 라이언, 난 대학교 가서 영어를 배웠고 쉽지 않았어. 갈라는 지금 영어를 열심히 해야 돼. 그래야 ～～～에 더 쉬워." 아빠가 고개를 흔들며 말했다.

"영어 잘할 거야. 그냥 갈라가 ～～～～～하게 해." 라이언이 카드를 모으더니 나에게 이상하게 생긴 카탈로니아어로 물었다.

"갈라, 우리 게임 한 번만 더 할래?"

나는 고개를 흔들었다. 이미 게임할 기분이 아니었다.

"아니요. 전 개들이랑 산책이나 하고 올게요."

셀린과 디온은 소파에서 꾸벅꾸벅 졸고 있다가 내가 자기들 이름을 부르자마자 현관으로 달려왔다. 나오긴 했지만 막상 어디로 가야 할지 잘 몰라서 그냥 개들을 앞세우고 가기로 했고, 셀린과 디온을 따라 언덕으로 올랐다가 하이 스트리트로 향했다. 내가 지금도 카다크에 있다면 뭘 하고 있을까? 아마도 아빠와 같이 자전거를 타러 나갔겠지. 야야가 우리 집에 와서 같이 점심을 먹었을지도 몰라. 점심 먹은 다음에는 공원에서 매리엄을 만나거나 내 스쿠터를 타고 파우의 집에 놀러갔겠지. 몇 주 전만 해도 나에게는 그런 일요일들이 있었는데 이제는 너무나 먼 이야기처럼 느껴졌다.

강아지들은 베이커리 옆에서 오른쪽 골목으로 꺾었고 셸린이 갈매기를 보고 쫓아가는 바람에 우리는 어느덧 공원 앞까지 도착했다. 공원 문 뒤에 사람들이 많았고 더 가까이 가 보니 얼굴을 알아볼 수 있는 같은 학년 애들 네다섯 명이 있었다. 애들 이름을 다 알지는 못했지만 크레이그와 아비가일은 알아보았다. 수학 시간에 짝으로 앉아 있었던 검은 머리 남자애와 긴 머리를 하나로 묶은 여자애였다. 그 애들은 나무 근처에 있는 무언가를 가리키면서 내가 알아듣지 못하는 어떤 단어들을 크게 말하고 있었다.

그때 나뭇가지 사이로 부스스한 금발 머리가 보이자 가슴이 철렁했다. 나탈리가 잔디밭에 앉아 있었다. 고개는 바닥으로 떨어뜨리고 있었는데 딱딱하게 굳은 어깨를 보니 크레이그와 그의 친구들이 또 그 애를 괴롭히는 중인 것 같았다.

나는 아주 천천히 걸어 공원 입구까지 가서 문을 살짝 밀어 보았다. 아이들은 기척을 알아차리지 못했다. 크레이그는 마치 하이에나처럼 킬킬거리며 웃고 있었고 다른 여자애는 끽끽대는 목소리로 노래를 부르고 있었다. 나는 디온을 내 앞으로 끌고 온 다음 하네스에서 목줄을 분리했다.

"가 봐, 디온." 나는 조그맣게 속삭이며 아이들을 가리켰다. "가. 가. 저기로!"

나는 문 옆의 덤불에 숨었고 디온은 크레이그, 아비가일과 애들 쪽으로 느긋하게 걸어가기 시작했다. 내가 바라던 수준의 위협적인 등장은 아니었는데 바로 그때 내 발목 사이에 있던 셀린이 앙칼지게 짖기 시작했고 곧 동네방네가 다 들릴 정도로 크게 짖어 댔다. 셀린이 흥분한 소리에 자극을 받았는지 디온도 속도를 높여 아이들을 향해 뛰어가기 시작했다. 그 애들에게는 이 60킬로그램이 넘는 거구의 개가 푸근한 포옹을 하거나 엉뚱한 장난을 하러 다가오는 것처럼 보이지는 않았을 것이다. 크고 사나운 그레이트데인이 날카로운 이빨로 자기들을 스테이크처럼 씹어 먹으려 달려오는 것처럼 보였을 것이다.

"으아아아아아!" 크레이그의 비명은 어찌나 컸던지 글자들을 거의 삼킬 뻔했고, 바로 뒤로 돌아서 문 쪽으로 도망가기 시작했다. 아비가일과 다른 아이들도 크레이그를 바짝 쫓아갔고, 그들이 간 자리 뒤에는 잔디에 "가자" "빨리 가" 같은 단어가 떨어져 있었다. 가장 늦게 나간 남자애가 공원 문을 닫으며 나가서 셀린은 그 길로 나가지 못했다. 아이들은 소리 지르고 웃으면서 달려갔고 웃음소리가 곧 희미해졌다. 나는 덤불에서 빠져나와서 나무로 다가갔다. 셀린은 여전히 문을 뛰어넘으려고 폴짝폴짝 뛰고 있었지만 디온은 나에게 다가왔다.

"안녕." 긴장해서 그런지 내 단어는 창백한 보라색이었고 흔들리고 있었다. "나는 갈라야. 얘는 디온이고."

나탈리가 고개를 끄덕였다. 잠깐 침묵이 흐른 후에 나탈리는 보일 듯 말 듯한 미소를 지어 보였다. 그 미소에 답하기 위해 나는 손을 들어 어색하게 흔들었다.

"근데 너 괜찮니? 저 애들…." 내가 물었다.

나는 크레이그와 아비가일 같은 애들을 가리키는, 그다지 교양 있다고 할 수 없는 스페인어와 카탈로니아어 단어는 잔뜩 알고 있었지만 영어로는 하나도 몰랐다. 나탈리는 고개를 끄덕이고 마치 별일 아니라는 듯이 어깨를 으쓱했지만 별일이 아닐 리는 없었다. 디온도 그렇게 생각하는지 앞으로 경중 뛰어가 나탈리의 얼굴을 핥았다. 살짝 걱정이 되었는데 다행히 나탈리는 웃으면서 디온의 머리를 쓰다듬었다.

"미안해. 이 강아지가 조금…." 나는 또 적합한 단어를 찾았다. 나는 디온이 정이 많고 보호 본능이 강하고 치대기를 좋아한다고 말하고 싶었다. 대신에 이렇게 말하고 말았다. "완전 개야."

나탈리가 또 한 번 웃었다. 가볍고 맑은 종소리, 멀리서 울리는 자전거 딸랑이 소리 같았다. 나는 나탈리 맞은편 잔디밭에 앉았고 데이지 꽃을 꺾어 팔찌를 만들기 시작했다. 나탈리는 아무 말도 하지 않았지만 눈을 깜빡거리며 잔디를 이리저리 바라보았다. 처음에는 우리가 너무 가까이에 앉아 있어 불편할지도 모른다고 생각했지만 알고 보니 나탈리는 손으로 계속 뭘 잡아당기고 있었다. 어떤 단어를 잡고 싶어 하는 듯했다.

잠깐 동안 어쩌면 크레이그와 아비가일 같은 애들이 이런 행동 때문에 나탈리를 놀리는 건 아닌가 하는 생각이 언뜻 들었는데, 나탈리가 움직이는 모습으로 보아서 내가 보길 원하지 않는 것 같았다. 그러니까 그 아이들은 모르는 일이었다. 비밀이었다.

나는 디온의 귀를 어루만지면서 어떻게 해야 할지 생각했다. 만약 나탈리에게 지난 월요일에 단어를 줍는 걸 봤다고 말한다면, 나탈리는 창피하거나 당황해할지도 모른다. 무엇보다 에일리 C나 다른 아이들과는 달리 내가 나탈리를 이상하다고 생각하지 않는다는 걸 알아주기를 바랐다.

나도 잔디를 손으로 쓸어서 그 밑에 떨어져 있는 단어들을 바라보았다. 어떤 단어들은 잔디에 오래 떨어져 있었던 것 같았는데 색이 희미하게 바래 있었다. 몇몇 단어들은 이제 막 떨어졌는지 신선하고 색깔도 밝았다.

나는 손을 천천히 움직이면서 엄지와 검지로 단어를 하나 들어 올려서 나탈리에게 보여 주었다. *Expected*. 이 단어를 들어 올린 이유는 이 단어의 거의 형광에 가까운 노란색이 좋았기 때문이지만, 내가 이 단어를 보며 느낀 감정은 색깔과 일치하지 않았다. 실망스러웠고 격렬했고 씁쓸했다. 단어를 내려놓으려고 하자 나탈리가 손을 뻗어 그 단어를 내 손에서 가져갔다.

나탈리는 손가락으로 단어의 가장자리를 매만지더니 고개를 들어 나를 보고 웃었다. 이번에는 보일 듯 말 듯한 미소가 아니라 확실한 웃음이었다. 마치 크리스마스트리에 환한 조명이 켜지는 것만 같았고, 그 순간 나탈리의 모든 것이 눈부시게 반짝였다.

"나는 이 단어 뜻 잘 모르는데." 나는 천천히 말했다. "Expected."

나탈리는 주머니에 손을 가져가더니 부드럽게 단어를 한 주먹 꺼냈다. 그중에 짙은 보라색 단어를 집어서 조심스럽게 두 개의 글자를 고르더니 내가 주웠던 노란색 단어 앞에 글자 두 개를 붙였다. 그리고 그 단어를 내게 건네주었다. **Un**expected. 무슨 뜻인지 몰라 핸드폰을 꺼내서 앱으로 스캔을 해서 카탈로니아어로 번역을 해 보았다.

"이네스페랏(inesperat)" 기계음이 단어를 읽었다. 예상치 못한이라는 뜻이었다.

우리는 서로를 마주보며 웃었다.

우리 뒤에서 개 짖는 소리가 들렸다. 셀린이 드디어 문 뛰어넘기를 포기하고 우리와 놀기 위해 달려오고 있었다. 나탈리에게 셀린을 소개해 주고 우리는 더 많은 단어를 찾기 시작했다. 개들은 잔디 주변에서 코를 킁킁거리면서 우리를 도와주려고 했다. 디온은 오래된 초콜릿 포장지를 우리에게 선물하기도 했고 셀린은 다시 갈매기에게 정신이 팔려 쫓아다니기 시작했다.

나탈리는 자기 주머니에 넣을 단어를 신중하게 찾았다. 나탈리가 어떤 단어를 좋아하고 어떤 단어를 찾았는지 알 수 없었지만 어차피 대부분은 모르는 단어들일 것이었다. 나는 재미있어 보이거나 색깔이 예쁜 단어들을 집어 들었다. **땅거미**는 섬세한 보랏빛이었다. **거품 내다**는 세련된 자홍색이었다. **매력**은 대담한 청록색이었다. 단어들에 손을 대면 기묘한 기분이 들기도 했지만 그렇다고 해서 무언가 잘못된 일을 하고 있다는 생각도 들지 않았다. 어차피 이 단어들은 얼마 후에 사라져 버릴 테니까.

나탈리는 내가 고른 단어들을 모두 자기 주머니에 넣었고 그 행동을 보며 나탈리도 그 단어들을 좋아한다는 의미로 받아들였다. 나탈리가 그 단어들로 무엇을 할지 알고 싶었고 얼마나 오래 모았고 왜 모았는지도 알고 싶었다. 하지만 우리가 앉아 있던 시간 내내 나탈리는 아무 말도 하지 않았다. 단 한마디도 없었다.

하지만 괜찮았다. 일주일 동안 내가 일부만 알아듣는 언어를 듣느라 충분히 고생했으니까. 지금은 침묵 속에서 행복했다.

4시가 되자 어둑어둑 해가 지기 시작했고 바람도 쌀쌀해졌다. 나탈리는 일어나 무릎에 묻은 잔디를 툭툭 털어 내더니 길쪽을 가리켰다. 나도 일어났다.

"그래. 나도 가려고." 내가 말하면서 문까지 나탈리를 따라 걸어갔다.

월요일에 학교에서 보았다고 말해 주고 싶었지만 어떻게 말해야 할지도 알 수 없어 그냥 잘 가라고 인사했고, 셀린은 나탈리의 발목 아래서 쿵쿵대고 디온은 나탈리에게 폴짝 뛰어올라 얼굴을 핥았다. 우리 둘 다 웃었다. 돌아서 집으로 가는 길, 나는 걸으면서도 계속 웃고 있었다. 다른 아이들이 나탈리를 어떻게 생각하는지는 상관없었다. 나는 오늘 친구를 사귄 것이다.

7장

    에일리들은 월요일에 나와 점심을 먹지 못했는데 합창반 연습이 다시 시작되었기 때문이다. 나는 "합창단"이라는 단어를 몰랐는데 "콰이어(choire)"라는 단어가 왜 ㅊ(ch)이 아니라 ㅋ(q) 소리로 시작되는지 알 수 없었다. 에일리 O가 합창이란 로비 한가운데서 노래하고 박수를 치는 일이라고 설명을 해 주었다. 나도 웃으면서 고개를 까닥거리고 마치 콘서트에 간 것처럼 양손을 내 머리 위로 들어 좌우로 천천히 흔들어 보았다.

    "놀리지 마. 그만해!" 에일리 C가 웃었지만 볼이 점점 핑크색으로 물들었고 누가 보고 있지 않았는지 주위를 둘러보더니 음악실을 가리켰다. "너도 같이 가자, 갈라. 정말 재밌어."

나는 고개를 흔들며 고맙지만 안 되겠다고 했다. 노래를 잘 하지도 못하는 데다가 분명 내가 모르는 노래들이 대부분일 것이다. 노래를 따라 하면서 허겁지겁 가사까지 읽어야 한다는 생각만 해도 머리가 지끈거렸다. 내가 정말 하고 싶은 건 운동장에 나가서 축구나 야구를 하는 것. 듣기와 말하기가 필요하지 않은 활동을 하는 것이었다. 하지만 늘 그렇듯이 말은 비처럼 쏟아져 내렸다.

"그래. 그러면 ～～～～ 다음 ～～～～～." 에일리C가 말했다.

나를 기다릴 거라고, 다음 수업에 같이 가자는 말을 하는 거라 생각했지만 확신할 수는 없었다. 어쨌든 그러겠다고 대답했고 아이들은 서둘러 올루, 프랭키와 다른 친구들이 기다리고 있는 음악실로 향했다. 그러고 났더니 고민이 하나 생겼다. 오늘 점심을 누구랑 먹지?

집에 가는 것도 고려해 보았다. 학교에서 몇 분밖에 걸리지 않고 아빠가 아직 구직 중이니 집에 있을 테고 얼마든지 나를 반기면서 점심 한 끼를 만들어 줄 것이다. 어쩌면 나한테 점심 먹을 친구가 없다는 사실에 속상해져서 나를 스코틀랜드로 데려온 것을 후회할지도 모른다. 어쩌면, 내가 엄지와 검지 사이 피부를 세게 꼬집거나 잃어버린 개가 주인을 만나는 동영상을 생각하면서 가짜 눈물 몇 방울을 짜낼 수 있을지도 모른다. 그러면 고향 복귀라는 나의 원대한 계획에 한 발 더 다가가는 것이다.

학교 밖으로 나가려고 정문으로 향하는데 학생 식당에 있는 나탈리가 보였다. 나탈리는 식당 귀퉁이에 혼자 앉아서 도시락통에서 무언가를 꺼내 먹으면서 책을 읽고 있었다. 나는 바로 줄을 서고는 카운터에서 샌드위치와 사과 주스 한 병을 집었다. 나도 처음 며칠은 도시락을 싸 왔지만 에일리와 친구들 모두 학생 식당에서 급식 카드를 이용해 점심을 사 먹기에 나도 아빠에게 그렇게 할 수 있느냐고 물었다. 카드로 계산을 한 다음 나탈리 곁으로 다가갔다.

"안녕? 앞에 앉아도 되니?" 내가 물었다.

나탈리가 고개를 끄덕였다. 예상치 못한 일이라는 듯 깜짝 놀란 얼굴로 나를 바라보았다. ('예상치 못한'이란 단어는 일요일에 나탈리가 나에게 준 다음 바로 외웠고 언젠가 사용하기를 바라고 있었는데 아직은 기회가 없었다.) 내가 맞은편에 앉자 나탈리는 읽던 책을 내려놓았다. 표지에 소녀와 사자가 그려져 있는 두꺼운 하드커버 책이었다.

"그 책 재밌니?" 내가 물었다.

나탈리는 손으로 그저 그렇다는 표시를 해 보였다. 나는 샌드위치를 한입 베어 물었다. 스페인에서 샌드위치는 주로 아침으로 먹는 음식이어서 점심에 먹으려니 이상하다는 생각이 들긴 했다. 나탈리와 조금이라도 빨리 앉으려고 그냥 눈에 보이는 대로 집어 들었던 샌드위치였다. 먹어 보니 참치, 마요네즈,

스위트 콘이 들어가 있었다. 첫 한입을 먹기도 전에 코가 저절로 찡그러졌다.

"이거 별로다. 으, 정말로 이렇게 맛이 없을 수가." 내가 말했다.

나탈리가 씩 웃더니 자기 도시락 가방을 돌려 내 앞으로 놓았다. 그 안에는 베이글 한 개, 시리얼 바 두 개와 건포도와 과일이 담긴 봉지가 두 개 있었다. 시리얼 바를 하나 집어 들고 나탈리가 고개를 끄덕일 때까지 기다린 다음에 고맙다고 말하고 포장을 벗겼다. 약간 깔끄럽고 말라 있긴 했지만 그래도 방금 1.89파운드나 주고 산 이 끔찍한 비린내 맛 참치 샌드위치보다는 나았다. 나탈리는 귤을 하나 들고 껍질을 깠다. 우리는 잠시 동안 침묵 속에서 먹기만 했다.

옛날 학교 점심시간엔 나와 내 친구들 사이에 절대 침묵이 흐를 리가 없었다. 보통은 말이 들리게 하기 위해서는 거의 소리를 질러야 했다. 매리엄은 언제나 말을 세게 내뱉어서 가끔은 단어들이 우리 얼굴에 찰싹 달라붙기도 했다. 한번은 파우가 오후 내내 이마에 **바지**라는 단어를 붙이고 돌아다니기도 했다. 우리가 말 한마디 하지 않고 조용히 앉아 있다는 건… 상상 자체가 불가능했다.

하지만 이 침묵은 불편하지가 않았다. 공원에 있을 때처럼, 오전 내내 사람들이 하는 말을 이해하기 위해 집중을 해야 했던 나에게 이 시간은 그다음에 갖게 되는 평화로운 휴식 시간

과도 같았다. 하지만 그래도 마음 한 켠에서는 나탈리가 왜 말을 전혀 하지 않는지 무척 궁금했다.

"나 물어봐도 된다…. 아니 나 물어봐도 *되니?*" 나는 얼른 문법을 고쳐 말했다. "너는 원래 말을 잘 안 해?"

나탈리의 눈에 어두운 그늘이 살짝 스쳐갔다. 괜한 말을 꺼냈다고 생각하고 있는데 나탈리가 핸드폰을 꺼내더니 무언가 글자를 쳤다. 그리고 핸드폰 화면을 내 앞에 내밀었다. 화면에는 *선택적 함구증*에 대한 기사가 떠 있었다. 기사 제목을 소리 내어 읽으려고 해 봤지만 내 입에서 나오는 모든 단어들이 마구 섞여 버렸다.

"나한텐 너무 어렵다." 나는 고개를 흔들며 말했다.

하지만 그 페이지의 왼쪽 밑에 번역 기능이 있었고 나탈리는 고개를 숙여서 카탈로니아어를 눌렀다. 내 눈썹이 올라갔다. 여기에 사는 어느 누구도 우리가 카탈로니아어와 스페인어를 한다는 걸 아는 줄 몰랐기 때문이다. 물론 라이언은 안다. 라이언은 우리 아빠와 2년 동안 사귄 사람이니까.

나탈리가 베이글 반쪽을 내게 주고 나머지 점심을 먹었고 나는 그 기사를 읽어 내려갔다. 그 기사에서는 어떤 불안 장애는 특정한 상황이나 장소에서는 말을 하지 못한다고 했다. 말을 하거나 하지 않기로 선택한 것이 아니었다. 선택적 함구증은 불안 장애의 일종으로 경직 반응이라는 것을 일으켜, 아무리 노력해도 물리적으로 말을 할 수가 없는 상태를 만든다.

"그러면 학교에서…." 나는 어떻게 질문을 만들어야 할지 잠시 생각하다 핸드폰을 가리켰다. "네가 이런 거야?"

나탈리가 고개를 끄덕였다. 너무나 많은 의미가 포함되어 있는 끄덕임이었지만 아직 내가 모르는 면들이 너무 많았다.

"그러면 새로운 사람과 만나면?" 나탈리가 고개를 끄덕였다. "그러면 가족과는 어때? 집에서는?"

나탈리는 웃었다. 손을 들더니 마치 캐스터네츠를 연주하듯이 손가락을 접었다 폈다 했다. 집에서는 말을 잘한다는 뜻인 듯했다. 나는 웃었다.

"나도 우리 집에서. 스페인에서." 나도 캐스터네츠 손 모양을 하면서 말했다.

"하지만 여기서?" 나는 입술을 지퍼로 잠그는 표시를 했다.

나탈리가 씩 웃었다. 그리고 핸드폰 화면에 무언가를 치고 나에게 건네주었다. 지도 앱이 열려 있었다. 고개를 들어 쳐다보자 나탈리가 나를 가리켰다. 주소를 입력하라는 뜻 같았다. *카다크*를 쳤다. 핸드폰 화면에 흰 벽과 짙은 푸른색 대문과 셔터와 화분과 꽃으로 반쯤 가려진 발코니가 보이는 좁은 골목길 사진이 나오자 내 심장이 살짝 아파 왔다.

"내가 살던 동네는 여기!" 손가락을 지도의 구석에 댄 다음 줌인을 해서 어떤 거리를 확대했다. "여기 봐라. 이거 나하고 내 친구들이야."

지난번에 아빠는 라이언에게 길을 알려 주면서 지도를 찾은 적이 있었다. 지도에는 몇 년 전에 파우와 나의 이미지를 캡쳐한 화면이 나와 있었다. 우리는 스쿠터를 타고 캐러 큐로스 거리를 내달리고 있었고, 우리 왼쪽 다리는 마치 한 쌍의 피겨 스케이팅 선수들처럼 똑같은 앵글로 굽혀져 있었다. 이 사진을 보니 스쿠터가 자갈길을 달리며 내는 소리까지 들릴 듯했다. 내 목뒤에 느껴지던 따스한 햇살과 내 맨팔을 스치고 지나가던 부겐빌레아의 간질간질한 느낌도 느껴졌다. 우리의 일부는 아직도 그곳에, 햇살 가득한 거리 안에 고정되어 있을 거라 생각하니 기분이 좋았다.

나탈리의 눈이 반짝였다. 핸드폰을 가져가더니 스크린에 무언가를 또 쳤다. 핸드폰 화면에는 인버네스의 한 도서관의 이미지가 떠 있었다. 바로 지난주에 아빠가 데려가 아직도 펴 보지 못한 영어책을 몇 권 빌려준 곳이었다. 나탈리는 화면을 터치해 오른쪽으로 한참 줌인을 했고 그 안에는 부스스한 금발 머리의 작은 여자 아이의 이미지가 보였다. 그 아이는 책을 잔뜩 들고 건널목을 건너고 있었다.

"너도 지도 안에 있네!" 나는 웃으며 말했다.

너무 재미난 우연이었다. 둘 다 인터넷 지도 안에 정지된 서로의 모습을 보여 줄 수 있다니. 어쩌면 디지털 세상에서 저 두 아이가 만나 친구가 될지도 모른다.

우리는 종이 울릴 때까지 같이 앉아서 서로 좋아하는 장소들을 찾아 보여 주었다. 나탈리는 페어리 글렌이라는 중고 서

점을 좋아한다고 했다. 나는 아빠와 가끔 가서 스노클링을 하던 만과 야야의 고향인 마요르카의 한 마을을 보여 주었다. 그 다음에는 에일리 O에게 보여 준 것처럼 셀린과 디온 사진을 보여 주기도 했다. 나탈리의 집에 반려동물은 없었지만 한 살 반밖에 안 된, 너무 귀여운 여동생 에이바가 있었다. 나탈리는 말을 아예 하지 않았고 나는 내가 생각한 것의 반도 말하지 않았지만 나는 나탈리가 어떤 인생을 살고 있는지 대강은 그려 볼 수 있었다. 종이 울리고 이제 각자의 교실로 가야 하는 시간이 되자 나는 탁자를 가리켰다.

"내일? 여기서 또?" 나탈리에게 물었다.

나탈리는 웃으며 고개를 끄덕였다. 일어나서 나가려는데 내가 말한 단어들이 식당 바닥에 흩어져 있었다. 집에서 5분 동안 떠든 단어보다는 적었지만 학교에 와서는 가장 많은 말을 한 시간이었다. 처음으로 내가 자연스럽다고 느꼈다.

8장

 그때부터 매일 점심시간에 나탈리와 만나 점심을 먹었다. 갑자기 점심시간 친구를 바꾸게 되어 에일리들이 섭섭해할까 봐 나탈리와 두 번째 점심을 먹을 때는 넷이 같이 먹자고 해 보았다. 에일리 O는 좋다고 했지만 에일리 C는 내키지 않는 것 같았다. 에일리 C는 에일리 O에게 귓속말을 했는데 연어를 연상시키는 분홍색 단어들이 너무 빨리 나와서 다 읽을 수는 없었다. 결국 에일리들은 이전처럼 프랭키, 올루, 그리고 다른 아이들과 같이 먹기로 했고 나탈리와 나는 둘이 따로 먹을 수 있게 되었다.

 "우리와 다시 같이 앉고 싶으면 ～～～ 해, 갈라." 에일리 C가 웃으며 말했지만 커다란 책에 반쯤 가려진 나탈리를 볼 때는 얼굴에서 미소가 사라졌다.

 에일리들을 좋아하지 않은 건 아니었다. 정말 좋아했다. 에일리 C를 보면 고향 친구 파우가 생각났다. 끊임없이 수다를 떨고 어떤 일이 생겨도 금방 평소 모습대로 돌아왔다. 에일리 O의 웃음에는 전염성이 있어 같이 따라 웃게 되었고 내가 수업 시간에 이해를 하지 못하고 있을 때 언제나 도움을 주었다.

 하지만 어떤 이유인지 몰라도 우리 반의 어떤 아이와 있을 때보다 나탈리와 함께 있을 때 영어로 가장 많은 말을 할 수 있었다. 아빠와 라이언 앞에서도 이렇게 편하지는 않았다. 어쩌면 나탈리에게는 나에 대한 기대가 없기 때문일지도 몰랐다. 나탈리는 아빠처럼 내 실수를 고쳐 주지 않는다. 에일리들처럼 내가 문장 하나를 제대로 구사했을 때 대단하다고 치켜세우지도 않는다. 또한 나탈리는 다른 모든 사람과는 달리 내가 꼭 말을 해야 한다거나 했으면 좋겠다고 생각하지 않는다. 우리는 오랫동안 아무 말 없이 앉아 있어도 괜찮다. 우리의 의사소통 방법은 말 외에도 여러 가지가 있었다. 하교한 다음에는 문자 메시지를 보냈고 중요한 할 말이 있으면 핸드폰 메모장이나 교과서의 여백을 이용했다.

 금요일 점심시간에 도서관에서 수업 시간표 뒷장에 그림을 그리고 있을 때 나탈리는 영어 연습장을 한 장 찢어서 종이비행기를 만들어 날려 주었다. 비행기 날개 위에 메모가 적혀 있었다.

학교 끝나고 우리 집에 놀러 갈래?

나는 비행기 앞부분에 답을 썼다.

좋아! 옆에는 웃고 있는 고양이 그림을 그렸다. 사실 나는 강아지를 더 좋아하는 사람이긴 하지만 고양이가 더 그리기 쉬우니까.

마지막 수업 시간 전에 아빠에게 친구네 집에 놀러가서 늦을 것 같다는 메시지를 보냈다. 마지막 시간은 체육 시간이어서 — 나탈리는 라이언 수업이었고 나는 미스 오코너 수업이었다. — 끝난 후에 탈의실 밖에서 나탈리를 기다리고 있었다. 라이언이 파란색 체조 매트 몇 개를 들고 체육실에서 나오고 있었다.

"갈라, 안녕!" 라이언의 눈이 빛났다. "너 혹시 네트볼 〰〰?"

라이언은 우리가 포트로즈에 도착한 이후부터 계속 내게 네트볼 팀에 가입하라며 강력하게 추천했다. 이사 오기 전에는 네트볼에 대해 들어 본 적도 없었는데 라이언은 네트볼이 농구와 비슷하지만 공을 드리블하거나 드리블하며 달리는 건 없다고 했다. 살짝 궁금하긴 했지만 계속 거부하는 중이다. 만약 스포츠 팀에 가입하면 아빠는 내가 이곳에서의 장기적인 생활을 받아들였다고 생각할 터이기 때문이고 나는 아직 그렇지 않아서다.

"아뇨. 네트볼은 아직요." 내 단어들은 흐린 회색으로 나왔다. 요즘에 라이언에게 말할 때 주로 나오는 색이었다. "오늘 나탈리네 집에 놀러 가기로 해서요."

라이언은 실망한 표정을 지었지만 금방 웃어 보였다. "와, 잘 됐네. 차 마실 시간 전에 올 거니?"

라이언이 "차"라고 표현했지만 실은 음료수를 마신다는 게 아니라 저녁을 먹는다는 의미라는 걸 지금은 안다. 처음에 왔을 때는 정말 헷갈렸더랬다. 라이언이 왜 볶음 요리나 화이타에 요크셔골드 홍차 한 잔을 붓지 않는지 의아했었다.

"그럴 걸요. 7시 30분쯤. 괜찮아요?"

라이언이 씩 웃었다. 카다크에서 아빠와 나는 언제나 저녁을 9시쯤에 먹었지만 라이언은 항상 그 전에 배가 고프다면서 6시에 저녁을 먹자고 했다. 우리에게는 6시가 황당할 정도로 이른 시간이었으므로 라이언과 아빠는 7시 30분으로 합의를 보았다. "그래. 그럼 그때 보자."

나탈리가 탈의실에서 나왔고 나는 라이언에게 인사를 한 다음에 나탈리의 소매를 붙잡고 서둘러 빠져나왔다. 우리는 하이 스트리트에 있는 상점에 들러서 초콜릿과 과자를 몇 봉지 샀고 야트막한 언덕을 걸어 올라가 나탈리의 집까지 갔다. 흰색의 아담한 주택으로 앞마당에는 미끄럼틀과 그네가 설치되어 있었다. 라이언의 집에서 5분밖에 걸리지 않았다. 우리가 현관에 도착하자 나탈리가 나를 향해 돌아서며 웃었다.

"여기야. 우리 집." 나탈리가 따뜻한 집 안으로 한 발 들어가며 말했다. "우리의 소박한 ~~~~."

나탈리가 말하는 소리를 들은 건 처음이었다. 집에서는 말이 무척 많다고 이야기해 준 적은 있었지만 나는 방심하고 있다가 마지막 단어를 놓치고 말았다. 놀랐다는 걸 표시내지 않으려고 애썼다. 나는 가끔 학교에서 한참 동안이나 입을 꾹 다물고 있을 때가 있고, 그러다 한 마디를 했을 때 사람들이 보이는 호들갑스러운 반응이 별로 달갑지 않았기 때문이다. 하지만 나탈리의 목소리를 들으니 참 좋았다. 생각했던 것보다 더 낮고 부드러운 목소리였고 단어들은 끝부분이 약간 꺾인 **귀엽고 도톰한 글자**로 만들어져 있었다. 지금 나온 단어는 따뜻한 느낌의 짙은 빨강으로 포근한 크리스마스 스웨터 같은 색이었다.

나탈리가 복도에 신발을 벗어 놓아서 나도 그렇게 하고 뒤따라 안으로 들어갔다. 부엌은 작고 따뜻한 공간으로 벽은 해바라기 노랑색이었고 부엌 한가운데에 원형의 원목 테이블이 있고 라이언의 부엌에도 있는 검은색 아가 오븐이 있었다. 나탈리의 동생 에이바는 아기 의자에 앉아 다리를 흔들면서 비스킷을 먹고 있었고 나탈리의 엄마는 오이를 썰고 계셨다.

"안녕, ～～～～ 한 갈라겠구나." 나탈리의 엄마 역시 나탈리처럼 부스스한 금발 머리였다. 단어도 나탈리의 단어와 비슷한 모양이었다. 동글동글하고 도톰했다. "나탈리 엄마 애비야. 만나서 ～～～ 반갑다."

나도 그렇다고 대답했다. 애비는 나탈리에게 학교에서 오늘 어땠냐고 물어보았다. 그 단어는 걱정이 담긴 푸른 빛깔을 띠고 있었다. 나탈리는 괜찮았다고 대답한 후에 에이바 옆의 의자에 털썩 앉았다. 직접 보니까 사진보다도 더 귀여운 아가였다. 커다란 갈색 눈에 귀가 옆으로 튀어나와 있고, 코끼리가 스팽글로 수놓아진 스웨터를 입고 있었다.

"에이바, 갈라한테 인사할래?" 나탈리의 단어들은 벽과 같은 따뜻한 노란색이었다.

에이바는 손에 들고 있던 비스킷을 흔들었다. 에이바의 입 주변과 옷에는 과자 조각과 글자들이 떨어져 있었다. "**그거**." 에이바가 말하자 파스텔색의 음표처럼 보이는 소리들이 쏟아져 나왔다. **바. 라. 다. 마. 파**…. 나탈리는 에이바의 정수리에 뽀뽀하고는 조심스럽게 그 글자들을 집어서 자기 주머니에 넣었다.

"내 방에 가자."

애비가 우리가 사 온 과자와 초콜릿을 먹기 전에 건강한 음식부터 먹으라고 해서 우리는 에이바의 오이 스틱과 사과 하나씩을 들고 2층으로 올라갔다. 나탈리가 방문을 열자마자 나는 숨을 훅 들이쉴 정도로 놀랐다. 침대에는 커다란 도넛 모양 베개가 있고 세계지도가 붙어 있는 벽면을 빼고는 어디에나 책, 책들뿐이었다. 책장에 가득 꽂혀 있기도 하고 책상 위에 쌓여 있기도 하고 침대 위에 아무렇게나 흩어져 있기도 했다. 저렇게 많은 책을 다 읽으려면 오백 년도 넘게 걸릴 것 같았다.

"책이 너 정말 좋아한다." 이렇게 말하고서는 어딘가 이상하다는 것을 알아챘다. "그게 아니고. 너 책 정말 좋아하는구나."

나탈리는 웃더니 과자 봉지를 책상에 내려놓았다. "책들도 나를 좋아했으면 좋겠다."

나탈리는 쌓여 있는 책 무더기를 가리키더니 마음에 드는 책이 있으면 얼마든지 빌려 가도 된다고 말했다. 나는 고개를 흔들었는데 영어로 된 책을 읽는 건 여전히 버거운 일이었고 반드시 필요한 책 외에 다른 영어책은 별로 읽고 싶지 않았다. 하지만 책 표지는 구경하고 싶었다. 나탈리의 침대 협탁에 쌓아둔 책의 책등을 보다가 책상 위 작은 나무 상자가 눈에 들어왔다. 상자 뚜껑엔 거북이 조각이 새겨져 있고 상자 안에는 단어들이 가득 채워져 있었다. 밝은 단어, 새 단어, 희미해지는 단어들.

"나 뭐 하나 물어봐도 돼? 근데 너 이 단어들로 뭐해?" 내가 물었다.

나탈리는 교복 바지 주머니에서 오늘 주운 단어들을 꺼내더니 상자에 떨어뜨렸다. "수집하지."

"수집한다고?"

"응. 나는 이걸 단어 찾기라고 불러." 나탈리는 침대 밑으로 손을 뻗어 커다란 직사각형의 앨범을 꺼냈다. 야야의 집에서도 본 듯한 앨범이었다. "에이바를 위해 만들고 있어. 이건 ~~~~~. 첫 단어야. 서점에서 파는 '우리 아기 첫 낱말' 같은 책인데 하지만 ~~~~~ 거야."

앨범 안에는 사진이 끼워져 있지 않았다. 대신 단어들이 끼워져 있었다. **어마. 아바. 빠빠. 버스**. 모두 아가들이 말할 때 나오는 커다랗고 한쪽으로 기우뚱한 글자들이었다.

앨범의 다음 장을 넘기고 있는데 나탈리가 책상 서랍에서 분홍색 실크 손수건을 하나 꺼냈다. 나탈리가 천천히 에이바의 "**그거**" 단어를 앨범의 한 페이지에 꽂았다. 글자의 끝이 동그랗게 말려 있어 나탈리가 실크 손수건으로 납작하게 잘 펴서 붙여야 했다.

"이렇게 해야 단어들이 사라지지 않거든." 나탈리는 천을 네모반듯하게 접으면서 말했다.

"난 몰랐어…." 말을 하려다가 중간에 멈췄는데 내가 하고 싶은 말을 문장으로 만들 자신이 없었다. 나도 예전에 수집한 구어를 본 적이 있었다. 소풍으로 갔던 바르셀로나의 한 박물관에서 유명한 정치인의 연설과 예술가들의 강연에서 나온 단어들을 모아 만든 액자를 보기도 했다. 하지만 우리도 이렇게 할 수 있을 줄은 몰랐다.

나탈리 핸드폰에 깔린 번역 앱의 도움을 받아 나탈리는 설명을 해 주었다. 작년부터 종이 위에 구어를 배치하면서 놀기 시작했는데 가만히 놔두면 결국 분해되어 버리는 단어를 고정시키는 방법을 찾다가 최적의 방법을 알아냈다고 했다. 어떤 문화에서는 아기들의 첫 낱말을 모으기도 한다는데 거기서 바로 에이바의 책에 대한 아이디어를 얻었다고 했다. 또 어떤 문화에서는 세상을 떠나는 사람들의 마지막 유언을 모아서 다음 세대에게 전해 주기도 한다고 한다.

그 이야기를 듣다 보니 왜 이런 일이 조금 더 흔하게 이루어지지 않는지 궁금해졌다. 라이언의 집에서는 테이블이나 다른 표면에 있는 단어들을 쓸어 버리거나 바닥의 단어들은 다른 사람들처럼 진공청소기로 빨아들인다. 이 단어들로 무언가를 할 수 있다고 생각한 적은 없었다. 하지만 다시 생각해 보니 이제까지 누가 제안하지 않았다는 것이 이상할 정도였다.

"가장 좋은 방법은 이 단어들이 ～～～～ 다음 직전에, 아직 신선할 때 종이 위에 붙여 놓는 거야. 나는 이것들로 ～～～도 만들고 있어." 나탈리가 말했다.

내가 방금 말한 그 단어를 놓친 걸 알아챈 나탈리는 카펫에서 그 단어를 주워 내게 보여 주었다. *시*였다. 자기를 내세우지 않는 듯한 부드러운 보라색으로 지금까지 나탈리가 했던 말 중에서 크기가 제일 작았다. "시 말이야. 이렇게."

나탈리는 침대로 가더니 베개 밑에 있는 공책 하나를 꺼냈다. 첫 페이지에 시가 적혀 있었다.

외로운 **화산**
생각하고, 끓어오르고, *쉭쉭거리며,* **뜨거운**
참지 마. *해* **버려. 터트려 버려!**

각각의 단어들은 서로 다른 사람들이 한 말이었다. 단어의 크기, 색깔, 폰트를 보면 알 수 있었다.

"단어로 이걸 만드는 거야? 시를 만드는 거?"

나탈리가 고개를 끄덕였다. 부끄러운지 얼굴이 약간 붉어졌다. "응. 가끔 만들어. 물론 나도 그냥 글로 쓰거나 내가 말한 단어로만 만들어도 된다는 걸 알아. 하지만 다른 사람들의 단어를 이용하는 걸 선호해."

"왜?"

"대체로 사람들은 말을 너무 *쉽게* 생각하잖아. 그냥 말하고 또 말하지. 말을 한번 밖으로 내뱉고 나면 그에 대해 더 이상 생각을 하지 않아. 하지만 나에게는 말을 한다는 것 자체가 어려운 일이니까."

나탈리는 상자에서 옅은 노란색의 **별**이라는 단어를 꺼내서 손가락 사이에 끼웠다.

"이렇게 손으로 잡으면 어떤 느낌이냐면… 말이라는 것의 단순함을 내 것으로 만들 수 있을 것 같아서. 쉽게 나온 단어들이 내 단어가 되는 거지. 내가 말하기 위해 싸우듯이 노력하지 않아도 되는 느낌."

시를 다시 읽어 보았다. **끓어오르다**, *쉭쉭거리다*, **터트리다** 같은 단어를 몰랐지만 시는 왠지 슬프게 느껴졌고 약간 분노가 섞여 있는 것도 같았다. "그런데 이 시가 말하려고 하는 건 뭐야?"

나탈리는 공책을 돌려서 단어를 들여다보았다. "내가 가끔 느끼는 감정이야. 말을 하고 싶은데 말을 하지 못할 때, 단어들은 내 안에 있지만 내 목에 걸려 나오지 않아. 말들이 내 안에서 쌓이는 게 느껴져. 압력은 점점 커지고 커지다가 내가 곧 터져 버릴 것만 같을 때가 오거든."

나탈리가 천천히 말을 해 주어서 나탈리의 단어는 모두 다 읽을 수는 있었다. 하지만 나탈리의 말에 담긴 의미를 완전히 파악한 것 같지는 않았다. 나탈리는 목을 가다듬고서는 나에게 손으로 폭발하는 듯한 모양을 그려 보였다.

단어들이 훨훨 날아가겠지   하루치의 단어들

괜찮은 생각들   그렇지만 하지 못한 말들

나는 고개를 끄덕였다. 길고 길었던 일주일 동안 내가 느낀 감정과 정확히 일치했다.

"어떤 사람들은 이해 못 해. 내가 말하고 싶지 않아서 안 하는 게 아니라는 걸. 글쎄, 물론 말하고 싶지 않을 *때*도 있고 가끔은 할말이 없거나 듣는 게 더 좋을 *때*도 있지. 어떤 사람들의 말은 굳이 대답할 가치가 없기도 하고."

*가치*라는 단어는 몰랐지만 대강 무슨 뜻인지 짐작할 수는 있었다. "크레이그와 아비가일의 말?"

나탈리가 고개를 끄덕였다. "그 애들 말. 그리고 다른 말들.

가끔은 사람들이 말을 줄이면 더 나은 세상이 될 거라 생각하기도 해. 하지만 대체로 나도 말을 하고 싶지만 못 하는 거야. 내 몸이 허락하질 않아서. 그건 ～～～～～ 거야."

나탈리의 교복 스웨터 사이에 단어 하나가 걸렸다. *좌절스러운*이란 단어였다.

"나도 그래. 내가 말을 잘하지 못한다고 해서 똑똑하지 않다고 생각하는 게 싫어." 내가 말했다.

"나도 그게 화가 나." 나탈리의 탁한 황록색 단어에는 약간의 붉은색이 스며들어 있었다. "다른 사람들은 너의 모국어 한 단어도 모르면서. 다른 외국어도 못 하면서. 그런데 너는 영어의 두 단어, 아니 정말 많은 단어를 알고 있는 걸.

"그러니까 당신이 하고 싶은 말은… 제가 천재라는 거죠?" 내가 일부러 진지하게 말해서인지 내 단어들은 서류 가방 같은 갈색으로 나왔다.

나탈리가 웃으며 말했다. "바로 그 말씀입니다요!"

나는 씩 웃었다. 나탈리가 나의 농담을 이해해 주어서, 내가 나탈리를 웃게 만들어서 행복했다. 이날의 대화는 우리가 이제까지 나눈 가장 긴 대화이자 어쩌면 내가 영어로 나눈 가장 긴 대화일지 몰랐다. 하지만 한 시간 뒤에 나탈리의 집에서 나왔을 때는 매일 학교가 끝나고 집에 갈 때처럼 너무 피곤하거나 얼른 집에 가고 싶다고 생각하지는 않았다. 마침내 우리가 서로의 말을 진짜 듣게 되었다고 느꼈다.

9장

───────

 그 주 토요일에 1층에서 올라오는 고소한 빵 굽는 냄새를 느끼며 잠에서 깼다. 컵과 접시가 부딪치는 소리와 웅얼거리는 대화 소리가 나는 걸 보니 아빠와 라이언은 벌써부터 일어나 있는 것 같았다. 두 사람은 주말에도 항상 아침 일찍 기상했다. 라이언은 해가 뜨자마자 러닝을 하러 나가고 아빠는 일어나서 커피 한잔을 마시면서 인터넷 뉴스 보는 것을 좋아한다. 하지만 그 빵 굽는 냄새는 평소와는 달랐다. 일어나서 스웨터를 걸치고 코알라 슬리퍼를 신은 다음 1층으로 내려갔다. 부엌으로 들어가니 라이언은 한 바퀴 돌면서 나를 반겼는데 손에는 오븐 장갑을 끼고 베이킹 트레이를 잡고 있었다.

 "나 엔사이마다 만들고 있어! 나의 ∼∼∼ 엔사이마다!" 라이언이 외쳤다.

엔사이마다는 야야의 고향이기도 한 마요르카의 전통 페이스트리다. 라이언이 우리 집에 놀러 올 때면 늘 아파트에서 두 블록 떨어진 베이커리에서 엔사이마다를 사다가 같이 먹곤 했다. 달팽이 모양의 빵 위에 슈거 파우더가 뿌려져 있는, 내가 가장 좋아하는 빵이다. 트레이에는 엔사이마다 모양의 빵이 여섯 개가 올라가 있고 쿨링 랙에 또 여섯 개가 있었다.

"고맙습니다." 내 입에서 나온 단어는 밝은 노랑색이었는데 내가 행복하면 나의 단어가 이 색으로 나오곤 했다. "와, 정말 예뻐요."

라이언은 필요한 재료 하나를 구하지 못했다는 내용의 무슨 말을 했다. 아빠는 라이언의 어깨를 주물러 주면서 빵이 정말 맛있어 보인다고 말했는데 사실 아빠는 엔사이마다는 물론 달콤한 간식을 별로 좋아하지 않는다. 아빠는 커피 한 잔을 더 따르더니 페이스트리가 식기를 기다리는 동안 토스트를 하나 구웠다.

"갈라, 오늘은 뭐 하고 싶니?" 아빠는 영어로 물어보았다.

야야와 나는 토요일 아침마다, 야야가 친구들과 빠델(테니스와 비슷한 라켓 스포츠의 일종—옮긴이)을 한 다음 영상통화를 하기로 약속했었다. 그 영상통화를 빠트릴 수는 없었다. 하지만 스코틀랜드에 온 이후에 처음으로 날씨가 맑게 개어 화창했고 하루 종일 실내에 있고 싶지는 않았다.

"뭐 하지? 산책?" 식탁에 앉으면서 아빠에게 물었다. "셀린과 디온하고 같이요."

디온은 구석에 있는 자기 침대에서 졸고 있다가 자기 이름을 듣고서는 고개를 번쩍 들고 뭥미? 하는 표정을 지었다. 셀린은 뒷마당에서 감히 자기 구역에 발을 들여놓은 다람쥐를 쫓아내기 위해 온 힘을 다해 짖어 대고 있는 중이었다.

아빠가 웃었다. "좋지. 네가 가고 싶은 곳이면 어디든 가자."

라이언은 슈거 파우더 한 봉지를 들고, 쿨링 랙 위에서 식어 가는 엔사이마다에 조금씩 뿌리고 있었다. 라이언이 얼마나 뿌려야 하는지 물어서 내가 계속 조금 더 뿌리라는 몸짓을 했고 아빠는 결국 웃으면서 페이스트리보다 설탕이 더 높이 쌓이겠다고 말했다. 이윽고 라이언은 식탁에 엔사이마다 두 개를 올려놓고 내 옆에 앉았다.

"봉 프로핏!" 라이언이 말했다. 카탈로니아어로 "맛있게 드세요"라는 뜻으로 식사를 하기 전에 라이언은 항상 이렇게 외쳤다. 하지만 이 단어는 약간 이상하게 생긴 모양으로 나왔는데 "봉"은 너무 두껍고 "핏"은 너무 가늘게 나왔지만 아빠는 라이언의 발음을 들을 때마다 바보 같은 미소를 지었다. 둘이 동시에 페이스트리를 하나씩 집어서 크게 한입 베어 물었다.

씹기 시작하자마자 뭔가 잘못되었음을 직감했다. 이 빵은 엔사이마다라고 할 수가 없었다. 너무 바싹 마르고 퍽퍽해서 거의 베이글 같았고 위에 설탕을 아무리 많이 뿌렸어도 충분히 달지가 않았다. 그렇다고 아예 맛이 없는 건 아니었지만 엔사이마다가 아닌 건 확실했다. 비슷하지도 않았다.

"음… ～～～를 더 넣어야겠네." 라이언이 얼굴을 찡그리며 말했다. "미안해, 갈라. 다음에 잘 만들어 볼게."

괜찮다고 말하려고 했지만 단어는 갑자기 목에서 걸려 나오지 않았다. 살짝이라도 비슷한 맛이나 식감이었다면 어땠을까? 라이언에게 고맙지 않은 건 아니었다. 갑자기 기분이 엉망이 되었다. 그리워하던 고향의 음식 맛을 보게 될 줄 알았었다. 기가 막히게도 내 눈에 눈물이 맺히기 시작했다. 엔사이마다인 척하는 빵을 내려놓고 얼른 눈물을 훔쳤다.

"갈라! 너 도대체 왜 그러니?" 아빠가 카탈로니아어로 물었다. 식탁 위로 흩어진 아빠의 단어들은 모두 짙은 호박색으로 가장자리가 날카로웠다. "너 왜 우는 거야?"

"그렇게까지 맛이 없니?" 라이언은 억지로 웃으려고 해 보았지만 그의 단어에 남색 그림자가 드리워진 걸로 봐서 적잖이 실망했음을 알 수 있었다. "정말 미안하다, 갈라. 난 그냥…."

전혀 그렇지 않다고 말하려고 했으나 울음이 왈칵 쏟아져 나와 말을 할 수가 없었다. 등을 돌리고 계단을 뛰어올라 내 방으로 들어왔다. 마침 외풍이 불어 문이 세게 닫히면서 쾅 소리가 났다. 침대로 뛰어올라 베개에 얼굴을 묻고 베갯잇이 젖을 때까지 울었다. 잠시 후 빠르고 무거운 발소리가 나를 따라 올라왔다. 아빠가 노크도 없이 문을 벌컥 열고 방 안으로 들어왔다.

"너 생각이 있는 거니? 라이언이 너한테 이 빵 만들어 주려고 얼마나 애썼는지 알아? 적어도 고맙다는 인사는 해야 되는 거 아니야?" 아빠가 말했다.

"고맙다고 말했어." 나의 단어들은 베개에 꾹꾹 눌렸다. "엔사이마다 만들어 준 거 정말 고마웠다고."

"그런데 왜 이런 식으로 행동하는데? 전혀 너답지가 않잖아."

고개를 들어 아빠의 눈을 정면으로 마주보며 말했다. "왜냐하면 난 집에 가고 싶으니까. 카다크에 다시 가고 싶으니까!"

아빠는 침대 끄트머리에 털썩 앉았고 나는 다시 베개에 얼굴을 묻었다. 아빠는 긴 한숨을 내뱉었다. "우리 부활절에 가기로 했잖아. 너도 알잖아. 시간이 얼마나 빠른데."

나는 카다크에 관광객처럼 간다는 사실이 싫었다. 카다크 사람들은 여름에 몰려오는 관광객들 때문에 교통이 혼잡해지고 해변에 발 디딜 틈이 없다고 불평한다. 아빠도 관광객들 때문에 투덜댄 적이 한두 번이 아니다. 라이언이 여름휴가에 바르셀로나 친구들을 만나러 올 때마다 둘이 만났으면서도 그랬다. 휴가 기간에 카다크에 간다면 내가 살던 곳인데도 관광객처럼 느껴질 것이다. 그 거리는 나의 거리였다. 그 거리에 또다시 작별 인사를 하고 싶지 않았다.

"그래, 향수를 느끼는 건 정상이야. 나도 카다크의 친구들, 직장 동료들, 러닝 모임 사람들이 그리워. 하지만 그 사람들은 여전히 거기서 살고 있어. 그건 우리가 다시 돌아갔을 때 그 사람들과 시간을 보낼 수 있으니 감사해야 한다는 뜻이야."

"나만 가서 야야와 같이 살면 안 돼?" 아빠 말을 무시하며 물었다. "야야 집에 남은 방 있잖아. 아마 좋다고 할지도 몰라."

"그렇게 하면 아빠가 너 보고 싶어서 어떻게 사니? 갈라, 너는 아빠 안 보고 싶을 것 같아?"

나는 대답하지 않았지만 당연히 답은 '아니, 보고 싶을 거야'였다.

아빠는 내 등을 쓰다듬었다. "미안해, 우리 꼬맹이. 아빠한테도 쉬운 결정은 아니었어. 하지만 멀리 봤을 땐 우리 가족에게 최선의 선택이었다고 생각해. 우리 세 사람 모두에게."

왜 아빠가 이 생활이 나에게 최선일 거라 생각한 걸까? 나는 지금 너무나 정당하게 울고 있고 대답을 하고 싶지 않았다. 아빠는 내 머리를 쓰다듬기 시작했지만 난 머리를 왼쪽으로 틀어서 아빠의 손길을 피했고 아빠도 손을 거두었다. 그러다가 울음이 그쳤고 갈매기가 끼룩거리는 소리와 해변으로 다가오는 파도가 속삭이는 소리 외에는 방 안에 아무 소리도 들리지 않았다. 너무 조용하다. 이곳은. 이곳은 나도 조용하게 만든다. 나는 원래 이런 사람이 아니다. 나는 맑고 파란 하늘 아래에 있는 커다란 노란색 단어 같은 사람이다.

"그런데 아직 네 방은 하나도 꾸미지 않고 그대로네." 아빠가 나의 텅 빈 벽을 바라보며 말했다. "우리 오늘 산책하고 시내에 가서 벽에 걸 포스터 몇 장 사 올까? 아니면 네 친구들 사진 인쇄해서 붙여 놓아도 되고."

이사 오기 전에 라이언은 이 방의 벽을 내가 가장 좋아하는 색인 라즈베리 핑크색으로 칠해 주었고 아빠가 새 책상과 새 책장을 사 주고 갤럭시 램프를 주문해 줘서, 램프를 켜면 벽이 수천 개의 파란색과 보라색 별로 반짝인다. 꽤 근사한 방이라는 걸 인정할 수밖에 없었다. 하지만 이 방은 우리 집의 발코니에 앉아 있던 작은 초록색 앵무새를 불러올 수 없고 아래층 골목 카페에서 들려오던 다정한 말소리도 데려올 수 없다. 파우와 매리엄과 라이아는 절대 이 방에 있지 못할 것이다. 이 방에서 아무것도 아닌 일에 웃고 고래고래 소리 지르고 비밀도 아닌 비밀들을 서로에게 털어놓을 일은 없을 것이다.

"여긴 내 방도 아닌걸." 또다시 삐죽거리고 싶어졌다. "앞으로도 내 방이 될 리가 없어."

아빠 또한 짜증이 밴 긴 한숨을 내뱉었다. "네 방 맞아, 갈라. 여기가 우리 집이야. 이제 우리는 여기에 살아." 아빠의 단어는 어두운 청색이었고 단어들은 빗방울처럼 카펫 위에 톡톡 떨어졌다.

아빠는 일어나서 뒤도 돌아보지 않고 문으로 갔다.

"우리는 익숙해져야만 해."

이제 우리는 여기에 살아

10장

아빠와 싸우고 나서 한 번 더 엉엉 울었다. 야야와 영상통화를 할 때 눈은 빨갛게 충혈되어 있었고 야야는 걱정이 가득한 얼굴로 나를 바라보았다. 그 안쓰러워하는 표정을 보니 더 울고 싶어졌다. 얼마 후에는 아빠가 올라와서 나를 안아 주면서 화내서 미안하다고 말하기도 했다. 라이언도 개들을 데리고 나를 보러 올라왔다. 라이언도 사과하면서 내가 이해하지 못한 몇 마디를 했고, 그 잠깐 사이에도 디온은 내 무릎 위에 올라오려고 하고 셀린은 내 상어 인형과 엎치락뒤치락했다. 나는 카탈로니아어로 라이언의 잘못이 전혀 아니고 라이언이 나를 위해 내 추억의 빵을 만들어 줘서 너무 고맙게 생각한다고 말했다. 라이언은 약간 어안이 벙벙한 얼굴이기는 했지만 내 말의

뜻은 대충 짐작한 것 같았는데 내 말이 끝나자마자 팔을 크게 벌려 나를 꼭 안아 주었기 때문이다. 라이언에게 그가 만든 엔사이마다를 전혀 닮지 않은 빵 냄새가 났다.

아빠는 우리가 다같이 산책을 나가야 한다고 했고 인버네스에 가서 내 방에 필요한 물건 몇 가지를 사 오자고도 했다. 하지만 그 주말이 끝날 때까지 우리 사이에는 약간 불편한 분위기가 남아 있었다. 얼른 월요일이 되어 학교에 가고 싶다는 생각까지 했는데 학교에 가면 나탈리와 편하게 점심을 먹을 수 있어서였다.

나탈리를 만나자마자 조용히 들어주는 나탈리에게 주말에 우리 집에 있었던 작은 다툼과 내가 얼마나 고향집이 그리운지 이야기했다.

"우리는 가긴 갈 건데 말이야… 음… 3월에? 아니 4월에! 하지만 아직 너무…."

아직 멀었다는 단어를 찾으려고 해 봤지만 찾을 수가 없었다.

"슬퍼." 대신에 이렇게 말했다.

나탈리와 나는 도서관 서고 사이에 있었다. 나탈리는 예전에 여기서 흥미롭고 특별한 단어를 찾은 적이 있다고 했는데, 어쩌면 사서들이 책을 추천하거나 아이들이 읽은 책에 대해 이야기하다 떨어진 단어들이라 그런 것 같다고 했다. 언제나 그렇듯이 점심시간의 도서관은 북적북적했는데 컴퓨터 게임을 하거나 다급하게 다음 수업 시간 숙제를 하려는 아이들 때문이었다. 그 애들이 나탈리가 바닥에 떨어진 단어를 줍는 모습을 보지 못하도록 내 몸으로 나탈리를 가렸다.

"여기 살아서 좋은 점도 많아. 너도 있고, 셀린과 디온도 있고, 에일리들도 있고, 하지만 내 친구들…."

친구들이 얼마나 그리운지를 어떻게 말해야 하는지 잊었지만 나탈리는 나를 가만히 쳐다보더니 무슨 마음인지 이해한다는 듯 고개를 끄덕였다. 나탈리는 서고에서 표지에 해적 그림이 그려진 책을 한 권 꺼내서 펼쳤다. 열 개도 넘는 단어가 바닥에 우수수 떨어졌다. 나탈리의 눈이 반짝였고 몸을 숙여 그 단어들을 뒤적였다.

내 뒤를 돌아보니 크레이그와 아비가일 패거리 몇 명이 도서관 컴퓨터 주변에 모여서 루크 왓킨스가 슈팅 게임하는 걸 구경하고 있었다. 그 애들이 나탈리를 발견하고 기분 나쁜 말을 할까 봐 걱정되었지만 그 애들은 우리를 쳐다보지 않았다.

"내가 정말 많이 진짜 슬프다고 말하면 아빠도 다시 생각해 보지 않을까?"

이렇게 말하긴 했지만 과연 이 말이 진심일지 나도 의심하기 시작하긴 했다. 스코틀랜드에 온 지도 벌써 4주가 지났다. 나는 한 달 내내 아빠에게 집에 돌아가고 싶다고 애원했고 아빠는 한 달 내내 내가 이곳 생활을 좋아하게 될 거라고 주장했다. 그렇다고 해도 계속 시도는 해 볼 생각이었다. 결국 아빠가 내 말을 진지하게 여기게 될 날이 올 것이다.

나탈리는 고개를 들지 않고 바닥에 떨어진 단어만 보고 있었다. 순간 미안한 마음이 불쑥 생겨났다. 만약 카다크로 돌아간다면 파우와 매리엄과 라이아를 보고 싶어 하는 것과 마찬가지로 나탈리가 보고 싶겠지.

"너도 꼭 와 봐! 분명 좋아할 거야." 내가 말했다.

나탈리는 웃더니 책가방을 열고 자기 공책 한 권을 꺼냈다. 컴퓨터 쪽에서는 또 한 번의 환호성이 들렸는데 루크가 게임을 이긴 모양이었다. 사서인 미스 월시가 그들에게 다가가서 조용히 하라고 했지만 크레이그가 또다시 소리를 질렀고 자기 순서가 되어 의자에 앉으려고 하는 남자애를 밀치기까지 했다.

우리 학년의 애들 중에서 크레이그와 아비가일이 가장 얄미웠다. 수학 시간마다 나탈리를 놀리고 가끔은 복도에서도 한마디씩 하고 지나갔다. 그 애들은 언제나 말을 너무 빨리해서 내가 전부 알아들을 수도 없었지만 그 애들이 떠들면 난 멀리서도 그 아이들을 힘껏 노려보았고, 가끔은 내 눈길을 의식하는 것 같기도 했다. 내가 집으로 돌아간다는 것은 나탈리를 다시 그 애들과만 남겨 둔다는 뜻이기도 했다.

몸을 돌려 나탈리를 보니 나탈리는 해적 책에서 떨어진 단어들을 자기 공책에서 찢은 종이 한 장에 올려놓고 있었다. 가방에서 집에 있던 것과 같은 실크 손수건을 꺼내 종이 위의 글자를 조심스럽게 붙인 다음에 나에게 건네주었다. 짧은 시 한 편이었다.

집이란 땅에 **묻을 수** 없는 **보물**
바다에 가라앉지 않는 *배*
황금처럼 빛나는 옛 시절 **기억들**
지도는 없어도 돼. **네 마음에** 나침반만 **있다면**

"이거 나를 위한 시야? 정말 좋잖아!" 나는 눈을 깜빡이며 말했다.

나탈리는 부끄러워하며 배시시 웃었다. 나는 시를 다시 읽어 보았다. 나탈리가 이렇게 빨리 단어를 조합했다는 사실을 믿을 수가 없었다. 나는 묻을, 가라앉지, 나침반 같은 단어는 알지 못했지만 시의 내용과 의미는 충분히 짐작할 수 있었고, 그건 나를 행복하게 만들었다. 무엇보다 나는 이 시에서 무언가를 느꼈다. 내가 아무리 먼 곳에 떨어져 있어도 카다크는 나를 기다릴 것이었다.

"고마워." 이렇게 말한 다음 라이언이 자주 사용하는 영어 표현이 기억나 덧붙였다. "백만 번 고마워."

나탈리가 환하게 웃었고 다음 수업 종이 울렸다.

○

나는 학교가 끝날 때까지 아무도 보지 못하게 가방에 시를 숨겨 두었다. 오후에 집에 오자마자 내 방에 들어가 꺼내서 다시 한번 읽어 보았다. 나탈리는 같은 내용의 시를 펜으로 쓸 수도 있었겠지만 사람들의 말을 이용했고 그건 다르다. 마치 그 단어를 말할 때 담겨 있던 모든 생각과 감정들이 시에 스며들어 시의 감정과 섞이는 것만 같다. 나탈리는 줍지 않으면 사라져 버릴 단어들을 구출해서 그 단어들로 완전히 새로운 것을 만들었다. 오로지 나를 위해서…. 정말 특별한 느낌이었다.

아빠가 지난주 토요일에 인버네스에 가서 내 방을 장식하라고 프린트해 준 사진은 여전히 내 책상 위의 노란 봉투 안에 들어 있다. 아빠는 이 사진을 붙일 수 있도록 블루택 접착제를 사 줬는데 접착제 네 개를 만들어 나탈리의 시가 적힌 종이 뒤에 붙인 다음 내 창문 옆에 붙여 두었다. 내가 텅 빈 회색 바다와 흐린 하늘을 바라보면서도 이 시를 읽는다면 나의 고향은 변함없이 그 자리에 있다는 것, 저 지평선 너머 어딘가에 있다는 사실을 기억할 수 있을 것이었다.

"갈라! 간식 먹을래?" 아빠가 계단 아래에서 나를 불렀다.

"응. 옷 갈아입고 있어!"

교복을 벗고 평상복으로 갈아입었다. 내 방을 나가는데 카펫에 단어 하나가 떨어져 있었다. 요즘에는 아빠가 하루의 많은 시간을 청소에 써서인지 학교 끝나고 집에 올 즈음에는 바닥에는 단어가 별로 남아 있지 않을 때가 많았다. 이 단어는 라이언의 단어 중에 하나였다. 반짝이는 흐린 보라색의 속삭임이었고 라이언이 평소에 말할 때 자주 나오는 단순하고 동그란 글자로 되어 있었다. ***faith***.

몸을 숙여 그 단어를 집어 올려서 손바닥 안에 떨어뜨렸다. 글자들은 천장의 조명에서 빛을 받아 짙은 쪽빛으로 반짝였다. 단어의 뜻을 확신할 수는 없었지만 색상이 정말 예뻤고 따뜻하고 안전한 느낌을 주었다. 모든 것이 다 괜찮을 거라고 말하는 듯했다.

나가려다 말고 돌아가서 이 단어를 넣어 둘 상자를 찾았고 몇 년 전에 야야가 준 오래된 프랑스 비스킷 상자를 발견했다. 펜이나 잡동사니를 넣어 두던 상자였는데 그 안에 들어 있던 건 책상 첫 번째 서랍에 넣어 두고, 방금 주운 단어를 나탈리가 했던 것처럼 부서지지 않게 조심히 넣었다. 핸드폰으로 *faith*라는 단어의 뜻을 검색해 보고 나는 씩 웃었다. *믿음*. 나만의 단어 수집함을 시작하기에 완벽한 단어였다.

11장

 학교에서는 심한 독감이 유행이었다. 나탈리와 나 둘 다 독감에 걸려 한 주는 결석을 해야 했고 그다음에는 에일리 C의 순서가 왔다. 에일리 C의 끝없는 수다나 농담이 없으니 교실은 훨씬 조용하게 느껴졌다. 하지만 에일리 O와 단둘이 이야기할 수 있어 나름대로 즐겁기도 했다. 수업 시간에 옆에 나란히 앉아서 키득대다가 매일 몇 가지 공통점을 발견하기도 했는데, 둘 다 솔티드 캐러멜 아이스크림을 좋아하고 올리브를 싫어하고 호주에 가고 싶어 하는데 가장 큰 이유는 코알라를 직접 보고 싶어서다.
 에일리 O도 언어를 무척 사랑해서 (영어는 물론, 아빠의 모국어인 이그보우어(나이지리아 서남부 언어―옮긴이)도 하며, 가장 좋아하는 과목이 프랑스어와 독일어라고 했다) 영어의 어떤 단어나 문장을 카탈로니아어나 스페인어로는 어떻게 하는지 알고 싶어 한다. 에일리 C와 같이 있을 때 이런 이야기를 하면 지루해하면서 다른 화제로 돌리곤 했는데 에일리 O와 둘만 있을 때는 나에게 얼마든지 질문을 할 수 있다. 나도 영어에 대해 공부하고 배워야 할 것이 너무도 많은데, 이럴 때 가끔 내가 대답을 해 줄 수 있는 입장이 되면 기분이 좋다.

하지만 목요일은 어딘가 평소와 달랐다. 교실에서 만난 에일리 O는 말이 없었고 슬퍼 보이기도 했다. 언제나처럼 과학 시간에 귀여운 펜을 빌려주긴 했지만 펜에 그려진 앵무새를 가리키며 스페인어로 앵무새가 뭐냐고 물어보지는 않았다. 미시즈 브러너가 DNA에 관한 수업을 하는 동안 에일리 O는 고개를 푹 숙이고 교과서 가장자리에 별 그림만 그리고 있었다.

"너 오늘 괜찮니?" 선생님이 잠깐 설명을 멈추고 화이트보드에 DNA의 이중나선 구조를 그리고 있는 동안 내가 작은 소리로 물었다.

에일리 O가 고개를 들었다. "아니. 별일 아니야. 어제 나쁜 소식 ~~~~~~."

에일리 O가 말끝을 흐렸고 단어들은 너무 작고 희미해서 잘 읽을 수가 없었다. 에일리 O가 말할 준비가 될 때까지 기다리자 에일리 O가 곧 목을 가다듬더니 속사정을 털어놓았다. 전날에 병원에서 올해 안에 수술을 해야 한다는 소식을 들었다는 것이다. 심각한 문제는 아니지만 전신마취를 해야 하는 수술이라고 했다.

"무서워." 에일리 O의 단어는 가늘었고 회색이 섞인 파란색이었다. "만약에 마취에서 깨어나지 못하면 어떡하지?"

"깨어날 거야." 내가 확신을 갖고 말했다. "의사들은… 하루에도 몇 번씩 하잖아."

"맞아. 그렇지? 그래도 내 마취만 잘못되면 어떻게 해?"

브러너 선생님이 우리에게 조용히 하라고 지적해 말없이 수업을 들을 수밖에 없었다. 나는 공책에 의사 가운을 입고 엄지손가락을 들고 있는 알파카를 그리고 대사도 써넣었다. "환자님! 아무 이상 없을 겁니다!" 에일리 O가 웃었다. 영어 시간에는 기분이 조금 더 나아졌고 쉬는 시간 다음 두 시간 연속 체육 시간에는 명랑하고 수다스러운 에일리 O로 돌아와 있었다.

그래도 에일리 O가 수술을 앞두고 더 안심할 수 있는 말을 해 주지 못했다는 생각에 찜찜함이 남아 있었다. 점심시간에 에일리 O는 다가올 합창 대회 때문에 보충 연습을 해야 한다며 갔고 나는 나탈리를 찾으러 갔다.

"나도 시를 만들고 싶다." 학생 식당의 우리 자리에 앉자마자 내가 말했다. "에일리 오비아카에게 시를 선물하고 싶다는 생각이 들었어." 나는 에일리 O가 수술을 앞두고 있고 불안해하고 있다고 설명했다. 나탈리는 안쓰럽다는 듯 고개를 끄덕였지만 약간은 긴장한 듯 보였다. 나탈리의 단어 수집은 비밀, 우

리 사이 비밀이었다(나는 수집을 이제 막 시작했고 내 침대에 있는 상자에는 대략 25개의 단어밖에 없었다). 하지만 나한테 아이디어가 있었다. 에일리 O 몰래 시를 에일리 O의 가방에 넣어 놓으면 내가 주었다는 사실을 모를 것이다. 에일리 O가 몇 사람에게 수술에 대해서 털어놓았을지 모르기 때문에 수술을 직접적으로 언급하지는 않을 것이다. 그저 나탈리의 시가 나에게 해 준 것처럼 친구의 기운을 북돋워 주고 싶었다.

내 의도를 전부 다 설명하기는 힘들었지만 최선을 다해 봤고 내가 탁자에 흘린 단어들을 아무도 보지 못하게 바닥에 떨어뜨렸다. 나탈리는 시리얼 바를 꽤 오랫동안 씹으면서 생각에 빠져 있더니 포장지를 도시락 가방에 넣은 다음 손가락으로 문을 가리켰다. 나탈리를 따라 2학년 선배들이 네트 없이 배구를 하는 운동장을 지나 실내 체육관 뒤쪽으로 갔다. 선생님들이 차를 세워 놓는 주차장이자 학교의 재활용 분리수거함이 있는 곳이기도 했다.

나탈리가 자동차 두 대 사이를 빠져나가 담벼락에 기대앉았다. "여기 점심시간에 아무도 없어." 나탈리는 속삭이듯 말했다. "예전에 가끔 단어를 찾으러 여기 왔었어. 미화원분들은 자동차들 사이를 ~~~~~~ 하지 않아."

학교에서 나탈리가 나에게 처음 한 말이었다. 아마 주변에 사람이 한 명도 없어서 할 수 있었겠지만 나탈리와 내 사이가 이 정도로 가깝고 편안해졌다는 사실이 기쁘기도 했다. 나도 자동차 사이로 들어가 나탈리 옆으로 갔고 나탈리가 단어를 줍는 모습을 지켜보았다. 보는 사람이 없는지 몇 번이나 확인한 다음에 내 주머니에 손을 집어넣었다.

"나는 이거 주웠어." 나는 아침에 수집한 단어 세 개를 꺼내 보여 주었다. **휘감음**은 생물 시간에 바닥에서 찾았다. *바라건대*는 에일리 O가 했던 말로 섬세한 보라색 낱말이었다. 수레국화의 청색 빛깔인 **숨결**은 학생 식당에서 구운 감자를 사고 돈을 낼 때 내 소맷자락에 붙어 있었다. 이 세 단어의 정확한 뜻은 몰랐지만 생김새가 마음에 들어 모아 놓은 것들이었다.

처음 나탈리에게 나도 단어 찾기를 시작했다는 이야기를 했을 때 혹시라도 나탈리가 화를 내지 않을까 걱정했다. 나탈리의 취미이고 나보다 훨씬 오래 해 왔던 일이니까. 하지만 그 이야기를 하자마자 얼굴이 밝아지더니 앞으로 다양한 종이나 천 위에 단어를 고정하는 방법들을 알려 주겠다고 했다. 단어들을 종이에 대고 누를 때 사용했던 나탈리의 실크 손수건과 똑같은 손수건을 사다 주기도 했는데 아직 사용해 보진 않았다. 수집한 단어들로 무엇을 할지 결정할 때까지 기다리고 싶었다.

체육관 뒤에 앉아서 우리가 모은 단어들을 한군데에 모아서 그중에서 쓸 만한 단어를 골랐다. 나탈리는 단어들을 자기 다리 위에 똑바로 정렬시켜 놓았다. "가장 먼저 할 일이 있어. 시로 어떤 말을 하고 싶어?"

"에일리 O가… 나도 단어를 모르겠다." 내가 말했다. "카탈로니아어로 발렌트(valent)에 대한 이야기."

"발렌트(valent)…." 나탈리가 따라해 보다가 바닥에 떨어진 단어를 바라보았다. "아, 밸리언트(valient) 같은 거구나! 용감하다는 뜻이야?"

"맞아. 용감하다!" 사실 '용감함'이라는 단어를 알고 있었다. 이사 오기 전에 아빠가 영어 공부에 도움이 되라며 보여 준 영화 제목에 들어간 단어였다. "용감함에 관한 시를 한번 만들어 보면 좋겠어."

나탈리가 손을 뻗더니 우리 입에서 방금 떨어진 단어 몇 개를 주웠다. 나는 영어 공책을 꺼내 빈 페이지를 펴서 나탈리가 단어를 배치할 수 있게 했다. 나탈리가 시를 만드는 모습은 환상적이었다. 손이 보이지 않을 정도로 재빠르게 움직였다. 눈에서는 이전에는 한 번도 본 적 없던 광채가 났다. 나탈리는 빈 곳을 메우기 위해 다시 손에 대고 몇 가지 단어를 말했다. 그리고 내가 볼 수 있도록 공책을 돌렸다.

용기는 가장 *첫 번째* 단계
용기는 예스라는 *대답*
용기는 깊은 심호흡
용기는

"마지막 행에 어떤 단어를 넣어야 할지 모르겠어." 나탈리가 턱을 만지작거리며 말했다. "아이디어 있니?"

내 발을 내려다보았다. 주차된 자동차 바퀴 옆에 작은 초록색의 *너*라는 단어가 있었다. 나는 단어를 주워서 빈자리에 쓱 밀어 넣고는 나탈리를 바라보았다. 1분 후 나탈리는 웃더니 손수건으로 꼭꼭 눌렀다.

"완벽해."

점심시간 뒤에 디자인과 기술 수업이 있었고 에일리 O가 지금 만드는 중인 원목 상자를 사포질하기 위해 기계 쪽으로 갔을 때 그 시를 붙인 종이를 에일리 O의 가방에 몰래 넣었다. 수업 시간 내내 초조함과 기대를 갖고 에일리 O가 종이쪽지를 발견하기만을 기다렸지만 에일리 O는 다음 수업 시간에 갈 때까지도 가방은 건드리지 않았다. 마침내 에일리 O가 필통을 꺼내려고 가방 안에 손을 넣었고 쪽지를 발견하더니 펼쳐 보았다. 에일리 O는 잠시 동안 아무 말도 하지 않고 읽고만 있었다.

"너 이거 뭔지 알아?" 에일리 O는 내게 작은 목소리로 물었다.

나는 시를 보고 미간을 살짝 찡그리면서 뜻을 모르는 단어가 있는 척했다. "뭐라고 써 있는데?"

에일리 O는 뭔가 알아내려는 듯 내 얼굴을 빤히 바라보다가 다시 쪽지를 내려다보았다 "누군가 이걸 내 가방에 ～～～～. 너 혹시 봤니?"

심장이 쿵쾅댔지만 고개를 저으며 할 수 있는 최대한의 아무렇지도 않은 표정을 지었다. 에일리 O가 교실을 둘러보았다. 처음에는 에일리 O가 시를 좋아하지 않을까 봐 걱정이 되었는데 나를 돌아볼 때는 얼굴에 작은 미소가 떠올라 있었다.

"올루나 아미나인가 봐, 내가 점심시간에 수술 이야기를 했거든." 에일리는 종이를 얼굴에 더 가까이 갖다 대었다. "이건 ～～～～～～로 되어 있어! 다른 사람들의 말로 쓴 거야! 너 전에 이런 거 본 적 있니?"

나는 다시 고개를 젓고서는 어떻게든 눈치를 못 채게 하기 위해 용감하다가 무슨 뜻인지 물었다. 에일리 O가 설명을 해 주고 다시 시를 읽었는데 단어들을 조용히 읽을 때 입술이 살짝 움직였다. 얼굴에 떠올랐던 미소가 점점 더 커졌다.

"이건 누가 읽든지 상관없이 옳은 말이야. 수술은 아마도 그렇게까지 ～～～～～ 하진 않을 거야. 나는 그냥 용감하기만 하면 돼." 에일리 O는 나를 보았다. "다 괜찮을 거야, 그렇지?"

"그럼. 그럼. 다 괜찮을 거야." 나는 따뜻한 황토색으로 말했다.

에일리가 시를 가방에 소중하게 넣을 때 나는 고개를 살짝 돌려 미소를 숨겼다. 나탈리와 내가 단어를 사용하여 친구의 기분을 좋게 만들어 주는 데는 단 몇 분밖에 걸리지 않았다. 이 단어가 우리에게서 직접 나온 건 아니라 해도 이 안에는 무언가 특별한 것이 있었다. 어쩌면 우리가 직접 말한 단어가 아니라서 더 특별할지도 몰랐다. 우리는 말하기 힘든 단어들을 가져와 우리를 위해, 우리답게 사용했다.

에일리 O 입에서 나온 **용감함**이라는 단어는 책상에 떨어져 있었고 꿀색을 띠었다. 얼른 주워서 내 주머니에 쏙 넣었다. 대부분의 날들에 영어는 내가 속속들이 여행할 수 없는 거대한 대륙처럼 느껴졌다. 하지만 수집함에 새 단어를 추가할 때마다 나는 이 땅 위에서 한 발씩 앞으로 내딛고 있었다.

12장

———

 나도 계속 단어 찾기를 하고 있었지만 나탈리에게 또 다른 시를 더 만들어 달라고 부탁할 생각은 없었다. 에일리 O의 가라앉아 있던 기분을 달래 주기 위한 시도였을 뿐 더도 덜도 아니었다. 하지만 일주일 후에 나탈리는 우리가 또 다른 사람을 위해 시를 한 편 더 만들어 주었으면 좋겠다고 말했다. 이번에는 프랭키 맥칼리스터였다.
 프랭키는 에일리들과도 친한 친구이고 나탈리와는 같은 반인 1B반이었다. 그날 아침 지리 시간에 프랭키는 몇몇 아이들에게 자신이 넌바이너리(남성과 여성이라는 기존의 이분법적인 성별에서 벗어난 개념—옮긴이)이고 자신을 지칭할 때 대명사를 "그들"로 해 주길 바란다고 했다. 대부분은 웃으면서 알았다고 하거나 몇 가지 궁금한 것들을 물어보고 난 다음 구름 형성에 관한 수업으로 돌아갔다. 하지만 몇 명이 프랭키 몰래 뒤에서 심술궂은 말을 했다. 이 단어들이 공중에 떠올라서 프랭키 위로 날아왔고 나탈리가 들은 바에 따르면 프랭키가 굉장히 상처를 받았다고 한다.

"어떤 단어였는데?" 내가 물었다. 나탈리가 코를 찡그리는 것으로 보아서 그 단어를 입에 담고 싶지도 않은 듯했다.

"알잖아. 그 애들에게는 세상에서 제일 *재기발랄한* 농담이 시겠지." 나탈리의 단어들은 냉소가 묻어나서인지 약간 삐뚜름하게 나왔다.

그날도 어김없이 체육관 뒷문 쪽 벽에 기대앉아 있었다. 이제 비만 오지 않으면 누가 먼저 말을 꺼내지 않아도 가는 우리만의 아지트가 되어 있었다. 가끔은 나탈리가 그날 찾은 단어들을 넘겨보기도 하고 가끔은 내 폰으로 게임을 하거나 우리 노트에 뭔가를 끼적거리기도 한다. 나탈리가 말을 몇 마디밖에 안 하거나 아예 하지 않는 날도 있지만 가끔 오늘 같은 날에는 꽤 수다스럽기도 하다.

"기분이 〰〰 별로야." 나탈리가 같이 먹고 있던 과자 봉지에 손을 넣으면서 말했다. "그 애들한테 그만하라고 한마디 하고 싶었어. 하지만 〰〰 결국 못 했지."

나탈리의 말이 평소보다 빨라서 모든 단어를 이해할 수는 없었지만 목소리가 딱딱하게 굳어 있는 데다가 단어들이 붉은빛의 갈색을 띠는 것으로 보아 꽤 화도 나고 속상해하는 것 같았다.

"나는 다르다는 게 어떤 느낌인지 알아. 다르다는 이유로 놀림도 많이 받아 봤어. 나 같은 기분을 느꼈던 애들에게 ～～～ 해 줬으면 좋겠어." 나탈리가 바닥에 떨어져 있던 은빛이 나는 **궁금하다**라는 단어를 집어 손에 들고 햇빛에 비춰 보았다. "시가 하나의 표현 방법이 될 수 있다고 생각했어…. 잘 모르겠다. 우리가 프랭키를 ～～～ 할 수 있다고. 다른 사람들이 우리를 위해 만들어 놓은 상자 안으로 우리를 ～～～ 하려고 애쓰지 말고 나 자신이 되어 보자는 말을 전하고 싶어. 바보 같은 생각일까?"

"아니야. 네 아이디어 진짜 멋져! 그런데 시를 또 쓰면 말이지. 만약에…." 나는 입에 크리스피를 하나 넣고 씹으면서 적절한 단어를 찾았다. "누군가 우리의 비밀을 알게 되면 어떡하지?"

"조심하면 그럴 일은 없을 거야. 아무도 우리일 줄 모를걸. 우리가 여기 와 있는 것 본 애들도 없어. 크레이그와 아비가일은 본 적 있겠다. 하지만 그 애들은 내가 그런 일을 할 거라고는 생각도 못할 거야. 그 애들은 내가 머리가 텅 비었다고 생각하니까."

나도 나탈리의 머리에 대해서는 하고 싶은 말이 많았다. 나탈리의 머릿속은 여러 다채로운 색상과 이야기가 넘치는 놀랍고 환상적인 장소일 것이 틀림없었다. 하지만 나는 그렇게 길게 말하지 않고 엄지와 검지로 동그라미 모양을 만들어 눈에 안경처럼 대고 말했다.

"나는 당신을 봅니다."

나탈리가 웃음을 터트리더니 손을 둥그렇게 주먹 모양으로 말고 양손을 이어 붙인 다음 눈 가까이에 붙였다. 망원경처럼 그 사이로 나를 보며 말했다. "나도 당신이 보인답니다."

"우리 친해지기 전에 너는 나 어떻게 생각했니?" 내가 머리를 어깨 뒤로 넘겨 휙 보았다. "분명 내가 끝내주게 멋지고 믿을 수 없을 정도로 놀랍고 *경이로운* 애라고 생각했지?"

"그렇고말고. 가장 *경이로운* 존재지."

둘 다 한바탕 웃었다. 사실 이 단어는 학교 뒷마당에 떨어져 있던 캔 음료 뚜껑 따개에 끼어 있던 것으로, 이상하게도 그 단어가 유난히 나한테 철썩 붙어 있어서 틈날 때마다 써먹고 있던 참이었다.

"솔직히 말하면 난 네가 약간⋯ 길을 잃어버린 것 같다는 느낌을 받았어. 꼭 영어가 아직 익숙하지 않아서라기보다는 물리적으로 길을 잃었다? 네가 있어야 할 곳에 있지 않은 것 같은 표정이었어."

"바로 그거야. 그 느낌으로 지냈어. 길을 잃었고 어디로 가야 할지 모르겠는데 지도도 없고, 그 뭐더라?" 나는 한 손을 동그랗게 모아 쥐고 다른 손 손가락 하나를 빙글빙글 돌렸다. "브

루이홀라(bruixola)?"

"나침반?" 나탈리가 내 손에 단어 하나를 넘겨주면서 말했다. "그런데 아직도 그런 기분이야?"

어떻게 대답해야 할지 몰랐다. 여전히 내가 살던 곳으로 가고 싶긴 했다. 물론 그랬다. 하지만 지난 몇 주 동안 포트로즈에 살아서 좋은 점들을 하나둘씩 발견하고 있는 중이었다. 서리가 내린 아침에 작은 얼음들로 반짝이는 들판이 좋았다. 아빠와 같이 동네 뒷산으로 긴 산책을 할 때면 우리 발밑의 낙엽 소리와 지저귀는 새소리 외에는 아무 소리도 들리지 않았고, 그 적막할 정도로 고요한 시간이 좋았다. 하이 스트리트의 베이커리에서 파는 딸기 타르트도, 바깥에 있다가 들어와서 부엌의 아가 오븐 옆에서 발을 녹일 때 라이언이 만들어 주는 핫 초콜릿도 좋았다. 아직 우리 집이라는 느낌은 없었지만 그렇다고 내가 1월 초에 착륙했던 낯설고 우중충한 회색 행성이라고 할 수는 없었다.

나는 대답하지 않고 나탈리가 들고 있던 공책을 가져와 빈 페이지를 열었다. "우리 해 보자. 프랭키를 위해서 시 한 수 지어 봅시다."

다음 날 우리는 학교에 평소보다 일찍 도착해서 우리가 만든 시를 프랭키의 사물함 문틈으로 쏙 빠뜨렸다. 다른 학생들은 대체로 사물함을 잘 이용하지 않는 편이었지만 클라리넷을 연주하는 프랭키가 사물함에 악기를 넣어 두었다가 오케스트라 연습을 하러 갈 때 악기를 꺼내는 모습을 몇 번 본 적이 있었다. 마음 같아서는 사물함 근처에 있다가 프랭키가 시를 발견하는 장면을 내 눈으로 확인하고 싶었지만 나탈리와 내가 복도에 너무 오래 서성거리면 자칫 의심을 받을 수도 있었다.

우리 학년에선 소문이 빨리 퍼지는 편이었지만 점심시간 전까지 시에 대해 이야기를 꺼낸 사람은 한 명도 없었다. 거의 포기할 찰라 나탈리와 같이 점심시간에 식당에 갔다가 프랭키가 올루, 스콧, 에일리들과 줄을 서 있는 걸 보았다. 애들은 모여서 작은 유선 노트 한 장을 들여다보고 있었다.

"*미라*(Mira)!" 나는 나탈리의 귀에 대고 속삭였는데 너무 흥분해서 "보다"라는 뜻의 카탈로니아어가 실수로 나와 버린 것이었다.

애들이 점심을 사서 우리 뒤쪽 테이블에 자리를 잡았다. 프랭키는 쟁반 옆에 조심스럽게 종이 한 장을 놓았다. 프랭키 옆에 앉아 있던 에일리 O가 몸을 돌려 내 어깨를 툭툭 쳤다.

"갈라! 너도 기억나지? 지난번에 내 가방에 시가 들어 있었잖아. 오늘 프랭키도 시가 적힌 쪽지를 받았대!"

"정말? 뭐라고 쓰여 있는데?" 나는 놀란 척 눈을 최대한 동그랗게 떴다.

프랭키가 내 말을 듣더니 시를 우리 쪽으로 건네주었다. 내가 그 종이를 테이블 가운데에 놓자 나탈리가 내 쪽으로 몸을 기울였고, 우리 둘은 마치 생전 처음 보는 것처럼 바로 어제 우리가 같이 조합한 단어들을 읽어 내려갔다.

"와, 좋은 걸." 내가 나탈리를 흘끗 보며 말했다.

나탈리가 고개를 끄덕이더니 시선을 자기 도시락 가방으로 돌려 아침에 부모님이 싸 준 팔라펠 랩(삶아서 으갠 병아리콩을 갖은 양념한 뒤에 또띠야로 말아서 튀긴 음식—옮긴이)에 모든 관심이 가 있는 척했다.

올루는 프랭키에게 누가 시를 보냈냐고 물었지만 프랭키는 전혀 모르겠다고 했다. 프랭키가 눈을 가늘게 뜨더니 테이블에 앉아 있는 아이들을 차례차례 바라보았다. "정말로 너희들 중에 한 사람이 한 게 아니라고?"

모두가 고개를 흔들었고 나도 흔들었다. 스콧은 자기 생각에 아미나인 것 같다고 했지만 올루는 그럴 리가 없다고 주장하면서 일단 아미나는 오늘 학교에 오질 않았고, 또 비밀 같은 걸 만들고 간직할 성격이 아니라는 것이 근거였다. 에일리 O는 레오니 맥도날드를 지목했다. 레오니가 영어와 문학을 무척 좋아하고 팬픽을 잘 쓰기 때문이라고 했다. 하지만 다른 애들은 그 의견에 크게 동의하는 것 같지 않았다.

"나탈리, 너는 어때? 너 혹시 짐작 가는 사람 있니?" 에일리 C가 물었다.

나탈리의 볼이 핑크색으로 물들더니 고개를 흔들었다. 에일리 C가 웃으면서 어깨를 으쓱했고 결국 모든 애들이 탐정 놀이는 잠시 쉬고 점심을 먹기 시작했다. 그때 나탈리와 눈이 마주쳤고 우린 안심의 눈빛을 교환하며 길고 느린 한숨을 내쉬었다.

어느 누구도 나를 후보에 올리지 않는 것도 당연했다. 나는 나탈리와 있을 때와는 달리 에일리들이나 친구들과 같이 있을 때는 아직 영어가 서툴고 말이 없는 아이였고 그 시에는 **노배**라든가 **스펙트럼** 같은, 나탈리가 어제 찾아서 보여 주기 전에는 내가 뜻도 몰랐던 단어들이 포함되어 있었다. 나 혼자 그 시를 만들 수 있을 거라 생각한 사람은 아무도 없을 것이다. 실제로 할 수 없기도 하다. 적어도 아직은 그렇다.

하지만 그 시를 쓴 사람이 나탈리라고 생각하는 사람은 왜 한 사람도 없을까? 내가 보기엔 그건 좀 이상했다. 나는 여기 이사 온 지 두 달도 채 되지 않았지만 그 사이에 나탈리가 학생 식당에서, 수학 시간에, 같이 복도를 걷다가 단어를 주워 주머니에 쏙 넣는 걸 본 적이 있었다. 우리 학년 아이들은 모두 8월에 입학해 새 학기를 시작했고 나탈리와 같은 초등학교를 다닌 아이들도 적지 않다고 들었다. 나탈리는 열 살 때부터 단어 찾기를 시작했다. 그런데 이제까지 왜 아무도 나탈리의 행동을 알아채지 못한 것일까?

하지만 어제 나탈리가 했던 말이 떠오르고 말았다. 사람들은 나탈리라는 친구를 제대로 볼 줄 모른다. 나탈리가 말을 하지 않는다고 해서 나탈리에게 할 말이 없는 건 아니다. 그런데 대부분 그렇게 생각할지도 모르고 그런 시선은 안타깝고 슬프기도 했다. 나탈리와 친구가 되면서 내가 초등학교 저학년 때 갖고 있던 필통 하나가 생각났다. 그 필통은 겉으로 보면 흔하고 평범한, 네모난 모양의 상자였지만 알고 보면 여러 신기한 기능들이 장착되어 있었다. 어떤 버튼을 누르면 연필깎이가 튀어나오기도 했다. 옆에 있는 작은 스위치를 누르면 중간에 있던 플라스틱이 접혀지면서 숨겨진 아래 칸에 있던 다양한 싸인펜들이 나타나기도 했다.

나탈리는 그 요술 필통 같은 아이였다. 겉으로 대충 보아서는 알 수 없는, 수많은 작은 놀라움으로 가득한 아이. 나탈리는 태권도를 할 줄 알고 얼마 전에 초록띠도 땄다. 영국 수화도 할 줄 알고 혼자 마카롱을 만들 수 있다. 나탈리가 가장 좋아하는 동물은 쥐인데 그 말을 듣고 처음에는 징그럽다고 생각했지만, 나탈리가 쥐의 특성에 대해 진심을 다해 설명해 주고 여러 장의 사진을 보여 주어서 나도 어느덧 쥐들이 귀엽다고 생각하는 단계까지 이르렀다. 나탈리는 우리가 처음 만나 무언의 대화를 나누었던 그날, 함께 만들었던 바로 그 단어와 같은 사람이라고 할 수 있다. *예상치 못한.*

"근데 ～～ 괴상하지 않니? 나만 그런가?" 에일리 C가 불쑥 말했다.

나는 등을 돌리고 앉아 있었지만 에일리 C의 코에 자글자글하게 잡힌 주름을 볼 수 있을 것만 같았는데, 에일리 C는 무언가가 별로 마음에 들지 않을 때 늘 그 표정을 짓기 때문이었다.

"그런데 왜 시들을 굳이 다른 사람들의 단어로 만든 거지? 마치 ～～ 같잖아! 왜 그냥 내 글로 쓰면 되잖아."

"그러게. 나도 잘 모르지만 그 사람이 그 방식을 더 선호하기 때문이 아닐까? 이 세상에는 구어를 여러 가지 방식으로 사용하는 ～～들이 많대." 에일리 O가 말했다.

에일리 O는 시를 받은 다음에 관련된 기사를 찾아봤다면서 친구들에게 그 기사 내용을 설명해 주었다. 어떤 지역에서는 약속을 할 때에 실제로 단어를 약속한 사람에게 준다. 또 소원이나 꿈을 크게 말한 다음 그 단어들이 뿌리가 내리기를 바라는 마음으로 땅에 묻는 사람들도 있다고 한다. "자기 말을 주워 먹는다(eat your words. 틀렸음을 인정하다, 철회하다—옮긴이)"는 표현이 나온 건 실제로 17세기 영국에서 사람들이 틀린 말을 했을 때 자기가 뱉은 말을 다시 주워 먹어야 했던 데서 유래했다고도 했다.

"어쨌든 난 이 시 좋아." 옆으로 흘깃 보니 프랭키의 입에서 나온 단어는 진하고 선명한 자주색이었다. "솔직히 어제 최악의 날이었거든. 누군지는 모르지만 어떤 사람이 ～～～ 할 정도로 나를 신경 써 줬다니 기운이 난다."

"맞아. 나도 내가 받은 시 정말 좋았어. 내 방 벽에 붙여 두기도 했는걸." 에일리 O가 말했다.

"와, 나도 받았으면 좋겠다." 올루가 말했다.

스콧은 환타 캔에서 입을 떼며 말했다. "나도!"

나탈리와 나는 서로를 바라보았다. 그리고 재빨리 미소를 교환했다. 너무 빠르고 너무 짧은 미소라 누가 우리를 보았다고 해도 눈치 채지 못했을 것이다. 우리 둘 다 아무 말도 하지 않았지만 그 순간 결정은 내려졌다.

앞으로도 우리 같이 시 만들자.

아주아주 많이 만들어 보자.

13장

그 주의 토요일은 내 열두 번째 생일이었다. 아빠와 스페인에서 살 때는 내 생일마다 연례행사처럼 되풀이되는 우리만의 전통이 있었다. 내 생일이면 아침 일찍 일어나는 걸 힘들어하는 야야도 이른 아침부터 우리 집에 오고, 나는 아침을 먹으면서 받은 선물을 하나씩 풀어보는 시간을 갖는다. 학교가 끝나면 친구들을 몽땅 집으로 데리고 와서 저녁 먹을 때까지 원하는 대로 게임을 하면서 논다. 친구들이 집에 가면 아빠와 같이 골목 모퉁이에 있는 자그마한 추로스 가게에 가서 추로스를 하나씩 산다. 아빠는 플레인을 사고 나는 내 추로스를 찍어먹을 수 있는 초콜릿 소스 한 컵을 주문한다. 우리는 추로스를 들고 종이 포장지로 손이 따뜻해지는 걸 느끼며 해변으로 걸어가고 산책로 한 귀퉁이에 자리를 잡는다. 내가 먹다가 한 조각을 모래에 떨어뜨리기라도 하면 아빠는 언제나 아빠 추로스를 건네준다.

이 중에서 포트로즈에서 할 수 있는 건 아무것도 없고 나는 어쩔 수 없이 울적해지려던 참이었다. 아빠는 며칠 전부터 이번 생일엔 뭔가 특별한 걸 해 보자고, "새로운 생일 전통"을 만들어 보자고 했다. 나는 아빠의 아이디어들을 모두 단칼에 거절하다가 포레스트 어드벤처 파크에 가자고 했을 때만 귀를 쫑긋했다. 차로 한 시간 정도 가면 도착하는 놀이공원으로 인터넷에서 광고를 봤는데 재미있어 보였기 때문이다.

"그러면 나탈리랑 같이 가도 돼?" 내가 물었다.

에일리들도 초대하고 싶었지만 둘 다 부르면 라이언의 차에 전부 탈 수가 없고 둘 중에 한 명만 초대해 다른 한 명이 소외감을 느끼게 하고 싶지는 않았다.

"물론이지. 친구랑 같이 가면 더 좋지."

그래서 토요일에 아침으로 팬케이크를 먹고 야야와 친구들에게는 영상통화로 생일 축하를 받고 난 다음에 다같이 차를 타고 출발했다. 아빠와 라이언은 앞 좌석에 앉고 나와 나탈리는 강아지들과 뒷자리에 탔다. 나탈리는 이 상황에서 말을 자유롭게 할 수는 없었는데 예상했던 바이긴 했다. 나탈리는 평소와는 다르거나 잘 모르는 사람들과 장시간 같이 있어야 하는 상황은 편안해하지 못했는데 이건 둘 모두에 해당되었기 때문이다. 게다가 나탈리의 체육 선생님인 라이언은 학교를 끊임없이 상기시키는, 말하고 걸어 다니는 학교라고도 할 수 있었다. 그래도 내 생일이었기 때문에 (원래 스포티파이를 독차지하는) 아빠가 내가 자동차에서 들을 음악을 선곡할 수 있게 해 주었고 나탈리와 나는 핸드폰을 주고받으며 듣고 싶은 노래를 골랐다. 셀린은 과잉 흥분해서 가는 길 내내 짖어 댔고 디온은 나탈리의 얼굴을 연신 핥아 대며 나탈리도 우리 일원으로 느끼게 해 주었다.

춥고 흐린 2월의 아침이었지만 다행히 놀이공원에 도착했을 때 비는 그쳐 있었다. 나탈리는 이 놀이공원에 여러 번 와 봐서 어떤 놀이기구가 가장 짜릿하고 재미있는지 안다고 했다. 먼저 워터 슬라이드부터 타야 했다. 워터 슬라이드만 세 가지 종류가 있었는데 그중 하나에 경사가 심하게 가파른 구간이 있어서 멀리서 보면 마치 소형 배가 낭떠러지에서 직각으로 떨어지는 것처럼 보였다. 우리는 그 기구만 네 번을 탔는데 탈 때마다 나탈리가 얼마나 고음으로 비명을 지르는지 그날 하루 종일 귀가 둥둥 울리는 줄 알았다.

라이언도 아빠를 겨우 졸라 그 놀이기구를 같이 타러 갔고 나탈리와 내가 개들을 지키면서 기다렸다. 배가 바닥에 떨어지는 순간 아빠는 물벼락을 맞아 물에 빠진 생쥐가 되었고 머리카락은 미역이 되어 이마에 붙어 버렸다. 라이언과 내가 옆에서 놀려 대기에 딱 좋았다.

롤러코스터도 타고 암벽 타기도 해 보고 하이 로프 코스도 체험한 다음에 공원 카페에서 잠시 쉬면서 점심을 먹었다. 나탈리가 불쑥 선물을 내밀어 깜짝 놀랐는데 야자수가 그려진 수첩이라 더욱 놀랐다. 내가 언젠가 지나가는 말로 스페인의 야자수가 늘어서 있던 풍경이 그립다고 했었는데 그 말을 기억했다가 선물을 한 것이다. 아빠는 통통한 애벌레 모양의 초콜릿 케이크를 사 왔고 라이언이 잊지 않고 초와 성냥을 챙겨 와 케이크에 초를 꽂고 불을 붙였다. 그리고 아빠와 라이언은 카페 안에서 사람들이 다 보는데 호들갑스럽게 "생일 축하합니다"를 불러서 나를 몸 둘 바를 모르게 만들었다. 우리 옆에 있던 두 가족이 즉석에서 합류해 같이 불러 주기까지 했다.

"우리 갈라, 소원 빌어야지." 아빠가 영어로 말했는데 아빠의 단어들은 불에 살짝 구운 설탕처럼 따뜻한 황토색이었다.

그런데 입으로 후 불어 초를 끄면서도 무슨 소원을 빌어야 할지 모르겠다는 생각이 퍼뜩 들었다. 아빠가 마음을 바꿔 다시 카다크로 돌아가게 해 달라고 해야 하지 않을까? 지난 몇 주 동안 그렇게 간절하게 바라왔는데? 야야가 전화로 스페인어 생일 축하 노래인 "컴플레아노스 펠리즈"를 불러 주었는데 눈물이 왈칵 나올 뻔했고 친구들도 보고 싶었다.

분명 이 생일 파티는 해변에서 먹는 추로스의 맛이라고 할 수는 없다. 하지만 그럼에도 불구하고 꽤 괜찮은 하루였다고 할 수 있었고 어쩌면 가장 즐거운 생일 중에 하나로 꼽아도 될 것 같았다. 그러니 지금 집에 가고 싶다는 소원을 비는 건 적절하지 않아 보였다. 지금 이 순간은 내가 있는 이곳에서 행복하니까. 적어도 오늘만큼은.

○

점심을 먹고 아빠와 라이언은 숲속의 트리탑 워크(목재 데크로 조성한 길—옮긴이)를 따라 걸으며 자연을 감상하고 싶다고 했다. 말로만 들을 때는 지루할 줄 알았는데 막상 해 보니 신선하고 재미있었다. 우거진 숲속 키 큰 나무들보다 더 높은 곳에 거대한 나무다리가 지어져 있는데, 걷고 있으면 둥지 안에서 짹짹거리는 아기 새들과 가지 사이를 재빨리 돌아다니는 다람쥐들이 보였다. 아빠와 라이언은 디온 뒤에서 느긋하게 천천히 걸었고 나탈리와 나는 셀린 뒤를 쫓아가느라 숨차게 뛰면서 혹시라도 가는 길에 흥미로운 단어가 있는지 두리번거리며 살폈다. 우리는 더 많은 시를 짓고 친구들에게 배달을 하기로 했기 때문에 계속 단어들이 필요했다.

괜찮은 단어 몇 개를 찾아내기도 했다. 인공 산책로의 나무 널빤지 사이에서 딸기 색깔의 단어 **사랑**을 발견했고 나무 가지 위에서 펄럭거리고 있는 황금색의 별을 찾아내기도 했다. 나탈리는 **우주**와 *바라건대*를 손에 넣었지만 생각보다 떨어져 있는 단어들이 없었다. 산들바람에 이미 날아갔거나 새들이 뽑아다가 둥지를 지을 때 쓴 것 같았다.

"너희들 또 단어 찾기 하니?" 아빠와 라이언이 우리에게 가까이 다가왔을 때 아빠가 물었다.

두 사람은 내 방 벽에 붙여 놓은 나탈리의 시에 대해 물어본 적이 있었고, 그에 대해 설명하다가 결국 내가 비스킷 상자에 모으기 시작한 나만의 소소한 단어 컬렉션을 보여 주기도 했다. 조금은 생소한 일이라고 생각하는 것 같긴 했지만 한편으로 내가 영어에 관심을 갖게 되어서 기뻐하는 눈치였다.

"근데 단어가 별로 없어요. 바람이 많이 불어서 그런가 봐요." 내가 겨우 찾아낸 단어 두 개를 들고 말했다.

"내가 너희들을 위해 쓸 만한 단어를 직접 만들어 줄까? 이를테면… *디스콤보뷸레이티드*(discombobulated) 어때?" 라이언이 물었다.

라이언은 손에 단어를 넣고 감싸 쥐었다가 펼쳐서 나에게 보여 주었다. 아빠가 그 안을 들여다보고 입으로만 음절을 읽어 보았다. "이건 나도 모르는 단어네. 무슨 뜻이야?"

"혼란스럽다와 비슷해. 이를테면 말이지, 나는 아침에 일어나자마자 망연자실했다." 라이언이 말했다.

"망.연.자.실." 제대로 발음할 때까지 몇 번을 더 따라해 보았다. 그러다 보니 결국 라이언과 비슷하게 발음했고 내 입에서는 굵은 대문자에 짙은 보라색의 단어가 나왔다. 그 단어도 주머니에 넣었다.

"고마워요, 라이언."

라이언은 별일도 아니라는 듯 팔을 흔들더니 걸으면서 깊이 생각에 빠진 표정을 지었다. "아, 그리고 또 좋은 단어 있다. *갈라반트*(galavant). '여행하다, 돌아다니다, 재미를 찾아다니다'라는 뜻이야."

"우아, 갈라반트라니 내 이름이랑 비슷하잖아!" 내가 이렇게 말하자 라이언이 그 단어를 나에게 건네주었다. 오렌지 셔벗처럼 밝고 화사한 색깔이었다. "갈라반트" 내가 집에 가자마자 단어 상자에 넣게 될 단어가 분명했다.

"나탈리, 너는 많이 모았니? 너는 어떤 단어를 좋아하니?" 아빠가 나탈리에게 물었다.

나탈리는 핸드폰을 꺼내더니 무언가를 쳐서 우리에게 보여 주었다. 스크린에는 *글로밍*(gloaming)이라는 단어가 보였다.

"그건 스코틀랜드 단어야." 라이언이 고개를 끄덕이며 말했다. "'황혼, 저녁의 박명'이라는 뜻이야. 해가 지긴 했지만 완전히 어두워지기 바로 전 시간 있잖니." 라이언이 내가 *황혼*이나 *박명*이라는 단어를 듣고 고개를 갸우뚱하자 천천히 설명해 주었다.

라이언과 나탈리는 내 주머니에 넣어 둘 만한 단어를 몇 개 더 만들어 주었고, 라이언이 아빠와 나에게 우리가 가장 좋아하는 카탈로니아 단어는 뭐냐고 물었다.

"난 **쉬우쉬우자르**(xiuxiuejar)라는 단어 좋아해요." 나는 최대한 작은 목소리로 말했다. "이렇게 말한다는 뜻이죠."

"'속삭이다'라는 뜻이야. 단어 소리와 단어 의미가 찰떡이지?" 아빠는 웃으며 말했다.

라이언이 따라 하려고 해 보았는데 *슈슈아자르*라는 이상한 발음으로 나왔다. 라이언의 입에서 나온 단어가 너무 웃기게 생겨서 아빠와 나는 웃음을 터뜨리지 않을 수 없었다.

"그래도 노력이 가상하군요, 학생." 아빠가 라이언의 어깨를 툭툭 두드리며 말했다. "발음하기 조금 더 쉬운 단어 가르쳐 줄까? *소미아트뤼테스*(somiatruites). 몽상가란 뜻인데 단어 뜻 그대로 풀어 보면 오믈렛 꿈을 많이 꾸는 사람을 말해."

나탈리는 얼굴을 찡그렸다. 나탈리는 계란을 별로 좋아하지 않아 나탈리에게 오믈렛 꿈이라면 악몽이나 마찬가지일 것이다.

라이언이 이번 단어도 따라 하려고 해 봤지만 시도할 때마다 이전보다 더 우스꽝스러운 발음으로 나왔다. 나는 점점 더 큰 소리로 웃었는데 단어 모양도 우습고 소리도 웃겼기 때문이고, 라이언이 빙그레 웃는 걸로 봐서 전혀 기분 나빠 하지 않는다는 걸 알아서이기도 했다. 라이언은 자기가 약간은 바보처럼 보여도 아무렇지 않아 하는 성격이었고 나는 라이언의 그런 점이 좋았다.

나탈리도 웃고 있었지만 약간은 걱정스러워 보이기도 했다. 산책로 끝에 다다랐을 때 아빠와 라이언이 커피를 사러 카페에 가자 나탈리는 핸드폰에 무언가를 써서 나에게 보여 주었다.

영 선생님이 학교에서 다른 사람에게 단어에 대해 이야기하시면 어쩌지?

그 생각을 하니 나도 순간적으로 불안해졌지만 이내 고개를 흔들고 활짝 웃어 보였다. "여기서는 영 선생님 아니고 라이언이야. 아무한테도 이야기 안 할 거야."
나탈리가 고개를 끄덕였고 핸드폰을 주머니에 넣었다. 갑자기 나탈리가 깜짝 놀라는 표정으로 내 뒤의 나무를 가리켰다. 얼른 뒤돌아 올려다봤지만 나뭇잎과 가지밖에 보이지 않았다. 내가 다시 몸을 앞으로 돌렸을 때 나탈리는 앞으로 뛰어가다가 나를 보고 놀리듯이 씩 웃었다. 나도 웃으며 나탈리를 뒤쫓아 갔다. 우리는 숲속을 신나게 달렸고 우리의 발소리는 나무 산책로를 가만히 흔들었다.

14장

그다음 주 나탈리와 새로운 시를 세 편 더 합작해서 친구들에게 배달했다. 한 편지는 영어 시간에 자기의 불안 증상에 대해 털어놓았던 앨리스 톰슨에게 보냈는데 나탈리가 불안에 대해 잘 알기 때문이기도 했다. 한 통은 니키 포폴라스키에게 보냈는데 크레이그가 체육 시간에 그 애를 놀려 댔기 때문이고 나탈리는 그 심정 또한 누구보다 잘 공감할 수 있기 때문이었다. 세 번째 편지의 제목은 〈해바라기〉였고 올루를 생각하면서 만든 시였다. 모든 친구들을 친절하고 따뜻하게 배려해 주는 올루에게 고맙다는 말을 전하고 싶어서였다. 나탈리는 그 편지를 올루와 친구들이 쉬는 시간에 자주 앉아 있는 2층 복도에, 핑크색 봉투에 올루의 이름을 써서 갖다 놓았다. 올루는 편지를 찾자마자 너무 감격스러워하면서 귀여운 막춤을 선보이기도 했다.

우리는 그다음 주에도 세 통의 편지를 더 보냈고 그다음 주에는 네 통을 보냈다. 그즈음에는 1학년 전체 학생 중 우리 프로젝트에 대해서 한 번도 들어 보지 못한 사람은 거의 없을 정도였다. 매일 등교 시간마다 모두 웅성웅성하며 오늘은 누가 익명의 편지를 받게 될까 궁금해했고 이전까지 사물함을 사용하지 않았던 1학년 아이들도 학교에 오자마자 사물함을 열어 깜짝 선물이 놓여 있지 않은지 확인해 보곤 했다. 2학년 선배 몇 명도 자기 사물함을 열어서 안을 흘끔거리기도 했는데 마치 시가 들어 있는 편지 봉투가 하나 들어 있길 바라는 듯한 모습이었다.

나는 그사이 사람들을 관찰하며 희망이 담긴 메시지가 필요한 사람이 누구인지 알아내려고 노력했다. 그러면서 깨닫게 된 건 직접 대화해 보지 않아도 어떤 사람에게 진정으로 관심을 기울이고 그들의 몸짓 언어나 행동만 유심히 관찰하면 그 사람에 대해 생각보다 많은 걸 파악할 수 있다는 사실이었다. 이를테면 레오니는 에이미와만 단짝 친구로 지내려고 하지만 에이미는 친구들을 두루두루 사귀는 걸 좋아하기 때문에 레오니는 이 관계에서 가끔은 상처를 받는다. 로스 같은 경우는 언제나 우스갯소리를 하고 과제 점수나 시험 점수를 못 받아도 별일 아닌 척하지만, 사실은 공부를 열심히 하고 잘하고 싶어

하며 기대보다 낮은 점수를 받았을 때 많이 실망하는 편이다.

그렇게 몇 주가 흐르자 우리가 시를 보내 주어야 할 사람들의 목록은 너무나 길어져서 우리가 수집해 온 단어를 모두 합쳐도 써야 할 분량을 소화하기에 충분하지 않았다. 나탈리와 나는 수업이 끝나면 학교에서 기다렸다가 커다란 푸른색 분리수거함에서 몇 개의 단어를 건져 오기도 했는데 미화원들이 그 안에 그날 떨어진 단어들을 전부 쓸어 담아 놓기 때문이었다. 그렇게 단어를 모아야 그날의 시를 만들 수 있었다. 매일 내 머릿속에서는 그날그날 새로 알게 된 영어 단어들이 빙빙 돌았다.

시드는

달빛

간들새

단어 하나하나는 별이었고 내 머릿속에서는 단어들의 별자리가 펼쳐졌다. 가끔은 머릿속이 터질 듯 복잡하기도 했지만 우리가 시를 보낸 사람이 이 시를 찾아내는 모습을 볼 때면 애쓴 보람이 있었다.

나탈리는 너무 불안해했기 때문에 시를 몰래 숨겨 놓는 건 주로 나의 임무였다. 가끔은 창의적으로 머리를 굴려야 했는데 미술 시간에 스키틀즈 사탕 한 봉지를 일부러 바닥에 다 쏟고 아이들이 너도 나도 줍는 동안 케이티 킹의 주머니에 몰래 쪽지를 넣어 놓기도 했다. 그 뒤로 나는 케이티를 계속 주시하면서 언제 발견하는지 지켜보았는데 에일리 C가 자꾸 말을 걸었다.

"~~~~~~~~~~~~~~~~, 너도 알지?" 에일리 C가 속삭였다. 그날은 에일리 O가 치과에 가느라 일찍 하교를 해서 우리 테이블에는 나와 에일리 C뿐이었다. "그런데 나는 ~~~~~~~~~~~."

솔직히 에일리 C의 말을 거의 알아들을 수가 없었다. 워낙에 말이 빠른 편이긴 하지만 오늘은 특히 너무 빨라서 입술에서 리본이 줄줄 나오고 있는 것처럼 보였다. 평소 에일리 C의 말은 굵고 선명한 색상으로 나오는 편인데 오늘은 물이 많이 섞인 듯 흐린 파란색이었다.

"응." 나는 그림에 색칠을 하면서 케이티를 슬쩍 훔쳐보았다.

케이티는 말이 거의 없고 내성적인 아이로 내가 전학 온 후에만 그 애가 화장실에서 혼자 울고 있는 모습을 두 번이나 발견했다. 나탈리도 나도 케이티가 왜 우는지는 알 수 없었지만 분명히 따뜻한 위로가 필요해 보였다. 그래서 우리는 케이티를 위해서 〈모든 구름〉이라는 제목의 시를 만들어 보았다.

에일리 C가 내게 또 말을 걸었지만 미시즈 프레이저가 우리에게 조용히 하라고 주의를 주어 다시 그림에 집중했다.

수업은 그렇게 끝나 버렸고 내가 보기에 결국 케이티는 미술 시간엔 쪽지를 찾지 못했다. 다같이 미술실을 나가자마자 케이티가 주머니에 무심히 손을 찔러 넣었고 종이 한 장을 꺼냈다. 마침 올루와 프랭키가 미술실 바로 맞은편 교실에서 나오고 있었고 그 뒤로 몇 발자국 뒤에 나탈리가 서 있었다. 케이티의 손에 들린 쪽지를 본 올루의 눈이 대번에 커다래졌다.

"케이티? 그거 뭐야? 혹시 그것도 시 아닐까? 우리 같이 봐도 돼?"

삽시간에 여덟에서 아홉 명의 아이들이 케이티 주변에 몰려들었다. 케이티는 부끄러운지 얼굴이 발그스름해졌지만 그 종이를 올루에게 건네주면서 웃고 있었다. 그 순간 나탈리와 눈이 마주쳤고 우리는 보일 듯 말 듯한 미소를 교환한 다음, 둘 다 몸을 숙여 바로 어제 우리가 같이 조합한 단어들을 내려다보았다.

모든 **구름은** 은실로 수놓은 천
먼지 뒤에 **있는 건** 어쩌면 **황금**

그 순간 올루의 손가락에서 종이가 스르륵 빠져나갔다. 우리 모두 동시에 뒤를 돌아보았다. 크레이그가 이쪽을 보면서 뒤로 걷고 있었다. 손에는 쪽지를 들고 있었고 비웃는 듯이 입꼬리가 한쪽으로 올라가 있었다. 크레이그는 계속 뒷걸음질로 걸어가면서 크고 쩌렁쩌렁한 소리로 시를 읽었는데 시의 모든 글자들은 그의 비웃음 때문에 이상한 모양으로 일그러져서 나왔다. 내 옆에 있던 나탈리가 주먹을 불끈 쥐었다.

프랭키가 복도를 뛰어가서 시를 다시 빼앗아 왔다. "그만 좀 해라, 크레이그. 케이티 거잖아." 프랭키가 거칠게 한마디 했다.

"알아. 누가 모른대." 크레이그는 자기가 아무 짓도 안 했다는 듯 양손을 위로 번쩍 들었고 갑자기 프랭키만 이상한 사람이 된 것 같은 모양새였다.

"그건 그렇고. 그 시인지 뭔지 소름 끼치지 않냐."

소름 끼친다라는 단어가 크레이그의 옷깃에 달라붙었다. 그 단어가 정확히 무슨 뜻인지 몰랐지만 누렇게 뜬 기분 나쁜 녹색인 걸로 봐서 긍정적인 의미는 아닌 것 같았다.

"소름 끼친다니. 전혀 아냐. 나는 마음에 드는걸." 프랭키가 시를 돌려주자 케이티가 말했다.

케이티는 종이를 내려다보더니 미소 지었다. 크지는 않지만 분명 밝고 환한 미소였고 그 미소를 보자마자 너무 뿌듯해 가슴이 뻐근해졌다. 시의 대부분은 나탈리가 만들긴 했지만 나도 분명 도움이 되었다. 특히 **구름**이라는 단어를 내가 쓰자고 제안했는데 지리 교과서에서 떨어진 단어를 주운 거였다. 말하자면 시 첫 행의 아이디어는 내가 준 것이다.

"솔직히 말하면 크레이그 말도 일리가 있지." 에일리 C의 얼굴이 무언가 고약한 냄새를 맡은 것처럼 구겨졌다. "많이 *이상하긴 하잖아.* 무슨 협박 편지같이 생겼어."

"그게 무슨 소리야?" 올루가 물었고 나탈리는 내게 핸드폰으로 협박 편지라는 단어를 찾아서 뜻을 보여 주었다. "이상하긴 뭐가 이상하니. 기분 좋게 해 주는 편지잖아!"

"크레이그는 누군가 기분이 좋으면 그걸 ～～～ 하려고 해. 왜냐면 그 애는 한심하고 불쌍한 인간이라 그래." 프랭키가 자기 눈을 굴리며 말했다.

불쌍한. 그 단어는 카탈로니아어와 스페인어와도 철자가 같았다. 영어로 읽으면 발음은 달랐지만 아마 같은 뜻일 터였다.

"크레이그가 불쌍해?" 내가 물었다.

"그렇게 볼 수도 있지." 올루는 어깨를 으쓱했다. "왜 그 애는 그런 ～～～밖에 되지 않을까?"

그 단어를 못 들었지만 올루가 무슨 말을 하는지 짐작할 수 있었다. 내가 이 학교에 다니고부터 크레이그를 따라다니는 여러 종류의 호칭을 들었고 그중에 좋은 단어는 별로 없었다. 무슨 이유에선지 그다음 시간까지 올루와 프랭키가 했던 말이 머리에서 떠나지 않았다. 어쩌면 크레이그의 인생에 어떤 일이 일어났고, 그 때문에 그가 그렇게 아이들을 괴롭히는 아이가 된 건 아닐까? 어쩌면 크레이그 또한 다 괜찮다고, 앞으로 좋아질 거라고 말해 주는 누군가가 필요한 건 아닐까?

○

이제 우리의 시를 기다리는 대기자는 점점 더 많아졌다. 주말에 나탈리의 집에 가서 시 창작 작업을 하기로 했다. 토요일에 점심을 먹고 나탈리의 집에 가 보니 2층에서는 무언가 요란한 소리와 커다란 목소리들이 들려왔다.

"2층 욕실 파이프가 터졌대." 나탈리가 현관문을 열면서 말했다. 나탈리는 오른팔로는 동생 에이바를 안고 단어가 든 원목 상자는 왼팔 옆에 끼고 손으로는 당근 스틱이 든 봉지를 들고 있었다. "엄마와 찰리가 해결하신다고, 그동안 우리는 마당에 나가 있으래."

"그래. 오히려 더 좋겠다." 몇 주 만에 해가 나온 날이었고 난 이 귀한 햇살을 아낌없이 이용하고 싶었다.

내가 에이바에게 손을 흔들자 에이바는 이미 축축해질 대로 축축해진 기린 인형의 귀를 입에 넣고 오물오물거렸다. "에이바, 네 친구 되게 귀엽다. 이름이 뭐야?"

"이름" 에이바가 천천히 말했다. 에이바가 방금 내가 한 말을 따라 하고 있는 건지 정말 그 인형 이름이 이름인지 구분할 수가 없었다.

나탈리가 웃었다. "인형 이름은 지라펠라야. 에이바는 라피라고 부르고."

나탈리는 동생을 잔디에 내려놓고 에이바의 멜빵바지 위에 접혀 있던 단어인 **이름**을 주워서 단어 상자에 떨어뜨렸다.

"넌 네 단어 모음집으로 무엇을 할지 결정했니?" 나탈리가 물었다.

"아니. 아직 못 했어." 그동안 수집했던 단어들은 시를 만들면서 많이 사용했고 남은 단어들은 벌써 희미해지고 있었다.

"그래. 급할 건 없겠다. 다시 카다크로 돌아가면 새로운 프로젝트를 시작해 볼 수 있잖아."

카다크에서 단어들을 찾아본다고 생각하니 어쩐지 이상한 기분이 들었다. 물론 카다크에도 단어를 줍거나 모으는 사람들이 있을 테고 전 세계 어디에도 있을 것이다. 가끔은 내 옛 학교 우리 반 아이들 중에 우리처럼 단어 찾기를 했던 아이가 있었는지 궁금해지지만 내 눈으로 보지는 못했다. 나에게 단어 수집은 포트로즈와 나탈리와 영어 공부와 엮여 있는 일이다. 카다크에서는 내가 여기서 하는 방식으로 단어를 모으는 내 모습이 그려지지 않았다.

"그나저나 우리 다음 시는 누구를 위해서 쓸까?" 나탈리가 청바지 뒷주머니에서 수첩을 꺼내서 새로운 페이지를 폈다.

지난 며칠 동안 계속 내 머릿속을 떠나지 않던 아이디어가 있긴 했다. "이 말하면 네가 이상하다고 생각할지도 모르는데 있잖아…. 크레이그 어때?"

나탈리는 손수건으로 에이바의 코를 닦아 주다가 그 말에 손을 멈추었다. "크레이그? 크레이그 밀러 말이야? 다른 사람들도 많은데 왜 하필 그 애야?"

"내가 지난번에 했던 말 기억하니? 프랭키와 올루가 그러는데 크레이그도 불쌍한 애라고 그러는 거야. 그 애한테도 어떤 사연이 있어서 잠깐 성격이 비뚤어진 것 아닐까?"

사실 굳이 이런 제안을 한 나도 마음이 편치는 않았다. 그동안 크레이그는 나탈리에게 너무 못되게 굴었는데 아무 이유 없이 그냥 크레이그가 크레이그처럼 행동했을 뿐이었다. 똑똑하고 공부를 잘하는 나탈리에게 질투가 나서 그런 것도 아니었다. 크레이그도 수학과 영어를 남들보다 잘하는 편이었고 운동도 잘했다. 크레이그가 나탈리에게 못되게 구는 이유는 단지 나탈리가 남들과 다르기 때문이고, 그는 그 이유만으로도 자기가 그럴 권리가 있는 것처럼 행동했다. 나도 최근에 영어에 이전보다 자신이 생겨서 큰 소리로 내 생각을 말하기 시작했다. 며칠 전에 또 크레이그가 나탈리의 머리 모양에 대해 쓸데없는 소리를 지껄이기에 그만하라고 큰 소리로 말했다. 크레이그는 웃으며 내 말을 무시했지만.

"그럴 수도 있겠네." 나탈리는 에이바의 입에서 데이지 꽃 한 송이를 조심히 꺼내더니 말했다. "하지만 그래도 난 크레이그가 시를 받을 가치가 있는 아이라고는 생각하지 않아."

"네 말이 맞아." 나도 재빨리 대꾸했는데 나탈리의 단어에서 새어 나오는 약간의 푸른 빛깔 때문이었다. "그 애는 너에게서 어떤 말도 들을 자격이 없어. 은, 는 같은 아주 작은 단어도 말이야. 잊어버려. 내 말 신경 쓰지 마."

나탈리는 웃었다. "있잖아. 하긴 크레이그는 초등학교 때는 달랐어. 그때도 반에서 가장 시끄러운 애였고 맨날 웃기려고 하긴 했지만 지금처럼 아이들을 괴롭히진 않았어. 완전히

… 변했어." 나탈리는 에이바를 보더니 어린 동생 앞에서 욕을 하면 안 된다는 걸 기억한 듯했다. "아기 똥 기저귀는 아니었다고."

내가 킥킥댔다. "지금은 세상에서 가장 큰 애기 똥 기저귀야."

"우주에서 가장 크지. 하지만… 정말 어쩌면… 만약 우리가 그 애에게 잘해 주면 그 애가 혹시 중간 크기의 애기 똥 기저귀는 되지 않을까?" 나탈리가 너무 크게 한숨을 쉬어서 나탈리의 단어 몇 개가 잔디 위를 또르르 굴러갔다. "그래. 그냥 이상하다고 말하고 비웃고 넘어갈지도 모르지. 어찌 되었건 우리 한번 해 보자."

에이바는 칭얼대기 시작했고 나는 에이바를 무릎에 앉힌 다음 당근을 먹였고 나탈리는 단어들을 골라서 빈 노트 위에 배열하기 시작했다. 평소 우리가 쓰던 시보다 조금 길어졌지만 결국 완성했고 나에게 읽으라고 전달해 주었다.

"제목은 〈메아리〉라고 하자." 나탈리는 그 단어가 자기의 입에서 떨어질 때 주웠다. 진한 가지색이었다. 나탈리는 그 단어를 페이지 가장 위에 놓은 다음 자기 천으로 꾹꾹 눌렀다.

"어때?"

"진짜 좋다." 내가 말했다. "에이바, 너는 어떻게 생각하니?"

"**당근**!" 에이바가 소리쳤다. 커다란 초록색 단어였다.

나도 당근이라고 크게 소리쳤고 에이바는 내 반응을 보며 깔깔거리며 웃더니 손뼉까지 치기 시작했다. 나탈리는 여동생이 말한 새로운 단어를 주워서 자기 상자에 넣었다. 에이바의 책에 영원히 저장될 단어였다.

15장

놀랍게도 크레이그는 우리의 시를 비웃지 않았다. 사실 시에 대해 이러쿵저러쿵하는 일 없이 그냥 지나갔다. 이제까지는 시를 배달하고 몇 시간 후면 아이들 사이에서 그 시에 대한 이런저런 이야기들이 들려오곤 했다. 이번에는 며칠이 지났건만 어느 누구도 크레이그가 받은 쪽지 이야기를 꺼내지 않았다. 너무 궁금한 나머지 크레이그의 사물함 문틈을 훔쳐보면서 혹시 못 본 건 아닌지 확인하기도 했는데, 그 안에는 한 학기 동안 먹은 것만 같은 크리스피 과자 껍질과 여러 장의 벌칙 쪽지만 있었고 시는 분명 사라지고 없었다.

의아했지만 우리는 다음 시를 쓰느라 너무 바빠서 크레이그에 대해 생각할 겨를도 별로 없었다. 이번 주에는 매일 두 편

씩 숨겼는데 컴퓨터 키보드 밑에 놓기도 하고 교과서 사이에 꽂아 놓기도 하고 축구 경기장 골대에 테이프로 붙여 놓기도 했다. 눈코 뜰 새 없이 바빠서 가끔은 아빠가 다시 카다크 집으로 이사하게 만들겠다는 계획이나 카다크에 대해 한 번도 생각하지 않고 지나가는 날도 있었다.

하지만 그다음 주 금요일, 일이 잘못되었다.

그날 아침 우리반 교실에 들어갔을 때였다. 아이들이 케이틀린 매키의 책상 주변에 모여 있었고 에일리들도 있었는데 분위기가 심상치 않았다. 미스 앤더슨이 아직 도착하기 전이었고 나도 그 무리 안으로 들어가 에일리 O의 소매를 잡아끌었다.

"무슨 일이야? 뭔데?" 내가 물었다.

"케이틀린도 시를 한 편 받았는데 뭔가 달라. 이상해…" 에일리 O의 눈썹이 미간으로 모였다. "다른 시들하고는 완전히 달라."

심장이 쿵 하고 떨어졌다. 나탈리와 나는 케이틀린을 위해 시를 쓴 적이 없었는데, 지금 케이틀린은 우리가 만든 시처럼 종이에 단어들을 붙여서 문장을 만든 글이 적힌 종이를 들고 있었다. 처음 몇 초는 혹시 나탈리가 나에게 말하지 않고 시를 써서 주었을지도 모른다는 생각을 했다.

비가 오네 하루 종일 *쏟아지네*
케이틀린 **매키는** 지루한 **아이이네**

프랑스어도 **못하고** 수학은 그보다 **더 못하지**
그림은 얼마나 **못 그리는지 말도 못하지**

입안이 바싹바싹 말랐다. 절대로 나탈리가 썼을 리가 없는 시였다. 나탈리가 무슨 시를 썼건 이것보다는 좋은 시를 만들었을 것이다. 더 중요한 건 나탈리라면 이렇게까지 심술궂은 말을 했을 리가 없다는 것이다. 나탈리는 크레이그와 아비가일에게도 이렇게 말하지 않았고 케이틀린에게는 절대로 그랬을 리가 없었다. 케이틀린은 목소리 크고 말도 많고 웃기도 잘 하고 항상 뭔가를 그리는 아이였다. 연습장, 교과서, 친구의 가방과 손에 언제나 그림을 그려 주었다. 지금 케이틀린의 볼은 빨갛게 물들었고 울지 않으려고 했지만 눈에 눈물이 맺혀 있었다.

"누가 나를 ～～～～ 싫어하나 보네." 케이틀린은 억지로 웃으려고 해 보았다. 단어들이 너무 울퉁불퉁하게 나와서 지진 속에서 말을 하고 있는 듯했다. "근데 내가 정말 그림 못 그려?"

"무슨 소리야! 네가 그림 얼마나 잘 그리는데." 에일리 O가 재빨리 말했다.

"넌 지루한 애도 아니잖아." 레오니가 구운 흙색으로 말했다. "게다가 이 시는 라임도 잘 맞지 않아."

미스 앤더슨이 교실로 들어왔고 모두가 자기 자리를 찾아갔다. 케이틀린은 종이를 구겨서 공처럼 동그랗게 만들더니 바닥으로 휙 던져 버렸다. 로스가 주워서 쓰레기통 쪽으로 던졌고 종이 뭉치는 공기를 가르고 쓰레기통 가장자리에 맞은 다음 안으로 쏙 들어갔다.

"누가 왜 이런 짓을 한 걸까?" 창가 쪽 우리 책상에 앉으면서 나는 에일리들에게 물었다. "다른 시들은 이렇지 않았잖아."

"그러게. 정말 알다가도 모를 일이네. 정말 기이해." 에일리 O가 말했다

에일리 C의 눈이 가늘어지더니 나를 쳐다보았다. 아주 잠깐이지만 나를 의심하는 건 아닌가 하는 무시무시한 생각이 스쳤다. 하지만 에일리 C는 어깨를 으쓱했다. "누군가 장난친 정도 같은데. 재밌으라고 한 농담 아닐까?" 에일리 C는 웃으면서 말했다.

"근데 재밌지가 않으니까 그렇지." 에일리 O의 단어는 전에는 보지 못한 짙은 붉은색이었다. "케이틀린 안됐다."

○

아침 내내 심장이 두근두근했고 쉬는 시간 종이 울리자마자 말 그대로 복도를 쏜살같이 뛰어가 나탈리에게 갔다. 나탈리는 나를 보고 깜짝 놀란 눈으로 쳐다보았는데 이미 그 시에 대해 들었다는 걸 알 수 있었다. 나탈리의 팔을 잡고 체육관 뒤 우리만의 아지트로 끌고 갔다.

"누가 한 것 같아?" 나탈리가 속삭였다.

나는 가방에서 초콜릿 샌드위치를 꺼냈지만 호일을 벗기지도 않았다. 마음이 안정되지가 않아 뭘 먹을 수도 없었다. "그렇게까지 케이틀린을 싫어하는 애가 있을까?"

"케이틀린하고 레이첼이 크리스마스 직후에 크게 싸운 적은 있었어. 그래도 화해했고 지금은 다시 친해졌는걸." 나탈리 역시 손에 시리얼 바를 들고선 건드리지도 않고 있었다. "그 시가 케이틀린에 대해 정확히 어떻게 말했는지 기억나?"

내 머리에 남아 있는 건 케이틀린이 재미없는 애고 그림을 못 그린다는 내용이었다. 케이틀린이 했던 말이나 행동에 관한 건 아니었다. 그냥 못되게 굴기 위한 못된 말이었고 그런 말을 할 사람이 누군지 바로 떠올랐다.

"크레이그 아닐까? 우리 시 받고도 아무 말이 없었잖아. 마음에 들지 않았는데 똑같이 따라 하고 싶다는 아이디어는 언은 건지도."

말을 해놓고도 딱히 그럴 것 같지는 않았다. 크레이그는 누구를 놀리거나 못된 말을 하는 데 일부러 숨거나 뒤에서 할 것 같지는 않았다. 매일매일 그 사람 앞에서 대놓고 하니까.

하지만 나탈리가 고개를 끄덕였다. "나도 그럴지 모른다고 생각했어. 내일 소풍 가잖아. 가서 크레이그한테 주목해 보자. 케이틀린도 살펴보고."

다음 날 우리 학년 모두가 역사 탐방으로 고성을 방문하기로 되어 있었다. 크레이그의 말과 행동을 놓치지 않고 케이틀린에 대해 누가 어떤 말을 하는지, 누가 케이틀린을 안 좋은 눈길로 쳐다보는지 관찰할 수 있을 것이다. 우리의 시들은 특별했다. 사람들을 행복하게 만들었고 나탈리와 내가 아이들과 소통하는 우리만의 방식이었다. 이 익명의 인물이 누구건 우리만의 특별한 활동을 망치게 놔둘 수는 없었다.

16장

다음 날 아침 우리 반 교실의 분위기는 내가 다니던 학교의 소풍날을 그대로 떠오르게 했다. 모두가 들떠 있었고 소란스러웠고 하루만이라도 답답한 교실에 갇혀 있지 않고 성에서 야외수업을 한다는 사실에 흥분해 있는 듯했다. 또 오늘만은 교복이 아니라 사복을 입었는데 각자 자기만의 개성이 드러난 옷들과 다채로운 색깔만 봐도 기분이 좋아졌다. 하지만 나 같은 경우 옷 고르는 데 너무 많은 시간이 걸렸는데 그러다 보니 내가 교복을 차츰 좋아하게 되었다는 사실을 발견하게 되기도 했다. 매일 아침 옷을 선택해야 하는 번거로움에서 벗어날 수 있어 훨씬 편했다. 아무튼 한참 고민하다 좋아하는 청바지에 보라색 운동화를 신고 에일리 O가 좋아하는 동물이라고 했던 알파카

문양의 스웨터를 입었다.

종이 울리자 1학년 모두를 성으로 데려갈 세 대의 버스가 도착했다. 크레이그는 어울리는 무리들과 뒷자리를 맡아야 한다 어쩌고 소리를 지르면서 가운데 버스로 달려갔다. 나도 서둘러 그 애들 뒤를 따라갔고 에일리들도 내 뒤에 왔다. 나는 크레이그보다 몇 줄 앞에 나탈리 자리를 맡아 놓아야 했다. 나탈리가 내 옆에 앉은 다음에도 우리는 조용히 있었는데 소란스러운 가운데에서도 크레이그의 말만 가려내야 했기 때문이었다.

"크레이그가 뭐래?" 버스가 출발해 학교에서 멀어질 때 나는 작게 속삭였다.

나는 아직도 사람들의 입에서 나온 단어를 읽거나 입술을 보지 않고 듣기만 하면 무슨 말을 하는지 다 알아듣지 못한다. 크레이그의 단어가 뒷자리에서 튕겨져

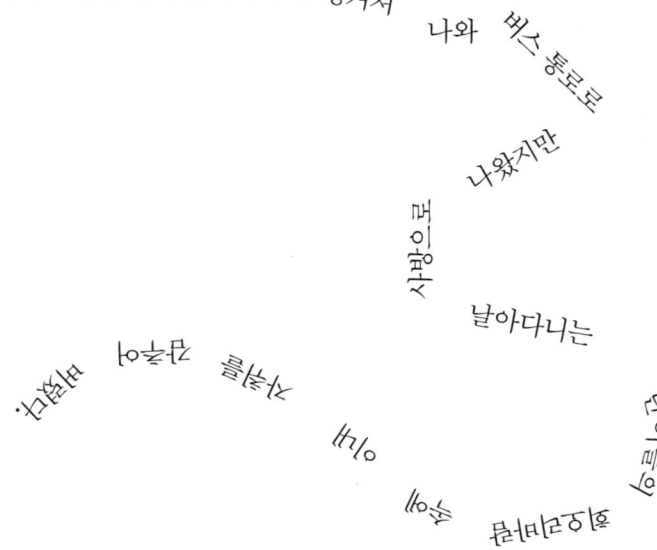

나탈리가 핸드폰을 들어서 나에게 보여 주었다.

루크가 텔레비전 드라마 보다 울었다고 놀리고 있어. 아직 시에 대한 이야기는 없어.

로스가 버스 기사님에게 부탁해 자기가 고른 노래를 틀어 달라고 했고 그때부터 버스 안이 너무 시끄러워져서 크레이그의 말이 전혀 들리지 않았다. 어쨌든 케이틀린도 같은 버스를 타고 있었으니 크레이그는 이 안에서 케이틀린과 관련된 시 이야기는 꺼내지 않을 터였다. 수사를 해야 할 일이 없어진 나탈리와 나는 나탈리의 엄마가 싸 준 렌틸칩 한 봉지를 꺼내 먹으며 성에 도착할 때까지 내 핸드폰으로 게임을 하며 놀았다.

성이 시야에 들어오자 감탄의 함성을 내지 않을 수 없었다. 길고 뾰족한 첨탑들이 솟아 있는 웅장한 크림색 건축물, 깔끔하게 다듬은 울타리로 이뤄진 흠잡을 데 없는 녹색 정원, 형형색색의 꽃이 피어 있는 꽃밭과 햇살에 반짝이는 커다란 호수 한가운데에서 자태를 뽐내는 대리석 조각상. 핸드폰을 꺼내 야야에게 보내 줄 사진을 찍었다. 야야가 빼놓지 않고 보던, 감상적인 고전 드라마 세트장 같았다.

버스가 주차장에 주차하고, 교사들이 우리를 화려한 장식이 새겨진 고성의 정문으로 인솔했다. 나탈리와 나는 일부러 크레이그와 친구들 바로 뒷줄에 섰는데 크레이그는 루크의 모자를 벗기더니 성까지 가는 계단으로 달아나는 바람에 미스 샤가 뛰지 말라고 큰 소리로 말해야 했다. 소풍에는 미스 샤와 몇 명의 교사들이 인솔자로 왔다. 오늘 미스 샤는 반짝거리는 앵무새 귀걸이를 하고 그에 어울리는 빨간색과 파란색이 섞인 카디건을 입었다.

"얘들아, 안녕!" 선생님은 계단으로 올라오는 나탈리와 나를 보고 손을 흔들었다. "정말 대단하지 않니? 성처럼 크다더니 정말 성처럼 크네."

나는 미소를 지었다. 어제 미스 샤의 영어 수업에서 직유에 대해 배운 참이었다. "선생님은 오늘 잉꼬새처럼 예쁘세요." 내가 선생님의 귀걸이를 보며 말했다.

미스 샤는 고개를 흔들어 앵무새 귀걸이가 소리를 내게 만들었다. "음, 배운 걸 바로 활용하네."

커다란 나무 문을 열고 들어가니 성은 겉모습만큼이나 내부도 화려했다. 거대한 대리석 계단이 돌로 된 아치형 입구로 이어지고 천장 바로 아래의 벽에는 열 개가 넘는 검들이 십자 모양으로 고정되어 있었다. 선생님들은 우리를 복도에 한 줄로 서게 했고, 캘빈 선생님은 안으로 들어가기 전에 이 성에 대해 짧은 해설을 해 주었다. 설명을 따라가기 위해 단어들이 어디로 떨어지는지 살펴보느라 바빴지만, 이 성이 지어진 지 300년 정도 되었고 빅토리아 여왕이 머문 적도 있다는 사실을 배우게 되었다. 해설이 끝난 후 미스 샤는 우리 학생들이 성 주변에서 찾아야 하는 아이템 목록을 건네주었는데 그에 대한 몇 가지 질문도 적혀 있었다.

"네 명이 한 팀을 만들어." 캘빈 선생님이 말했다. "가장 먼저 정답을 써서 제출하는 1등팀에게 상품도 있어. 자, 어서 움직여 봐."

나탈리와 나는 두 에일리들과 한 팀이 되었다. 에일리 C는 나탈리와 같은 모둠이 되어 못마땅한 것 같았고 나탈리도 마찬가지였지만 프랭키, 올루, 스콧, 아미나 넷이 벌써 팀을 이루어 우리 넷이 뭉칠 수밖에 없었다.

"우리 박물관부터 가 보자." 에일리 O가 리스트를 손으로 가리켰다. "목록에 ~~~~~~ 스톤이 있어. 아마 박물관에 있을 거야."

에일리 C는 우리를 데리고 어떤 커다란 전시실로 들어갔는데 이전 소유주들이 수집한 여러 문화재들이 유리 진열장에 보관되어 있었다. 그중에서 터키옥색의 이슬람 항아리라든가 케냐의 고대 단검 같은 유적은 분명 다른 나라에서 허락 없이 가져온 것이라는 생각이 들었고, 우리 모두 이 유적들을 돌려주어야 한다는 데에 의견을 모았다. 하지만 흥미로운 스코틀랜드 물건들도 몇 점 있었다. 에일리 O가 찾고 있던 픽티시(고대 스코틀랜드를 지배했던 픽트족) 석판도 그중 하나였다. 켈트족의 기하학적 패턴이 새겨진 커다란 석판으로 어떤 건 5세기에 제작된 것이라고 했다. 우리가 해야 할 일은 이 석판의 패턴을 따라 그리는 것이었다. 나는 에일리 C의 등에 종이를 대고 최대한 비슷하게 그렸다.

"훌륭해. 잘했어." 에일리 C가 내 그림을 보면서 말했다. 하지만 이기지 않고는 못 배기는 에일리 C는 캘빈 선생님이 1등에게 내건 상품을 꼭 타고 싶다고 말했다. "이제 금 채취 문제로 넘어가자."

에일리 C와 에일리 O가 다른 전시실로 뛰어가는데 나탈리가 내 어깨를 툭툭 쳤다. 나탈리가 유리 진열장 중에 하나를 가리켰다. 옛날 사람들이 쓰던 물컵과 접시 수집품 뒤에 누런 종이가 하나 놓여 있었는데 그 안에는 네 줄의 글이 적혀 있었다.

"저건 구어잖아!" 내가 소리쳤다.

얼른 주변을 둘러봤는데 다행이 우리 반 아이들은 퀴즈 푸는 데 바빠서 나의 커다란 구리색 단어를 듣지 못한 것 같았다.

미스 샤는 미니어처 조각상들을 보고 있다가 우리 쪽을 보며 말했다. "옛날 사람들은 원래 저렇게 구어를 많이 사용했다고 해." 선생님은 우리에게 걸어와 같이 작품을 보며 말했다. "자기들의 언어를 종이에 배열하기도 하고, 종이가 없으면 나무나 석판에 찍은 다음, 그것을 이용해 메시지를 보냈어. 이것처럼. 보이니?"

선생님은 유리 뒤에 있는 또 다른 물건을 가리켰는데 커다란 회색 석판 위에 흐린 노란색 단어들이 붙어 있었다. 유리에 코가 닿을 정도로 가까이 다가갔지만 단어들이 너무 희미해서 읽기는 어려웠다. 그 옛날 사람들이 단어를 어떻게 돌에 붙였는지가 궁금했는데 나탈리가 사용하는 실크 손수건 같은 건 없었을 것 같아서다.

"그런데 왜 그만뒀어요?" 미스 샤에게 물었다.

"사람들이 학교에 다니기 시작하고 유럽에서 종이와 잉크가 보편화되면서 구어를 수집하는 건 문맹을 나타내는 표시가 되었어. 아, 문맹이란 읽고 쓰지 못하는 걸 가리킨단다." 선생님은 아주 천천히, 선명한 녹색으로 말했다. "사람들은 구어를 사용하는 것은 교육 받지 못한 것으로 생각하고 얕잡아 봤지. 그러면서 구어 단어는 수치스러워해야 할 무언가로 보았고 점차 사라지게 되었지. 요즘에도 이것을 둘러싼 낙인이 있잖니."

아마 그래서 처음 나탈리가 단어 수집하는 걸 보았을 때 내 눈에 이상하게 보였던 것이다. 하지만 그 생각을 하니 슬퍼졌다. 사람들은 각자 자기만의 의사소통 방식이 있는데 어떤 사람들은 그 방식을 빼앗긴 것이다.

"그렇지 않은 나라도 있어. 아직도 많은 문화에서 글뿐만 아니라 말에서 말로 전해지는 구전설화라든가 구어를 중요하게 여기고 있지. 소통을 하는 데 옳고 그른 방법은 없는 거야."

미스 샤가 말해 준 내용은 흥미로웠지만 쉽지는 않았다. 선생님이 멀어졌을 때에야 내가 선생님이 말한 모든 문장을 그 자리에서 이해했고 머릿속으로 번역을 하지 않아도 된다는 것을 알았다. 뜻을 완벽하게 파악하지 못한 단어들도 있었지만 내가 카탈로니아어나 스페인어를 들을 때처럼 그 단어들도 정확히 어디에 어떤 뜻으로 위치하게 되었는지 알 수 있었다.

그 순간 나 자신이 너무나 자랑스러웠다. 지금 현재의 나는 몇 시간 동안 입도 뻥긋 안 하던 지난 1월의 갈라가 아니었다. 나는 나탈리를 보고 씩 웃었고 손을 어깨에 얹은 다음에 에일리들 쪽으로 데려갔다. 둘은 벌써 질문 세 개를 완성했고 에일리 O는 상 받았을 때 출 춤을 미리 연습하고 있었다.

박물관에서 나와 응접실과 서재로 갔다. 마호가니 가구들이 있고, 벽에는 금색 프레임에 화려한 장식이 새겨진 거울과 몇 세대 전에 이 성에 살았던 사람들의 초상화가 걸려 있었다. 마침 이곳에 케이틀린이 친구들과 있어서 에일리들이 질문지에 답을 쓰는 동안 나는 케이틀린과 친구들을 주시했다. 케이틀린이 여전히 시 때문에 속상할 수도 있었겠지만 적어도 겉으로는 괜찮아 보였다. 케이틀린과 레이첼은 커다란 생선을 들고 포즈를 취하고 있는 사람 그림 옆에서 같이 깔깔대며 웃고 있었다.

한 시간 남짓 퀴즈를 마저 푼 다음에 정원으로 나가서 도시락을 먹었다. 나탈리와 에일리들과 프랭키, 올루, 스콧, 아미나가 앉아 있던 피크닉 벤치에 앉았다. 아빠가 오늘 아침 일찍 인버네스에 면접을 갔기 때문에 라이언이 내 도시락을 싸 주었는데 꽤 먹음직스러웠다. 연어 크림치즈 베이글과 새우칩, 복숭아와 내가 가장 좋아하는 딸기 타르트가 들어 있었다.

"와. 이거 하이 스트리트에 있는 베이커리에서 파는 거지?" 올루가 벤치에서 일어나 내 도시락 가방을 들여다보더니 물었다.

"같이 나눠 먹자." 나는 타르트를 두 조각으로 나누었는데 페이스트리가 부서지면서 손가락에 크림과 딸기 소스가 잔뜩 묻고 말았다. 올루는 웃으면서 코를 찡그렸다.

"고마워. 다음에 먹기로 하자."

나는 화난 척했다. "내 독일을 원치 않는다는 거야?"

"혹시 독을 말하는 거니? 독일이 아니라?" 에일리 O가 키득대며 말했다.

"아니. 독일 맞는데." 내가 진지한 얼굴로 손가락에 묻은 크림을 핥으며 말했다. "이 딸기는 베를린 수입산이고, 이 딸기의 이름은 한스라고 해."

모두가 웃었다. 캘빈 선생님이 퀴즈 1등이 케이티 킹 팀이라고 발표했다며 씩씩거리고 있던 에일리 C까지도 웃음을 터뜨렸고 나에게 살짝 눈을 흘기며 말했다. "갈라, 넌 진짜 엉뚱하다니까."

나는 남은 타르트를 내 입에 전부 털어 넣고 씩 웃었다. 그동안 얼마나 이런 대화가 그리웠던가. 비슷한 단어를 이용해 말장난을 하거나 뜬금없는 소리를 해서 사람들을 웃기는 것 말이다. 그건 마치 놀이터의 어릿광대들이 긴 풍선으로 동물들을 만드는 것과 같았다. 이날만큼은 파우, 라이아, 매리엄 등 옛날 학교 친구들과 함께 있을 때의 느낌이 들었다. 그 친구들을 생각하니 또다시 옛날이 그리워졌지만 그 마음 때문에 괴로울 정도는 아니었다.

○

점심을 먹은 다음 시간이 남아 기념품점에 가서 에일리 O와 웃기게 생긴 타탄체크 모자를 쓰고 서로 사진을 찍느라 바빠 기념품을 하나도 사지 못했다. 선생님을 따라 모두 밖으로 나와서 매 부리기 훈련을 구경했다. 성의 마당에는 세 마리의 수리와 두 마리의 매가 있었고 직원 한 명이 예전에 이 새들을 이용해 어떻게 사냥을 했는지 보여 주었다. 나탈리와 나는 크레이그와 아비가일 바로 옆에 서서 그 애들의 대화를 들으려고 해 보았지만, 우리 바로 위에서 날아오르고 급강하하는 새들에 정신을 빼앗겨 우리의 탐정 활동에 도무지 집중을 할 수가 없었다.

그러다 시계를 보니 벌써 2시였고 모두 다시 버스 타고 학교로 돌아갈 시간이 되었다. 나탈리에게 크레이그가 케이틀린이나 시에 대해 말하는 걸 들었냐고 물었더니 나탈리는 고개를 저었다.

아무래도 우리 못 알아내겠다.

나탈리는 핸드폰을 보여 주면서 어깨를 으쓱했다.

하지만 내 안의 호기심은 사라지지 않았다. "그래도 더 시도해 보지 않을래? 누가 그 시를 썼는지 꼭 알고 싶어."

나도 궁금해. 하지만 아무 단서도 증거도 찾을 수가 없잖아. 그런가 보다 하고 잊어버리는 편이 낫지 않을까.

나탈리가 핸드폰에 써서 보여 주었다.

해가 쨍쨍했기 때문에 우리 대부분이 버스에 윗옷을 놓고 내렸고, 선생님들은 우리에게 올 때와 같은 버스의 같은 자리에 앉으라고 했다. 크레이그, 아비가일과 친구들은 버스 뒷자리로 요란스럽게 달려갔다. 그 애들 바로 앞에 가고 있던 루크가 갑자기 그 자리에 멈추어서 크레이그가 루크와 부딪쳤다.

"저거 뭐지?" 루크가 의자에 놓여 있는 무언가를 가리키며 물었다.

루크는 접힌 종이쪽지를 집어 올렸고, 그 위에는 단어 하나가 쓰여 있었다. 아비가일이 루크의 손에서 쪽지를 가로채서 펴 보았다. 아비가일은 몸을 돌려 버스 안을 둘러보았다. 얼굴이 붉으락푸르락 변하고 있었다.

"이거 여기에 놔둔 사람 누구야?" 아비가일이 소리쳤다.

아무도 대답하지 않았다. 크레이그가 아비가일의 손에서 쪽지를 빼앗았다. 아비가일이 다시 빼앗으려고 했지만 크레이그가 루크의 팔 밑으로 빠져나간 다음 의자 위에 올라가 아비가일에게서 벗어났다.

우리 집에 *왜 왔니* **왜 왔니**

크레이그는 큰 소리로 읽었는데, 그의 입에서는 커다란 녹색의 단어들이 쏟아졌다.

아비가일의 **삐쭉빼쭉한** *이빨* 찾으러 **왔단다**

아비가일이 크레이그의 손에서 쪽지를 빼앗는 바람에 크레이그가 멈출 수밖에 없었다. 종이가 찢어지는 소리가 났다. 아비가일의 얼굴은 이제 시뻘겋게 변해 있었고 눈가가 눈물이 맺혔는지 반짝거렸다. 우리 집에 왜 왔니가 왜 나왔는지 모르겠지만 아비가일에게 기분 좋은 상황은 아닌 듯했다.

"누구냐니까? 누가 이거 썼어? 내 이가 뭐 그렇게 삐뚤삐뚤하다는 거야!" 아비가일은 소리쳤고 입에서 나오는 단어들은 피부처럼 진분홍색으로 점점 변해 갔다.

아비가일이 몇 마디를 더 하니 캘빈 선생님이 커다란 다홍색 단어로 소리쳤다. "아비가일 히슬럽!" 그리고 한 번만 더 그러면 벌칙을 받게 될 거라고 했다. 크레이그와 루크는 키득거리다가 아비가일이 그들 옆자리에 푹 쓰러지듯 앉자 입을 다물었다. 아비가일은 금방이라도 울음이 터질 듯한 얼굴이었다.

"그래도 그건 좀 〰〰〰." 루크가 어색하게 말했다.

"맞아. 뭐 그렇게 얼굴 평을 할 거면, 대놓고 얼굴 보면서 하란 말이야. 나처럼." 크레이그가 아비가일의 옆구리를 툭 치면서 말했다. 아비가일은 웃었지만 이번에는 손으로 입을 가리고 웃었다.

몸을 돌려 내 자리에 앉은 다음 나탈리를 바라보았다. 나탈리의 눈동자가 어두워져 있었다. 짧지만 진심이 담긴 고갯짓을 했다. 누구인지 캐 봐야겠다는 무언의 약속이었다. 절대 없었던 일로 하고 넘어갈 수는 없었다.

17장

───────

 이 끔찍한 메시지를 쓴 사람이 누구건 굉장히 의욕적으로 살고 있는 것이 분명했다. 다음 날 학교에 가 보니 안내 데스크 앞에 여자애들 몇 명이 제인 해리스 주변에 몰려 있었다. 제인 해리스는 종이 한 장을 손에 쥐고 울먹거리고 있었다. 복도를 걷다 보니 이번에는 사물함 옆에 아이들이 몇 명 서 있었다. 사물함 하나에 종이쪽지가 붙어 있었고 벤 듀퐁이 사람들을 헤치고 가서 종이를 뜯어냈다. 시를 읽고 있는 벤의 얼굴이 벌게졌다.
 "어느 ∼∼∼∼ 여기다 이걸 붙였어?" 벤이 소리쳤다.
 물론 대답은 없었다. 벤은 그 종이를 찢어서 쪼가리들을 자기 주머니에 넣더니 사람들 사이를 비집고 나왔다. 바닥에는 사람들이 쉬쉬 말한 단어와 속삭임의 단어들이 잔뜩 떨어져 있었고 단어들은 내가 우리 반 교실로 서둘러 갈 때 발아래에서 풀풀 일어났다. 불안으로 간질간질했고 문을 열고 1C 교실로 갔을 때 내 심장은 또 한 번 더 철렁했다. 에일리 C가 책상에 앉아서 고개를 푹 숙이고 있었고 손에는 흰 종이 한 장이 들려 있었다.

"너도 받았어?" 자리에 앉으며 조심스럽게 물었다.

에일리 C는 나를 차가운 눈빛으로 바라보았다. 그리고 작고 단단한 단어로 말했는데 단어 색은 바깥 하늘처럼 창백한 회색이었다. "왜? 누가 또 받았대?"

제인과 벤이 받은 시에 대해 이야기했다. 에일리 O가 종이를 보고 얼굴을 찡그리고 있었다. 고개를 옆으로 돌려 단어를 읽어 보려고 해 보았다. 그 시는 *벽*과 *떨어지다*라는 단어가 보였지만 첫 줄을 읽기도 전에 에일리 C가 윗부분의 종이를 구겨 버렸다.

"내 키가 너무 크다고 놀리는 내용이야." 에일리 C가 눈을 굴리면서 말했다. "정말 창의적이더라고."

"이번에도 전래 동요를 이용한 거야." 에일리 O가 말했다. "그렇게 하는 데 어떤 의미가 있을까?"

나는 시에서 눈을 들어 에일리 O의 입에서 나온 셔벗 오렌지색의 단어가 책상에 떨어지는 걸 보았다. "전래 동요가 뭔데?"

"보통 아가들을 위한 노래나 동시를 말해." 에일리 O가 말했다. "이건 〈험피 덤피〉라는 시를 바탕으로 한 거고, 케이틀린이 받았던 건 〈비가 억수같이 와〉고, 아비가일이 받은 시는 〈우리 집에 왜 왔니〉야."

"아마 이걸 쓴 애는 동요책 한 권 놓고 하나씩 베끼고 있는 것 같아." 에일리 C가 말했다. "아주 어린 여동생이나 남동생이 있을지도 모르지."

에일리 C의 말에는 어딘가 이상한 구석이 있었다. 에일리 C는 화가 난 것 같았지만 그 전에도 화를 내는 건 본 적이 있었는데 그때의 단어들은 언제나 더 굵고 날카로웠다. 이번 단어들은 흐리고 글자 사이의 빈칸은 평소보다 더 좁았다. 어쩌면 에일리 C는 이 쪽지 때문에 우리가 보는 것 이상으로 더 화가 많이 났을지도 모른다. 사람들의 입말은 그들의 감정에 따라서 완전히 다르게 보이기도 한다. 가끔은 너무 달라서 정말 그 사람이 한 말이 맞는지 알아보지 못할 때도 있다.

계속 뒤숭숭하고 불안한 분위기 속에서 금요일의 조회가 열렸다. 언제나처럼 나탈리는 두 번째 줄에 앉았고 옆에 내 자리를 맡아 놓고 있었다. 나는 자리에 앉자마자 손가락 세 개를 폈다.

"오늘 세 개나 나왔어." 내가 속삭였다. "제인, 벤, 에일리 C."

나탈리의 눈이 휘둥그레졌다. 더 자세히 말하려는데 왔슨 교장 선생님이 목을 가다듬더니 전달 사항을 말씀하기 시작했다. 사실 내게 금요일 조회 시간은 힘든 시간이었는데 들어야 할 말이 너무 많았다. 그래도 가끔 중간에 합창단이 노래를 하거나 연극반에서 지금 연습 중인 연극의 한 장면을 연기하기도 했다.

오늘 교장 선생님은 수학 경시대회와 3학년들이 5월에 가게 될 프랑스 수학여행 이야기를 했다. 하지만 평소보다도 더 말들이 귀에 들어오지 않았다. 머릿속에는 온통 오늘의 시에 대한 생각, 울고 있던 제인과 에일리 C가 내뱉은 이상하게 생긴 단어와 벤이 시를 찢을 때의 화난 표정뿐이었다. 대체 누가 그런 짓을 하고 있는 걸까? 그리고 왜 하는 걸까?

"그리고 마지막으로 나의 ~~~ 에 들어왔는데 1학년 학생 몇 명이 최근에 ~~~~~~ 쪽지를 받았다는 말을 전해 왔습니다."

펄쩍 뛸 뻔했다. 선생님이 내 머릿속에 들어왔다 가신 걸까? 교장 선생님은 종이쪽지를 한 장 들고 있었다. 선생님 입에서 나오는 짙은 회색의 단어들을 읽을 수 있는지 확인하려고 몸을 앞으로 기울였다.

"입에서 나온 단어로 만든 편지 같은데요. 받은 사람에게 매우 해로운 내용이 담겨 있습니다. 학교 폭력에 해당되고요. 더 이상 용납하지 않겠습니다. 보낸 사람을 찾아내면 그에 맞는 처벌을 내릴 생각이에요."

교장 선생님은 쪽지를 다시 단상 위에 올려놓고 강당 첫째 줄에 앉아 있는 1학년 학생들의 얼굴을 훑어보았다. "그사이 어느 누구도 구어를 수집하는 일은 없도록 하세요. 이유 불문입니다. 알겠습니까?"

조용한 *네 선생님*이란 글자가 바닥에 주르르 쏟아졌다. 내 심장에서는 쿵쾅쿵쾅 소리가 났고 내 옆에 있던 나탈리도 몸을 움찔했다. 지금 내 주머니에는 오늘 아침에 주운 단어들이 들어 있었다. 탁한 황녹색의 *이해하다*는 아빠가 어제 누군가와 통화하다가 흘린 단어였다. 연한 라일락 색깔의 *영원*이라는 단어는 학교 오는 길에 가로등에서 찾았다. 내가 정성껏 수집한 이 단어들은 마치 당장이라도 폭발해서 우리를 위험에 빠트릴 수류탄처럼 느껴졌다.

모두 일어나 강당을 나갈 때 나는 주머니에 손을 넣어 단어를 꼭 쥔 다음 아무도 보지 않는다는 걸 확인한 후에 단어들을 얼른 바닥에 버렸다. 나탈리의 손을 잡고 복도를 빠르게 걸어가 안내 데스크 옆 여자 화장실 안으로 끌고 들어갔다. 다행히 화장실 안에는 우리밖에 없었다.

"우리 이제 어떻게 하지? 누가 이런 짓을 하는지 알아내야 하지 않을까?" 내가 속삭였다.

나탈리가 엄지손톱을 잘근잘근 씹었다. 나탈리는 두렵고 슬퍼 보였다. 단어 찾기는 나탈리와 나탈리의 인생에서 매우 중요한 부분이었다. 나탈리는 화장실 바닥을 덮고 있는 수많은 단어들을 내려다보았다. 며칠이면, 혹은 몇 주나 몇 달이면 이 단어는 치워지고 사라져 결국 무로 돌아가게 될 것이다.

"하지만… 나는 그만하고 싶지 않아." 나탈리의 말은 짙은 푸른색으로 아주 작았다. "그럴 수 없어."

나탈리가 무슨 생각을 하는지 알 수 있었다. 나탈리는 몇 년 간 단어 수집을 비밀로 해 왔고 왓슨 선생님이 하지 말라고 해서 당장 그만두어야 할 이유는 없었다. 평소라면 나도 나탈리에게 동의했을 것이다. 선생님의 명령은 부당했고 이해가 가지도 않았다. 그 시를 만든 사람이 누구건 반드시 학교 내에서 단어를 찾지 않아도 된다. 저 바깥에도 얼마든지 주울 수 있는 말들이 있다. 하지만 누가 우리가 단어 줍는 걸 눈치채고 우리가 그 시를 쓴 사람들이라고 생각하는 건 원치 않았다. 나는 나탈리의 소매에 손을 얹고 고개를 흔들었다.

"안 돼. 이번엔 그렇게 해야만 해. 잠깐 동안만 멈추자. 그리고 누가 이런 짓을 했는지 알아내자. 그런 다음 다시 시작하는 거야, 어때?" 내가 말했다.

나탈리가 고개를 끄덕였다. 내가 새끼손가락을 내밀자 나탈리도 자기 새끼손가락을 내 손가락에 걸고 약속했다. 앞으로 무슨 일이 일어나건 우리는 한편이었다.

18장

 그날 오후 마지막 수업 종료 후에 라이언이 학교 정문에서 나를 기다리고 있었다. 라이언은 전에도 가끔 학교 앞에서 날 기다렸던 적이 있었다. 처음에는 불편하고 창피하기도 했는데 이제 나도 꽤 즐기게 되었다. 그날 수업 중에 일어난 웃긴 일들을 이야기해 주고 요즘에는 외국어 학습 앱에서 배운 카탈로니아어 표현들을 나에게 해 보기도 한다. 실제로 라이언의 카탈로니아어 실력은 점점 좋아지는 중이다. 공부를 위해서라며 병원 배경의 드라마를 보기 시작해서인지 일상 대화 중에 뜬금없이 의학 용어를 아무 때나 사용해서 문제긴 하다. 아침에 라이언은 토스트에 버터를 발라야 한다며 "메스"를 건네 달라고 말하기도 했다.

"오늘 네트볼 팀 연습이 취소됐네." 라이언은 운동장 건너편에서 큰 소리로 인사하는 3학년 학생들에게 손을 흔들면서 말했다. "가는 길에 딸기 타르트 집에 들르는 거 어때?"

그 말을 듣자마자 배에서 꼬르륵 소리가 났다. 점심시간에 피자 한 조각을 샀는데 맞은편 테이블에 앉아 있던 아이들이 오늘의 끔찍한 시 세 편의 저자가 누군지에 대해 큰 소리로 토론하고 있었고, 그걸 듣느라 거의 피자는 먹지도 못했다. 내 이름이나 나탈리의 이름은 전혀 언급되지 않는데도 그랬다.

"네. 좋아요. 집(house)도 먹을 수 있을 것 같아요." 내가 말했다.

라이언이 웃었다. "혹시 '말(horse)도 먹을 수 있을 것 같아요' 아닐까. 하지만 집을 먹고 싶다면 먹어도 되겠지. 여러 모로 질길 수도 있겠지만."

우리는 베이커리로 걸어가면서 집에서 가장 먹기 좋은 부분(커튼이나 카펫)과 가장 먹기 어려운 부분(창문, 벽난로)에 대해 열심히 토론했다. 카운터에서 라이언은 딸기 타르트 세 개를 포장해 달라고 했다.

"두 개만 사면 될 텐데. 아빠는 단 거 별로 안 좋아하는 거 알잖아요." 라이언에게 말했다.

지난번에 이 빵집에 같이 왔을 때 아빠는 사워도우를 달라고 했었다. 아빠에게는 사워도우가 맛있는 간식이었던 것이다. 아빠는 나와 닮은 점은 아주 많지만 간식 취향은 그중 하나가 아니었다. 라이언은 계산대에서 직원이 건네주는 상자를 받으면서 웃었다. "글쎄. 그 사이에 아빠가 마음을 바꾸었을지 모르는데. 너는 가면서 하나 먹을래?"

내 위가 당장 먹겠다고 아우성쳤다. 라이언은 상자에서 타르트 두 개를 꺼냈고 우리는 집으로 가는 언덕을 오르면서 하나씩 먹었다. 나는 바삭바삭한 크러스트 부분을 야금야금 먹고 그다음에 크림을 먹은 다음 딸기는 가장 마지막에 먹으려고 남겨 두었다. 라이언은 세 입 만에 끝내 버렸다. 디온과 그 사이의 수많은 닮은 점 중에 하나였다.

라이언이 입 주변에 묻은 크림을 닦으며 말했다. "그런데 말이야. 오늘 조회 시간에 왔슨 교장 선생님이 ～～ 그 시에 대해 나탈리나 너나 혹시 아는 게 있니?"

나는 몸을 획 돌려 라이언을 바라보았다. "우리 아니에요! 우리도 시를 몇 편 썼지만 좋은 시만 써서 주었어요. 에일리 O와 프랭키와 아이들에게요. 최근 며칠 사이에 다른 애들이 받은 그 못된 말이 가득한 시는 안 썼어요. 누가 그 시들을 썼는지는 정말 몰라요. 모른다고요."

말이 빨라지자 단어들은 내 혀에서 미끄러져 입술 바깥으로 흘러내리듯 빠져나왔다. 짙은 붉은색의 깜짝 놀란 듯한 카탈로니아어였다. 라이언은 내게 진정하고 천천히 설명해 보라고 했다.

"나도 나탈리나 네가 그런 짓을 했을 거라고 생각하지는 않아." 라이언의 단어는 파란색이었다. "하지만 누가 그랬는지 아니? 너희 반 애들 중에 단어 수집하는 애들 많아?"

"아니요. 한 명도 못 본 것 같아요." 내가 영어로 말을 이었다. "나탈리밖에 없어요. 하지만 누군가 우리 아이디어를 훔친 것 같아요."

"그런 것 같구나. 이상하네." 라이언이 얼굴을 찡그렸다. "너희들도 학교에서는 단어 수집 안 할 거지? 왓슨 선생님이 금지했잖아."

내가 고개를 흔들었다. "네. 이제 중단하기로 약속했어요."

"그래. 잘 했다. 집에서는 할 수 있어. 학교 밖에서도 할 수 있고."

우리는 집에 다 왔지만 라이언은 현관 앞에서 잠시 멈추었다.

"너희가 원한다면 내가 단어를 너희 수집함에 넣어 줄 수도 있어. 이를테면 *슈퍼디스폴럭투스* 같은 단어 어떠니?"

그는 자기 손으로 단어를 받았다. 작고 빛나는 분홍색이었다.

"무슨 뜻이에요?"

"응. 뜻이 없어. 왜냐면 내가 방금 만들었기 때문에."

나는 씩 웃으며 가볍게 주먹으로 툭 쳤다. "고마워요. 그런데 더 헷갈리게 됐잖아요."

집으로 들어가는데 무언가 분위기가 달랐다. 다른 날에는 현관으로 들어가자마자 개들이 뛰어왔을 텐데 오늘은 개들도 조용했고 안쪽에서는 이야기 소리가 들렸다. 라이언을 따라 안으로 들어가자 그제야 왜 라이언이 딸기 타르트 두 개가 아니라 세 개를 사자고 했는지 깨달았다. 소파 위에, 놀라울 정도로 얌전한 셀린을 무릎에 앉히고 발 근처에 디온을 앉히고 있는 사람은 다름 아닌 야야였다.

"*야야!*" 내 입에서 아주 크고 반짝이는 황금색 글씨가 튀어나왔다. 가방을 던져 놓고 할머니에게 달려갔다. "여기 어떻게 왔어요?"

"우리 아가, 너 보러 왔지." 내가 품에 와락 안기자 야야가 웃으면서 말했다. 야야는 팔로 나를 꼭 끌어안으며 정수리에 여러 번 뽀뽀를 했다. "깜짝 놀랐지?"

라이언의 집에서 야야를 보니 기분이 이상했다. 야야는 드라이한 짧은 회색 머리에 흰색 스웨터와 꽃무늬 레깅스를 입었고, 그 위에는 원래 집에서는 언제나 소파 팔걸이에 걸쳐 놓았던 벙벙한 핑크색 코트를 입었다. 머리부터 발끝까지 온통 선명한 원색이고, 이 장소 안에서는 완전 튀어서 야야만 패션 잡지에서 오려서 흑백 신문 위에 붙여 놓은 것 같았다.

"오신다고 미리 말을 해 주지!" 야야 옆에 앉으면서 말했다. 셀린은 살짝 짜증 나는 듯 한 번 짖더니 나를 위해 자리를 비켜 주었다. "얼마나 있다 가실 거예요?"

"다음 주 토요일까지." 내가 바로 얼굴을 찡그리자 야야가 웃으며 내 볼을 꼬집었다. "왜 그래, 우리 토깽이. 너무 길어서 그래 아니면 너무 짧아서 그래?"

"당연히 너무 짧아서 그렇죠!"

"걱정하지 마. 내가 너 해 주려고 네가 좋아하는 요리 재료들 다 가져왔어. 일주일 동안 매일 해 줄게. 피데우아하고 카넬로네스하고…." 야야는 말을 하다 말고 나를 위아래로 보았다. "그런데 너 여기서 얼마나 잘 먹은 거야. 이제 키가 거의 할머니만한걸!"

"딸기 타르트 아니야?" 아빠가 웃으며 말했다. 라이언은 아빠 옆 의자의 팔걸이에 앉아서 자기 때문이라고 했다.

"정말 그러니, 갈라? 너 전에는 이런 거 안 먹었잖아." 야야는 핑크색 여행 가방을 열더니 내가 먹고 싶다고 말했던 과자들을 전부 꺼냈다. 바비큐 맛의 해바라기씨 과자 몇 봉지와 콜라 카오 카카오파우더 몇 통, 커다란 옥수수 뻥튀기 한 봉지, 미니 초리조, 말린 소시지, 그리고 아주 아주 아주 많은 초콜릿과 크리스피가 있었다.

"우아 감사해요, 야야." 나는 화이트 초콜릿 봉지를 잡았다. 아빠가 저녁 전에 군것질하지 말라고 말할 줄 알았는데 그냥 웃더니 아빠도 해바라기씨 과자에 손을 뻗었다. 아빠도 여기 슈퍼마켓에도 비슷한 과자가 있지만 집에서 먹던 맛이 아니라고 구시렁거린 적이 있었다.

과자의 숫자를 세면서 내가 얼마나 오래 먹을 수 있는지 계산하고 있었고 야야는 패들 클럽에서 있었던 여러 사건들과 최근 가입한 페미니스트 책 모임 이야기를 해 주었다. 아빠와 라이언은 저녁을 만들고 나는 야야에게 내 방을 보여 주었고 저녁이 다될 때까지 비디오게임을 했다. 야야는 크리스마스 때보다 더 게임을 못해서 나는 일부러 몇 번 져 주었다.

그날 저녁에는 스페인에서 그랬던 것처럼 9시에 저녁을 먹었고 라이언은 딱 두 번 정도 배고프다고 말했다. 저녁을 먹은 다음 아빠와 라이언은 펍에 갔고 나는 야야의 태블릿으로 우리가 좋아하는 스페인 패션 리얼리티 쇼를 같이 보았다. 영화나 TV 예능을 볼 때 우리는 모든 사람과 장면을 품평하는데 — 아빠는 질색을 했다 — 얼마 후 우리 옷, 소파, 카펫, 강아지까지 우리의 말들로 뒤덮였다. 나는 야야가 말했던 *기발한* 단어를 주웠다. 출연자가 만들었던 우스꽝스러운 옷에 대해 이야기하면서 말했던 그 단어에는 야야의 웃음이 배어 있었다.

"그런데 우리 강아지 그 단어로 뭐하려고?" 야야가 물었다.

"단어를 수집하기 시작했거든요." 내가 그 단어를 주머니에 넣으며 말했다. "나탈리라는 친구랑 같이 하고 있어요."

그 불쾌한 시들과 단어 찾기를 금지한다던 교장 선생님의 말을 떠올리니 기분이 살짝 나빠지기는 했다. 야야를 만나 너무 흥분하는 바람에 집에 온 다음부터는 생각하지 않고 있었다. 나는 불편한 마음을 한쪽으로 밀어 버리고 야야에게 나탈리가 단어를 굉장히 많이 수집했고, 그 단어들로 새로운 것들을 만든다는 이야기를 했다.

"굉장히 재미있는 친구 같네. 나탈리란 아이." 야야는 웃으며 말했다. "여기서 금방 좋은 친구를 사귀어서 다행이다. 너 적응 잘 하고 있었구나?"

야야의 말에 나도 깜짝 놀랐다. 처음 몇 달간은 오직 집에 다시 돌아가야 한다는 생각밖에 없었고 이곳 생활에 적응을 *하지 않*으려고 노력했었다. 하지만 돌이켜 생각해 보면 나는 천천히 적응해 가고 있었다. 라이언과도 사이좋게 지내고 있다. 옛 친구들이 그립긴 하지만 매일매일 그 친구들만 생각하고 있는 것도 아니다. 영어는 여전히 어렵지만 예전만큼 나를 진 빠지게 하지도 않는다. 이곳에서 좋아하는 것들이 하나둘씩 생겨났고 이제 나의 목록은 이렇게 되었다.

좋은 점들

포트로즈	카다크
· 셀린과 디온	전부 다
· 나탈리 그리고 에이바도!	
· 에일리들, 프랭키, 올루, 아미나, 스콧	
· 학생 식당 피자 데이	
· 서리가 내린 아침 잔디를 밟을 때 바스락바스락하는 소리	
· 미스 샤와의 영어 수업 시간	
· 포인트까지 산책하기.	

아직 돌고래는 한 마리도 못 봤지만!
· 칵테일새우 크리스피
· 뒷마당에 가끔씩 나타나는
  붉은색 다람쥐
· 딸기 타르트

이러한 변화를 깨닫자 갑자기 기분이 묘해졌다. 그동안 야야가 너무나 보고 싶었고 야야 또한 우리가 보고 싶었을 것이다. 야야에게는 친구가 굉장히 많고 항상 바쁘게 살고 있다. 패들도 치고 아마추어 연극 클럽에도 가입되어 있고 언제나 새로운 강좌를 찾아 듣는다. 할아버지 아이오가 먼저 세상을 떠난 후부터 야야는 혼자 살고 있다. 아빠는 외동아들이고 나는 하나뿐인 손녀다. 분명 우리가 없으니 외로우셨을 것이다. 지금은 야야가 내 핸드폰 화면이 아니라 내 옆에 있다. 멀리 떨어져 살면서 우리가 잃은 것이 얼마나 많은지 다시금 기억했다.

"그래도 똑같지는 않아요. 그리고 우리가 여기서 계속 살 거 같지도 않아요. 아빠가 아직 일자리를 못 구해서요."

"아, 그건 걱정 마라." 야야는 내 무릎을 톡톡 쳤다. "금방 자리 잡을 거야. 요즘 면접도 많이 보는 것 같던데."

"그런가." 나는 길게 하품을 했다. 이제 밤늦게까지 깨어 있는 것이 익숙하지 않았다. "그래도 아직 우리 아파트가 그대로 있잖아요. 언제든 다시 가서 살 수도 있는 거 아닌가."

야야는 무슨 말인가 하려고 입을 열었다가 단어들을 다시 삼켰다. 야야는 손으로 태블릿을 가리켰고 한 디자이너가 만든, 축구팀 하나가 다 들어갈 것 같은 커다란 모자를 가리켰다. "어머나, 저 여자가 만든 모자 봐! 할머니도 저런 모자 써 볼까? 나한테 어울릴 거 같니?"

나는 웃으면서 쿠션에 몸을 기댔다. "완전 할머니 스타일인데요?"

19장

───────

야야와 보내는 주말은 머릿속에서 그 미스터리 메시지를 몰아내기 위해서는 꼭 필요한 시간이었다. 같이 먹고 웃고 산책하고 드라이브하며 동네 구경 하고, 더 먹고 더 많이 웃고 대략 여덟 개 에피소드의 리얼리티 쇼를 보았다. 하지만 월요일에 우리 반 교실에 들어갈 때 내 마음속 불안은 럭비공 크기만큼 부풀어 올라 있었고, 또 다른 고약한 시를 만날까 싶어 심장이 두근거렸다.

다행히 시는 없는 것 같았다. 적어도 우리 반 교실에는 없었다. 지리 시간 끝나는 종이 울릴 때 나는 새로운 메시지에 대한 소식은 듣지 못했고 조금은 마음을 놓을 수 있었다. 다섯 개의 시를 쓴 그 사람에게 단어가 바닥났거나 표절할 전래 동요가 떨어졌을지도 몰랐다. 어쨌든 드디어 이 모든 괴상망측한 일도 종결이 된 모양이었다.

하지만 몇 분 후 음악실에 가 있을 때 노크 소리가 들렸다. 식당에서 몇 번 봐서 얼굴을 알았던 2학년 남학생이 미시즈 쿨라에게 전할 메시지가 있다고 했다. 그 순간 내 몸이 앞으로 무슨 일이 일어날지 아는 것처럼 손바닥이 축축해졌고 속이 느글거리고 구역질이 올라올 것 같았다.

"갈라?" 선생님이 내 이름을 불렀고 내 이름이 불리자마자 모든 아이들의 시선이 일제히 나를 향했다. "왓슨 선생님이 교장실로 널 오라고 하시네."

로스가 자기 키보드로 두구두구두구 같은 음을 연주했다. 에일리들은 궁금함과 걱정이 반씩 담긴 얼굴로 나를 쳐다보았다. 나는 어깨를 으쓱하고 무슨 일 때문인지 전혀 모르는 척 손을 바지에 쓱쓱 닦은 다음 음악실에서 나왔다. 내 뒤로 수군거리는 소리들이 들렸고 문을 닫으면서 생긴 바람 때문에 몇 개의 단어들이 복도 바닥에 떨어졌다. 뭐지? **뭐라고. 시?**

교장실에 도착해 보니 나탈리가 그 앞에서 날 기다리고 있었다. 나탈리는 자기 가방의 끈을 너무 세게 잡아당겨서 손가락 관절이 새하얗게 변해 있었다.

"너도 불려 온 거야?" 내가 속삭였다. 내 단어는 흐린 회색으로 끊어질 듯 약했는데 평소의 두껍고 탄탄한 글씨체와는 많이 달랐다. 나탈리는 고개를 흔들었고 복도에는 다른 사람이 없었지만 스트레스를 받았는지 말을 하지 못했다. 나는 나탈리의 팔을 쓰다듬었다. "괜찮아. 오해일 거야."

족히 몇 시간인 것만 같은 시간이 흐른 뒤 교장실 문이 열리고 왓슨 선생님이 나타났다. 선생님은 교장실로 들어와 앉으라고 하셨다. 전학 온 첫날 아빠와 교장실에 왔으니 두 달 만이었다. 선생님의 책상은 그때보다 더 많은 단어들로 덮여 있어서 컴퓨터 키보드가 잘 보이지 않을 정도였다. 선생님은 자리에 앉더니 심각한 얼굴로 우리를 빤히 쳐다보았다.

"어떤 친구가 나에게 ～～～ 너희 둘이 오늘 아침에 체육관 밖에서 단어를 ～～～～～했다고 하는데. 학생들, 사실인가?"

너무 정신이 없어서 선생님의 단어들이 다 들리지 않았지만 무슨 말씀을 하시는지는 알 수 있었다.

"아니에요!" 내가 얼굴을 찡그리며 말했다. *대체 누가 교장 선생님에게 그런 말을 한 걸까?* "아닙니다. 저희는 하지 않았어요."

내 목소리는 갈라져서 나왔고 단어들은 커다랗고 붉은색을 띠었다. 선생님은 고개를 끄덕였지만 표정은 변하지 않았다. 선생님은 책상을 팔로 훔쳐서 흩어져 있는 단어들 사이에 빈 공간을 만들었다.

"지금 당장 주머니 뒤져 봐. 주머니에 있는 것 모두 꺼내 놓도록 해."

나는 재빨리 주머니에 손을 넣어 뒤졌다. 머리끈, 사탕 껍질, 급식 카드 외에는 아무것도 없었고 모두 꺼내 책상 위에 올려놓은 다음 팔짱을 꼈다. 나탈리는 바지 주머니를 뒤집어서 비어 있음을 보여 준 다음 재킷 주머니에 손을 쑥 넣었다. 갑자기 나탈리의 얼굴이 창백해졌다. 교장 선생님이 몸을 앞으로 숙이더니 손가락으로 책상을 톡톡 쳤다.

"나탈리, 책상 위에 모든 걸 올려놓도록." 선생님이 다시 말했다

나탈리가 천천히 주먹을 폈다. 그 안에는 단어 두 개가 있었다.

우아하게

겨울

단어들이 손바닥에서 책상으로 떨어졌다. 왓슨 선생님이 의자에 등을 기대더니 이상한 표정을 지었다. 웃음이라고 할 수도 없었지만 인상을 쓴 것도 아니었다. "그런데 나탈리, 너 혼자 단어들을 수집했니? 너희 둘 다 한 거 아니었어?" 선생님이 나를 보며 물었다.

그 순간 처음 느낀 감정은 충격이었고 그다음에는 분노였다. 나탈리와는 학교에서 단어 줍기는 당분간 그만두자고 손가락까지 걸고 약속했었다. 아마 나탈리는 내가 없을 때 혼자 몰래 단어들을 주머니에 넣었을 테고 그 때문에 우리 둘 다 곤경에 빠졌다. 그럼에도 나는 거짓말을 하고 싶지는 않았다. 나탈

리가 전부 뒤집어쓰게 할 수는 없었다.

"아니요. 저도 주웠습니다." 나는 더듬거리며 말했다. "하지만 오늘은 줍지 않았어요. 지난주 금요일에 선생님이 하지 말라고 하신 다음부터는 절대 하지 않았습니다."

왓슨 선생님은 내 말을 100퍼센트 믿는 것 같지는 않았다. 선생님은 서랍을 열더니 네 번 접힌 유선 노트를 한 장 꺼냈다. "나탈리, 네가 이걸 제인 해리스에게 보냈니? 네가 대답하기 같으면 종이와 펜을 주마."

선생님이 나탈리에게 말할 때는 단어 모양이 약간 달라졌다. 더 느리고 부드럽게 나왔지만 단어의 가장자리는 날카로웠다. 깜짝 놀란 나탈리의 눈이 커다래졌다. 나는 우리가 선생님이 들고 있는 그 시도, 다른 나쁜 시들도 절대 보내지 않았다고 설명하고 싶었지만 너무 긴장해서 단어들이 목에 걸려 나오지 않았다. 대답하기도 전에 노크 소리가 들렸다. 문이 열리더니 라이언이 교장실로 들어왔다.

"안녕하세요, 선생님. 갈라가 불려 왔다고 해서 저도 와 봤습니다." 라이언이 말했다. 라이언이 걱정을 할 때는 언제나 단어에 흙빛이 돈다. "별일 아니죠?"

왓슨 선생님이 왜 그가 우리를 불렀는지 설명하는 도중에 나는 누가 우리에 대해 말했는지 궁금해졌다. 나탈리의 주머니에 단어 몇 개가 들어 있었을지는 몰라도 우리가 오늘 아침에 단어를 찾으러 가진 않았다. 나는 아침에 필통 찾느라 학교에 조금 늦게 왔고 오늘 나탈리를 본 건 지금이 처음이다. 누군가 우리에게 누명을 씌우기 위해 거짓말을 한 것이다.

"선생님, 갈라가 저에게 나탈리와 이전에 시 몇 편을 쓴 건 맞다고 했었습니다. 하지만 케이틀린과 다른 아이들이 받은 ~~~ 쪽지는 아니었어요." 라이언이 나를 보면서 말했다. "네가 친구들한테 ~~~한 건 좋은 말만 쓴 편지였지? 그렇지 갈라?"

나는 고개를 끄덕였다. 라이언과 교장 선생님은 몇 마디를 더 나누었는데 대화 속도가 너무 빨라 거의 알아들을 수가 없었다. 마침내 교장 선생님이 한숨을 한번 쉬더니 우리에게 고개를 돌렸다.

"글쎄다. 너희들이란 ~~~ 없으니 그 시를 썼다고 벌을 내릴 수는 없을 것 같구나." 선생님의 단어는 갈색이었고 길이가 짧았고 간격 없이 바짝 붙어 있었다. "하지만 단어를 줍긴 했으니 너희 둘 다 ~~~를 써서 내일 아침까지 제출하도록 해. 너희들이 또다시 단어를 줍는다는 말이 돈다면, 방과 후 남기 벌칙을 내릴 거다."

반성문이라는 단어가 책상 위에 떨어졌고 바람에 날려 나에게 다가왔다. 무슨 뜻인지 몰라서 라이언을 바라보았다. 라이언은 왓슨 선생님이 단어를 줍지 말라고 말했는데도 단어를 주웠기 때문에 우리의 잘못을 고백하는 한 페이지짜리 글을 써야 한다고 설명했다. 내 목 안쪽에서 붉은색의 커다란 고함

소리가 만들어지고 있었다. 예전 학교에서 선생님에게 벌을 받은 적이 없지 않았지만 대체로 수업 시간에 너무 떠든다는 이유였다. 이 학교에서는 벌 받을 일도, 그리고 내가 하지도 않은 일로 혼난 적은 없었다. 하지만 나는 그 말을 삼키고 알았다고 대답했다. 나탈리도 동의하는 듯 고개를 끄덕였다. 선생님은 이제 교실로 돌아가라고 했다.

라이언이 우리 뒤에 나와 문을 닫자마자 나의 입에서는 불꽃과도 같은 선명한 붉은색의 카탈로니아어가 쏟아져 나왔다.
"이런 일이 어디 있어요! 우린 잘못한 게 없단 말이에요!"

나탈리는 곧 울음을 터트릴 듯한 표정이었다. 라이언은 내 등을 토닥이더니 일단 교장실에서 멀리 떨어진 곳으로 우리를 데리고 갔다.

"알아, 얘들아. 나도 속상해. 다른 선생님들에게 혹시라도 그 시를 쓴 학생이 누군지 아느냐고 물었는데 다들 모르더라고." 라이언이 내 어깨를 잡아당겼다. "걱정하지 마. 내가 밤에 반성문 쓰는 건 도와줄게. 나도 글을 잘 쓰는 건 아니지만 핫 초콜릿을 대령하는 건 얼마든지 할 수 있어."

그 말을 들으니 억지로라도 살짝 미소를 지어 보일 수 있었다. 라이언이 우리를 믿어 주고 우리를 위해 이렇게 애써 주는데 핫 초콜릿을 안 만들어 줘도 된다고 말할 수는 없었다. 하지만 여전히 억울했고 그날 오전 내내 가슴속에서 분노의 불길이 타올랐다.

소문은 날개라도 돋친 듯 빠르게 퍼졌다. 점심시간 즈음에는 1학년 아이들 중에 나탈리와 내가 그 시 때문에 교장실에 불려 갔다는 사실을 모르는 애가 없었다. 오후 미술 수업에 들어갔을 때 그다지 친절해 보이지 않는 서른 개의 얼굴들이 나를 빤히 쳐다보았다.

"우리 갈라, 안녕하니!" 로스는 가짜로 친한 척하면서 말했는데 로스의 단어들은 누리끼리한 색이었다. "오늘은 너와 나탈리한테 영감이 솟아나질 않나? 내 빨간 머리를 소재로 한 근사한 소네트 한 편 쓰는 건 어때? 레이첼의 안경에 대해 ～～～를 쓸 수도 있겠네."

레이첼은 요란한 웃음을 터트렸고 몇 명이 따라 웃었다. 나는 맞대응을 하려고 입을 벌렸지만 내 단어들은 입안에서 스파게티처럼 꼬여 버렸다. 겨우 말을 꺼내긴 했는데 흐릿한 핑크색에 가장자리가 갈라져 있어 힘이 하나도 없었다.

"그 시들을 쓴 건 나탈리와 내가 아니라고." 나는 더듬거리면서 쓰러지듯 내 자리에 앉았다. "나쁜 시들은 안 썼어."

"그러게. 너는 *분명* 아닐 거다." 레이첼이 비웃으며 말했다. "일단 너는 그만큼 영어가 안 되잖니."

레이첼이 말하는 방식에는 무언가 이상한 점이 있었다. 목소리도 평소와 달랐고 단어들은 모두 기형적인 모양으로 나왔다. 잠시 후에 왜 그런지 알았다. 레이첼이 내 발음을 따라 하면서 비웃고 있는 것이었다. 애들 몇 명이 더 웃었고 두어 명은 또 레이첼처럼 내 발음을 따라했다. 이제까지 애들이 그렇게 한 적은 한 번도 없었다. 적어도 내 앞에서는 없었다.

얼굴이 새빨갛게 달아올랐고 눈물이 핑 돌기 시작했다. 외국 억양이 들어가는 영어에 아무 문제가 없다는 건 나도 잘 알고 있었다. 내가 살던 곳에서도 억양이 있는 스페인어나 카탈로니아어를 하는 사람들이 많았다. 매리엄의 엄마도 그렇고 우리 아파트 1층에서 카페를 하는 로마 출신의 커플도 그랬다. 억양은 그 사람이 어디에서 왔는지를 알려 주고, 그 사람이 모국어가 아닌 외국어를 열심히 배웠다는 사실을 알려 주며 그 점은 충분히 자랑스러워해야 할 일이다. 하지만 누군가 내 억양을 대놓고 따라 하는 건 절대 기분 좋은 일이 아니었다.

"갈라 영어가 어때서. 갈라의 영어 좋아." 에일리 O가 나섰다. 에일리 O의 단어는 선명한 붉은색이었다. "레이첼, 그러는 너는 지난주 프랑스어 시험 20점 중에 세 개 맞지 않았어? 너는 다른 사람의 언어 능력에 대해 ～～할 권리가 없어."

"그렇게 영어를 잘했다면 자기가 무슨 짓을 하고 있는 줄도 알았겠네, 안 그래?" 케이틀린은 지난주부터 그리기 시작한 연필화를 들고 나를 쳐다보며 말했다. "너 정말 이걸 쓰레기라고 생각하는 거지? 아무리 못 그렸어도 너보다 잘 그렸는데?"

눈물이 더 쏟아져 시야가 흐려졌다. 다들 너무하다는 생각이 들었다. 나탈리와 나는 사람들을 기분 좋게 만드는 일을 하고 싶었을 뿐이었다. 그랬던 우리가 오히려 비난을 한 몸에 받으며 손가락질 당하고 있다.

"나는 그렇게 말한 적 없어." 내 입에서 나오는 단어는 희미했다. 이 단어들은 바닥에 툭 떨어졌지만 아무도 신경 쓰는 사람이 없었다.

"솔직히 '착한' 시라고 하는 것들도 어딘가 이상하지 않았나?" 에일리 C가 그리고 있던 기타 그림에서 눈을 들지도 않고 중얼거렸다. "너와 나탈리가 사람들에 대해 그렇게 잘 알 리가 없잖아."

레오니는 그 말이 맞다는 듯 고개를 끄덕였다. "맞아. 마치 너희들이 우리를 〰〰한 것 같아. 소름 끼쳐."

스파이. 레오니는 우리 바로 옆 책상에 앉아 있었기에 그 단어가 떨어졌을 때 읽을 수 있었다. 무슨 뜻인지 추측할 수는 있었다. 나는 절대 그런 짓을 하지는 않았다고 말하고 싶었다. 우리는 그저 너희들에게 관심을 기울였을 뿐이라고, 다른 사람들이 놓친 것들을 보고 있었을 뿐이라고 말하고 싶었다. 우리는 우리 반에 있는 절반의 친구들에게 시를 써 주었더랬다. 레오니를 위해서도 썼다. 그 시들을 받을 때는 모두가 즐겁고 행복해 보였는데 이제는 그 시를 받았던 애들이 레오니의 말에 고개를 끄덕이고 있다. 이건 모두 그 지독하게 못된 메시지들 때문이다. 그 몇 장이 모든 걸 바꾸어 버렸다.

"그래도 난 널 믿어."

뒤를 돌아보니 에일리 O가 나를 보며 웃고 있었다. 그 모습을 보니 순간적으로 안심이 되면서 눈물 몇 방울이 볼을 타고 흘러내렸다. 에일리 O는 소맷자락으로 내 얼굴의 눈물을 닦아 주었다.

"고마워." 나는 훌쩍거리며 말했다.

"괜찮아. 네가 나를 위해 만들어 준 시 정말 좋아했거든." 에일리 O의 웃는 눈가에 주름이 잡혔다. "그 시 덕분에 수술에 대한 생각도 바뀌었다고."

그날 오후 나를 한심하다는 눈으로 쳐다보거나 자기들끼리 나를 보고 소곤거릴 때마다 나는 에일리 O가 했던 말을 그대로 나에게 해 보았다. 나탈리와 나는 에일리 O를 기분 좋게 만들어 줄 수 있었다. 우리는 분명 다른 사람을 위해 선한 일을 했다. 비록 모두가 우리를 미워하니 그 일을 할 가치가 있었는지 아닌지 확신할 수는 없었지만….

20장

라이언은 그날 학교 수업 이후에 럭비 코치 일을 해야 했고 나는 라이언이 집에 오기 전에, 그리고 아빠가 학교에서 무슨 일이 일어났는지 알아내기 전까지 단 몇 시간이라도 평화를 누릴 수 있을 거라 기대했다. 하지만 라이언이 쉬는 시간이나 점심시간에 아빠에게 전화를 해서 자초지종을 설명한 것이 분명한 게, 내가 현관문을 열고 들어가자마자 아빠가 이 말부터 했기 때문이다.

"너희들이 무슨 시를 썼다고 하던데 학교에서 무슨 일 있었던 거니?" 아빠는 폭풍이 몰아치기 전의 무거운 구름 같은 회색 빛깔로 물었다. "라이언이 그러는데 오늘 교장실에도 불려 갔다면서."

"잘못 안 거예요. 오해예요, 아빠."

야야는 소파에 길게 누워서 태블릿으로 예능 프로그램을 보고 있다가 방송을 끄고 몸을 일으켜 앉아서 나에게 앉으라는 뜻으로 옆자리를 톡톡 쳤다. 디온은 반가워하며 내 얼굴을 핥기 시작했고 셀린은 내가 쿠션으로 보이는지 내 몸 위에 자리를 잡았다. 하지만 웃을 기운도 없었다. 오늘은 스코틀랜드에 온 이후에 최악의 날이었다. 어쩌면 내 인생 최악의 날일지 몰랐다.

아빠는 무릎을 꿇고 나와 눈높이를 맞추었다. "솔직히 말해 줄래, 갈라. 네가 썼어, 안 썼어?"

"우리 갈라가 그런 짓을 할 리가 없잖아, 조르디." 야야가 강하게 한마디 했다.

"우리 아니란 말이에요!" 내 말은 회색을 띤 파란색으로 나왔다가 순식간에 자주색으로 바뀌었다. "우리가 대체 왜 그런 짓을 하냐고요?"

"그러면 말해 줘." 아빠의 목소리는 차분하고 흔들리지 않았지만 단어들은 고드름처럼 가늘고 날카로웠다. "혹시 네가 학교에서 문제를 일으켜서 내가 괜히 이사 왔다고 생각하게 만들고, 다시 스페인으로 갈 수 있을 거라 생각한 거 아냐?"

내 안에 무수한 단어들이 생겨났다. 화난 단어, 놀란 단어, 그리고 상처 받은 마음에 관한 단어. 나는 일어나서 아빠를 노려보았다. "아빠는 내가 *정말로* 그런 메시지를 보냈다고 생각해? 내가 이유 없이 친구들 괴롭히는 애라고 생각해?"

"아빠가 그렇게 생각한다는 게 아니야, 갈라." 야야가 내 무릎을 쓰다듬으며 말했지만 아빠는 바로 대답하지 않았다.

눈물이 맺히기 시작했다. 내가 그 고약한 시들을 쓰지 않았다고 말했을 때 라이언은 바로 믿어 주었다. 야야도 믿었다. 에일리 O도 믿었다. 하지만 무슨 일이 있어도 내 편이 되어 주어야 할 사람인 아빠가 내가 거짓말할지도 모른다고 생각하고 있다.

"그동안 네가 힘들었을 거라는 거 알아." 아빠가 천천히 말했다. "또 네가 아직도 우리가 카다크로 돌아갈 수 있을 거라는 기대를 하고 있다는 것도 알고. 하지만…"

내가 몸을 일으켜 앉자 셀린은 내 몸에서 소파 쿠션으로 떨어졌고 가늘고 높은 소리로 낑낑거렸다. "맞아. 다시 가고 싶었어." 나는 거칠게 내뱉었다. "여기 이사 올 때 아빠는 내 의견을 묻지도 않았잖아. 아빠하고 라이언 둘이 결정해 버렸잖아!"

"그래, 갈라. 하지만 너한테 어떤 영향을 미칠지 생각하지 않은 건 아니야." 아빠의 단어는 이전에 했던 말을 또 할 때 늘 그렇듯이 약간 낡은 느낌을 띠었다. "새로운 나라에서 살아 보고 새로운 언어를 배운다는 건… 너에게도 다시없는 기회가 될 수 있어. 이 기회가 앞으로 더 많은 문을 열어 줄 수도 있고."

"내가 언제 그 문 원한다고 했어?" 나는 소리 지르며 팔로 얼굴을 가렸다. "내가 원하는 문은 우리 아파트 문뿐이야. 집에 가고 싶다고!"

"이제 그 아파트 없다, 갈라." 아빠가 냉정하게 말했다. "지난주에 팔렸다. 이번 달 말에 새 주인이 들어올 거야."

그 단어들은 짙은 자주색으로 나왔고 모든 단어들이 주먹처럼 내 가슴을 한 대씩 쳤다. 새 주인들이라고? 낯선 사람들이 내 방에, 우리의 발코니에 들어오고 우리 부엌에서 저녁을 먹는다고? 처음 보는 사람들이 우리의 벽을 이상한 색깔로 칠하고 내 공간을 온갖 이상한 물건들로 채운다고? 그런데 아빠는 그 사실을 *일주일이나* 지난 후에야 말하고 있다.

"왜 나한테 말 안 했어?"

아빠가 한숨을 쉬었다. "네가 얼마나 섭섭해할지 아빠도 잘 아니까." 아빠의 단어들은 처음에는 빨간색으로 나오다가 오렌지색으로 서서히 바뀌었고 문장 끝으로 갈수록 단어들에 화가 점점 덜 묻어났다. "네가 이곳 생활에 조금 더 적응한 다음에 말하려고 했지."

"하지만 이번 달 말이라며. 몇 주밖에 안 남았잖아. 우리 물건이 아직 그 집에 있잖아."

"창고에 옮겨 놓기로 했다. 부활절에 가서 정리하면서 필요 없는 건 버리고 필요한 물건들은 가져올 거야."

이렇게 되어 버렸구나. 다시 돌아가려던 나의 계획은 무산되어 버렸다. 그 아파트가 아직 우리 소유라는 사실이 카다크로 돌아갈 수 있다고 믿게 했던 내 마지막 희망이었다. 그런데 몇 주 후면 아파트도 희망도 사라진다.

"할머니도 아셨어요?" 야야에게 물었다. 할머니는 입술을 깨물더니 미안해하는 얼굴로 나를 쳐다보았다.

"할머니가 여기 온 것도 그것 때문이야. 아빠가 서명해야 할 서류가 몇 장 있어서 그것들 가져오느라고."

"조르디! 그렇지 않아." 야야가 내 손을 잡았다. "갈라, 할머니가 꼭 그 일 때문에 온 건 아니야. 너 보고 싶어서 온 거야. 우편으로 부쳐도 됐었거든."

이제는 더 이상 상관없었다. 또 다른 거짓말이겠지. 나는 할머니의 손에서 내 손을 잡아당겨 빼고는 집 밖으로 뛰쳐나갔다. 셀린과 디온이 같이 가자는 듯 내 쪽으로 달려왔지만 나는 문을 쾅 닫고 나와 버렸다. 이번만큼은 개들도 데려가고 싶지 않았다. 나는 달렸다. 귓가에는 쿵쾅거리는 내 발소리가 들렸다. 계속 달리다 보니 포인트의 등대가 나타났다. 입을 열고 소리를 지르자 단어들이 내 입안을 가득 채웠다.

"아아아아아아아아악!"

근처의 골프 클럽에서 공을 휘두르는 소리가 들렸고 해변가 산책로를 따라 개를 산책시키는 사람들도 있었지만 누가 듣건 말건 상관없었다. 두 번, 세 번 소리를 지른 다음 모래사장에 철퍼덕 앉았다. 눈이 따끔따끔했지만 너무 화가 나서 울고 싶지도 않았다. 멍하니 바다로 눈을 돌려 오르락내리락하는 파도의 회색 물거품을 바라보았다. 오늘도 돌고래는 코빼기도 보이지 않았다. 이 바다에 돌고래가 있었던 적은 한 번도 없었다. 어쩌면 돌고래는 모두 라이언이 지어낸 이야기일지도 모른다는 생각이 들기 시작했다.

머리에는 온갖 생각들이 마구잡이로 얽혔다. 이제 여기서 영원히 살아야 한다는 것. 그 사실을 받아들여야 한다는 걸 머리로는 알았지만 그래도 정든 집에 다시는 갈 수 없다고 생각하니 너무 마음이 아팠다. 이제 양말을 신고 잔잔한 꽃무늬가 새겨진 타일 바닥을 슬라이드할 수도 없을 테고, 물이 졸졸 새는 욕실 수도꼭지를 잠그기 위해 힘을 줘서 돌릴 수도 없게 되었다. 앵무새들의 재잘거림과 아래층 카페의 컵이 달그락대는 소리를 들으며 잠을 깰 수도 없게 되었다.

가장 최악은 작별 인사를 할 기회가 없었다는 점이다. 영원히 그 집을 떠나게 될 줄 알았더라면 라디에이터 뒤쪽 어딘가에 내 이름을 써 놓거나 바닥 밑에 무언가를 숨겨 두었을 것이다. 내가 살았었다는 흔적을 어딘가에 남겨 놓았을 것이다. 잠시 동안은 그 세계의 일부가 내 것이었음을 기록해 두고 왔을 것이다.

얼마 지나지 않아 뒤에서 발소리가 들렸다. 야야와 아빠가 모래사장을 가로질러 오고 있었는데 야야는 커다란 핑크색 코트를 입었는데도 추운지 몸을 덜덜 떨고 있었다. 두 사람은 내 옆에 앉았고 아빠는 주머니에서 바비큐 해바라기씨 과자를 꺼냈다. 아빠가 의도한 건 화해의 선물이었겠지만 뇌물로 느껴질

뿐이었다. 과자 봉지를 아빠 쪽으로 밀어내고 바다로 시선을 돌렸다.

"미안하다, 우리 강아지." 아빠의 단어는 부드러웠고 은색이었다. "안다. 네가 친구들에게 못된 짓을 했을 리가 없지. 조금도 의심하지 않았어야 했는데…."

"당연하지. 날 믿었어야지. 그리고 아파트 팔았다는 것도 미리 말해 줘야 되는 거 아니었어?"

오늘 일어난 모든 일들 중에서도 그 점이 가장 속상했다. 아빠와 라이언과 야야, 세 사람 모두 알면서도 그동안 나에게 감추었다는 사실.

"맞아, 그럴 걸 그랬어. 아빠도 부활절 지난 다음에나 팔릴 거라고 생각했어. 그런데 생각보다 일이 빨리 진행되니 어쩔 수가 없었어. 미안하다." 아빠가 내 등에 팔을 둘렀다. "그 집에 우리가 마땅한 작별 인사를 할 수 없게 된 것도 미안해. 나도 그 집이 그리울 거야."

무릎을 끌어안고 있다가 그 사이에 얼굴을 숨겼다. "오늘은 내 인생 최악의 날이야. 다 망했어."

"아이, 망한 게 어딨니, 갈라." 야야가 자상하게 내 머리를 쓰다듬으며 말했다. "시간이 지나면 일은 저절로 해결되어 있을 거야. 너도 보면 알걸?"

나는 고개를 들지 않았다. 바로 기분이 나아지고 싶지도 않았다. 그냥 잔뜩 뿔이 난 채로 있고 싶었다. 하지만 야야는 섭게 포기하는 사람이 아니었고 자리에서 일어나더니 나도 일으켰다. "어떻게 하면 기분 좋아지려나. 여성 솔로 레게 콘서트 볼래?"

"그걸로는 부족하지." 아빠도 자리에서 일어났다. "남녀 레게 콘서트지."

"아빠, 제발 하지 마."

나는 고개를 흔들었지만 야야는 몇 년 전 여름에 스페인에서 히트했던 노래를 부르기 시작했다. 아빠는 내 손을 잡고 팔을 돌려 춤을 추게 했다. 개를 산책시키던 사람 한 명이 우리를 쳐다봤고 난 민망해서 아빠의 손에서 벗어나려고 몸부림을 쳐봤다. 하지만 아빠 춤이 너무 막춤이라 웃음을 참을 수 없었고 결국 나도 두 손 들고 아빠와 할머니의 막춤 대결에 동참했다. 우리가 목청 높여서 노래를 부르자 모래 위에 커다랗고 밝은 스페인 노래 가사가 떨어졌다. 흐리고 어두컴컴한 날이었지만 우리 노래 가사만큼은 반짝반짝 빛났다. 자리에 다시 앉았을 때는 숨이 목까지 차서 웃고 있었다. 우리 가족은 우울한 기분에서 날 꺼내는 방법을 누구보다 더 잘 안다.

"우리 아이스크림 먹을까?" 아빠가 등대 옆에 주차된 아이스크림 트럭을 턱으로 가리키며 말했다. "아이스크림 사 주면 이 아빠를 용서해 주실 겁니까?"

나는 잠시 고민하는 척했다. "초콜릿 스틱 꽂아 주면요. 캐러멜 소스랑 스프링클도 뿌려 주시길 바랍니다."

아빠가 트럭으로 가고 야야는 모래 위에서 엉덩이를 조금씩 움직여 내 옆으로 왔다. "너무 심각하게 생각하지 마. 아까 집에서 아빠가 했던 말 말이야." 야야는 조용히 말했다. "조르디가 지금은 평소답지 않더라. 생각보다 취직 문제가 마음대로 안 돼서 스트레스 받나 봐. 할머니가 볼 때는, 아빠도 인정하고 싶지 않겠지만 집이 그립기도 한 것 같아. 아빠도 여기서 처음부터 완전히 새롭게 시작하는 중이잖아. 아빠한테도 쉬운 일이 아닌 거야."

거기까지 생각해 본 적은 없었다. 하긴 아빠도 친구가 정말 많았다. 주말이면 친구들이 바닷가로 놀러와 같이 축구나 배구를 하기도 하고, 가끔은 저녁에 아빠 친구들 집으로 놀러 가기도 했는데 너무 늦어지면 나는 소파에서 아빠와 아빠 친구들 목소리를 들으면서 잠들곤 했다. 하지만 이곳엔 오직 나와 라이언밖에 없고 우리 둘 다 하루 종일 학교에 가 있다. 아마 아빠도 분명 심심하고 외로운 순간들이 있었을 것이다.

"아니라고 할 수는 없겠네요." 나의 단어들은 뿌연 이끼색으로 나오긴 했지만 가장자리에는 살짝 금색이 입혀 있었다. "그래도 나는 아빠한테 *조금 더* 투정 부릴 권리는 있다고 생각해요."

"그럼 그래야지. 우리 강아지! 너 나간 다음에 우리도 한바탕했다. 너희 아빠 열다섯 살 이후로 내가 그렇게 혼쭐을 낸 건 이번이 처음이야."

야야는 검지를 눈앞에서 흔들었고 나는 할머니 표정 앞에서 웃을 수밖에 없었다. 아빠는 양손에 아이스크림 두 개와 커피 한 잔을 들고 흘리지 않으려고 애쓰면서 우리에게 다가왔고, 그즈음 우리 사이는 거의 원래대로 돌아와 있었다.

21장

월요일이 내 인생 최악의 날이라고 한 말은 나의 착각으로 밝혀졌다. 화요일은 더 최악이었다. 무시무시했다.

1C반 아이들은 이제 그 시를 두고 나에게 이러쿵저러쿵 욕하거나 놀리지 않았다. 다만 나라는 존재를 철저히 무시할 뿐이었다. 내가 들어가자마자 교실은 찬물을 끼얹은 듯 조용해졌다. 케이틀린과 레이첼만 나를 흘긋거리며 키득댔는데 그건 전에 내 이야기를 하고 있었다는 뜻이 분명했다. 로스는 역사 시간에 연필을 빌려 달라는 내 말을 못 들은 척했고 레오니는 가정경제 실습 시간에 내 설탕을 "실수로" 엎었다. 유일하게 내게 말을 거는 사람은 에일리 O뿐이었지만 그마저도 에일리 C가 중간에 끼어들어서 나와 에일리 O를 떨어뜨려 놓았다.

오전 내내 눈물이 쏟아질 것 같았지만 우리에게 잘못이 없다고 아무리 설명해 봤자 듣지도 않을 터였다. 우리가 정식으로 벌을 받지 않았다는 사실은 중요하지 않았다. 1학년 아이들의 마음속에서는 이미 나탈리와 내가 그 일을 저지른 범인들이었다.

쉬는 시간 종이 울리자마자 복도를 달려서 나탈리를 찾으러 갔는데 나탈리는 어디에도 보이지 않았다. 점심시간에 우리가 늘 앉던 자리에도 없었고 체육관 뒤쪽에도, 도서관에도 없었다.

결국 1B반 아이에게 물었더니 나탈리가 오늘 학교에 나오지 않았다고 했다. 한편으로는 나탈리가 아픈 건 아닌지 걱정되었지만 또 다른 한편으로는 무지막지하게 화가 났다. 먼저 나탈리는 단어 찾기를 중단하라는 교장 선생님의 말을 어겨서 우리를 이 곤경에 빠뜨렸는데 이제는 이 대가를 나 혼자 감당하게 만들고 있다.

에일리 O가 올루나 다른 아이들과 같이 점심을 먹자고 할 것 같았지만 에일리 C가 끼어 있는 한 같이 그 자리에 있고 싶지 않았다. 다른 사람들은 그렇다 치고 에일리 C라면 내가 그렇게 끔찍한 시를 자기한테 보낼 리가 없다고 믿어야 하지 않나? 너무나 속상했다. 그래도 명색이 친구인데 어떻게 내가 그런 짓을 했다고 생각할 수가 있지?

점심에 화장실 한 칸에 들어가 핸드폰으로 내 옛날 친구들의 근황을 살펴보았다. 파우는 자기가 덩크슛을 하는 동영상을, 매리엄은 사촌이 키우는 깜찍한 고양이 사진을 올렸다. 라이아는 부모님이 허락하지 않아 소셜 미디어 계정이 없지만 우리 반이었던 다른 친구가 올린 포스팅 속에 있었다. 달리 미술관으로 간 소풍 사진 속에서 라이아는 대형 알들로 장식된 붉은색 건물 밖에서 손가락으로 V를 그리고 있었다.

목에 걸린 덩어리가 점점 더 커지는 느낌이었다. 친구들이 너무도 그리웠다. 내가 이사 오지만 않았다면 지금 이 시간에 이 애들과 장난을 치거나 탁구를 치고 있었겠지. 나를 학교 일진이나 거짓말쟁이라고 생각하는 애들을 피해서 이렇게 화장실에 몰래 숨어 있지는 않겠지.

핸드폰 화면을 아래로 더 내려 보았다. 크리스마스를 지나 작년으로 넘어갔고 이제 아이들의 사진 속에서 내가 등장하기 시작했다. 파우의 생일에 다같이 놀이공원에 가서 찍은 사진도 있었다. 친한 친구들이 롤러코스터를 타고 내려오는 사진이다. 사실 너무 무서워 보여서 타기 직전에 도망가 버리고 싶었지만 겨우 참고 탔던 거였다. 사진 속 우리는 모두 눈을 감고 소리를 지르고 있는데 라이아만 멀쩡히 눈을 뜨고 우리를 보며 씩 웃고 있다. 우리는 놀이공원에서 찍어 주는 사진을 살 돈은 없어서 매리엄이 핸드폰으로 우리가 나온 사진을 찍었더랬다. 사진 픽셀 사이로 우리의 목소리가 들리는 듯하다.

핸드폰을 내려놓고 내 발을 내려다보았다. 까만 구두와 하늘색의 화장실 타일이 보였다. 지금 이 순간의 나, 화장실에 숨어 있는 갈라 버전은 진짜 내가 아니었다. 나는 롤러코스터를 타고 있는 갈라였다. 용감하고 웃기고 **목소리 큰** 갈라. 스코틀랜드에 온 다음부터 나는 그 갈라처럼 느껴지지 않았지만 지난 몇 주 동안 다시 서서히 그 아이로 돌아가고 있던 참이었다. 어느 누구도 나에게서 진짜 갈라를 빼앗아 가게 둘 수 없었다. 이 사태를 그냥 두고 볼 수 없었다. 무언가를 해야만 했다.

일어나서 손을 씻고 도서관으로 갔다. 크레이그와 아비가 일과 그 애들 무리가 컴퓨터 주변에 앉아서 루크가 슈팅 게임을 하는 걸 보고 있었다. 우물쭈물하지 않으려고 일부러 성큼성큼 다가가 크레이그의 어깨를 툭툭 쳤다. 크레이그는 뒤에 서 있는 나를 발견하자 깜짝 놀라 눈을 깜박이다가 비웃는 표정을 지었다.

"이게 누구신가. *시인* 납셨네."

그의 친구들이 돌아보더니 그의 말에 웃었다. 내 볼이 빨개졌지만 주먹을 꼭 쥐고 숨을 깊게 들이마셨다.

"너한테 할 말 있어." 실은 도서관으로 오면서 핸드폰에 내가 하고 싶은 말을 메모해 두었다. 나의 단어는 단단했고 마호가니 빛깔이어서 아빠가 무언가를 굳건히 결심했을 때 나오는 단어와 비슷한 모양이었다. "지금."

"**그러셔어어어.** 근데 할 말이 뭔데?" 크레이그가 말했다.

"여기서 말고. 밖에서 해."

아비가일이 짜증 난다는 듯이 "아휴"라는 소리를 냈다. 크레이그는 상관 말라는 듯이 아비가일을 쳐다보고 나선 호기심 때문이었는지, 내 단어에 담긴 확신 때문이었는지 자기 의자를 뒤로 밀고 일어나 나를 따라왔다. 나는 도서관 뒷문으로 나온 다음 학교 건물 뒤의 계단까지 걸어갔다. 길 건너편 축구장에서 축구부가 축구 연습을 하고 있었을 뿐 주변에는 아무도 없었다.

나는 본론으로 바로 들어갔다. "네가 그 시들 썼니? 애들 기분 나쁘게 만든 시들 말이야. 아비가일과 애들 몇 명이 받은 거."

크레이그는 눈을 끔뻑끔뻑하더니 짧게 웃었다. "뭐라고? 아니야. 그 시들~~."

한심해. 그의 단어는 굵었고 적갈색 글자로 나왔다. 그 글자들은 진심처럼 보였고 들렸지만 나는 침을 한번 꿀꺽 삼키고 생각했던 대로 밀어붙였다.

"아니. 난 네 말 못 믿겠어. 난 너라고 생각해." 내가 말했다. 사실 나에게는 아무 생각이 없었지만 누군가에게 물어보기는 해야 했다. 이 일을 결결 지어야만 했다. 크레이그 본인이 이 시를 쓰지 않았다고 해도 누가 썼는지는 알 것 같았다. 일진보다 더 일진을 이해하는 사람이 누가 있을까?

"내가 그걸 왜 쓰겠냐?" 크레이그는 얼굴을 찡그리고 턱으로 도서관 쪽을 가리켰다. "아비가일도 그 편지 받았잖아. 나

아비가일이랑 친하거든. 설마 내가 친구들에게 그런 ～～ 말을 하는 편지를 썼겠어? 그래. 나도 가끔 심한 말 하지. 그래도 장난이라고."

"왜냐면." 나는 머릿속으로 문장을 만드느라 조금 머뭇거렸다. "우리가 너에게 시를 보냈었단 말이야. 착한 시. 그런데 네가 그 시에 대해 아무 말도 없었잖아."

크레이그의 뺨이 붉어졌다. "맞다. 그건 ～～ 이상했어. 마치 너희들이… 그러니까 내 머릿속에 들어오려고 하는 것 같고 그랬단 말이야. 무슨 아동 심리학자처럼 나를 ～～～하고 싶어 하는 것 같았어."

그의 단어는 밝은 빨간색으로 바뀌었고 너무 빨리 나와서 전부 다 알아들을 수는 없었다. 그 안에서 분노와 좌절을 보았고 그건 정직했다.

"정말 네가 쓴 거 아니야?" 내가 또다시 물었다.

"아니라니까. 처음 시들은 이상했고 나머지 나중에 나온 시들은 멍청했어."

나는 엉덩이에 손을 올려놓고 물었다. "그러면 누군지 알아?"

그가 어깨를 으쓱했다. "그걸 내가 어떻게 아나?"

내 결심은 마치 바람 빠진 타이어의 공기처럼 빠져나가기 시작했다. 계단에 털썩하고 앉아 버렸다. 크레이그가 시를 쓰지 않았고 누가 썼는지도 모른다면, 나에게는 알아낼 방법이 없다. 아비가일이 다음으로 의심스러운 사람이긴 한데 왜 자기가 자기에게 그런 이상한 소리들을 했을까?

"그럼 너나 나탈리가 그 시들 쓴 거 아니야?" 몇 분 후에 크레이그가 물었다.

"아니야! 내가 계속 말했잖아. 몇 번이나 말했다고. 하지만 다들 우리가 거짓말한다고 생각해."

내 단어는 모두 구불구불하게 나왔다. 내가 그 단어를 밟아 버렸고 바닥에는 라일락 자국이 번졌다.

"왜 내 말을 안 믿어 주는 거야?"

크레이그는 잠시 아무 말도 없었다. 나는 계속 땅바닥을 내려다보면서 크레이그의 발소리와 문 닫히는 소리를 기다렸다. 하지만 크레이그는 가지 않았다. 가 버리는 대신 내 옆 계단에, 나와 좀 멀찍이 떨어져서 앉았다.

"나도 그거 어떤 기분인 줄 알아. 선생님들은 무슨 일만 생기면 나부터 의심해. 엄마랑 아빠도 그렇고. 30분도 안 지나서 내 소행이라 생각하고 ～～～～～ 묻지도 않아.

    만약

        뭔가

            잘못되면

                부모님은

                    무조건

                        내 잘못일 거라

                            생각해."

그의 단어들은 내가 앉아 있는 계단에 떨어졌다. 짙은 붉은색이었고 가장자리만 파란색이었다. 나도 그가 무슨 말을 하는지 알 수 있었는데 목격한 적이 있어서다. 선생님들은 수업 시간에 떠드는 소리가 나면 칠판에 무언가 쓰고 있다가도 "크레이그, 조용히 해라"라고 말했다. 떠드는 사람이 크레이그인지 아닌지 돌아보지도 않는다. 물론 크레이그일 때도 많았지만 가끔은 크레이그도 숙제나 공부를 하고 있다가 엉뚱하게 지적당하기도 했다.

"그렇네. 나도 이번에 또 그랬네… 또 너라고… 생각했네." 그가 돌계단에 떨어뜨린 단어들을 보며 내가 말했다. "너한테 먼저 물어보지도 않고 말이야."

크레이그는 나를 빤히 바라보았다. 내가 사과하자 마음에 쌓아 둔 벽이 무너진 건지 한참 동안 무슨 말을 해야 할지 모르는 것 같았다.

"그래. 그동안 나탈리한테 했던 말과 행동은 내가 잘못했어." 크레이그는 축구장 쪽으로 시선을 돌리면서 말했다. "진심은 아니었어. 그냥 애들 웃기고 싶어서 내뱉은 말들이었어."

"나탈리 입장에서는 하나도 웃기지 않을걸. 그러니까 이제 그만해, 제발." 내 단어는 선명한 오렌지빛이었다.

"그래. 알았어. 그렇게 해 볼게." 크레이그는 손을 머리 뒤로 넘기더니 한숨을 쉬었다. "가끔은 생각 없이 입에서 말이 먼저 튀어나와서 문제야."

"한 번 더 생각하면 되겠네."

"그래, 그래. 알겠다." 크레이그가 나를 보며 몇 초 정도 웃었다. "나는 네가 이런 애인 줄 몰랐다. 이렇게…."

"이런 애가 어떤 건데?"

"아무것도 아니야. 아무튼 내 생각하고 많이 다르네."

크레이그는 자리를 털고 일어나더니 뒷문을 열기 전에 잠깐 멈추었다. 그가 무엇을 기다리는지 보려고 나도 고개를 돌렸다. 크레이그가 나를 내려다보는데 눈에서 무언가 반짝였다.

"너하고 나탈리, 너희들이 단어 수집했던 건 맞지? 그런데 그 나중 시를 쓴 애가 누군지 몰라도 그 애는 단어 수집은 안 했을 거야." 그의 단어는 전에 보지 못한 밝은 녹색이었다. "아마도 그 애는 자기가 단어를 만들었을 거야. 본인이 말한 단어가 그 시에 들어갔을걸."

크레이그의 말을 듣고 잠시 생각해 보았다. "맞아. 그럴 것 같네. 나탈리하고 한번 이야기해 봐야겠다. 고마워."

크레이그는 웃으려고 하다가 어깨만 으쓱했다. 옛날 크레이그로, 아무것도 진지하게 여기지 않는 모습으로 돌아갔다. "그러든가 말든가. 내 알 바는 아니지만." 크레이그가 문을 열었다. "그래도 행운을 빈다. 잘 해결되길."

22장

___

아무도 말 시키지 않는 외로운 수업 시간 세 번, 복도에서 조롱당하기 두 번이 있었고 집에 갈 즈음에는 완전히 지쳐서 빨리 가고 싶다는 생각밖에 없었다. 라이언은 럭비 팀을 훈련시키고 있었고 아빠는 또 다른 면접을 보러 가서, 집에 들어가자 야야와 강아지들만 나를 반겨 주었다. 야야의 웃는 얼굴을 보자마자 눈물이 쏟아졌다.

"학교 애들이 다 날 싫어해요." 울먹거리며 양팔을 크게 벌린 야야의 품에 뛰어들듯 달려가 안겼다. "나탈리도 사라졌어요. 그 멍청한 시들은 대체 누가 왜 썼는지 도무지 모르겠고요. 내가 아니라고 아무리 말해도 안 들어 줘요. 애초에 여기로 이사 안 왔으면 얼마나 좋았을까 그 생각만 나요."

내 단어는 짙은 보라색이었고 가장자리가 희미하게 번져 있었다. 야야는 내 옷깃에서 단어 몇 개를 털어 내고 내 정수리에 입을 맞추었다.

"너를 왜 싫어하겠니? 우리 토깽이를." 할머니는 양손으로 내 얼굴을 감쌌고 디온은 고개를 내 팔에 묻고 작게 칭얼거리는 소리를 냈다. "할머니가 간식 만들어 줄게. 먹고 강아지들이랑 산책 나가자. 산책하고 나면 기분이 나아질 거야."

야야는 샌드위치를 만들고 나는 2층 내 방으로 올라가 교복을 갈아입고 세수를 했다. 먹고 나니 정말로 기분이 나아졌고 셀린이 내 손을 끌어 자기를 쓰다듬게 하기도 했지만 산책 나가고 싶은 기분이 들 만큼은 아니었다. 나갔다가 학교 애들을 만날 수도 있고 그 애들의 경멸하는 눈빛이나 비난하는 말들을 감당할 수 없을 거다.

"이렇게 든든한 녀석이 있는데 누가 너에게 함부로 하겠니?" 야야는 디온의 커다란 머리를 툭툭 쳤고, 갑자기 제자리에서 한 바퀴를 빙 돌면서 발차기를 하고 태권도 포즈를 취했다. "이 할매도 있다."

나는 기운 없이 웃으며 신발을 신으러 갔다. 신발 끈을 묶는데 초인종이 울렸다. 야야는 화장실에 가 있었고 나는 집배원일지도 모른다고 생각하고 문을 열었다. 현관 앞에는 나탈리가 서 있었다.

"미안해." 나탈리는 자기 손바닥 안에 단어를 후 뱉어 낸 다음 내 손에 붙였다. 열두 개 정도의 색조가 담긴 얼룩덜룩한 푸른색 단어였다. "오늘 학교 못 갈 것 같다고 미리 이야기했어야 했는데. 학교는 어땠어?"

나는 빨개진 눈을 가리켰다. "어땠을 거 같니?"

나탈리가 움찔했다. "정말 미안해, 갈라. 내가 같이 있었어야 했는데. 오늘은 도저히 학교 가서 애들 얼굴 볼 자신이 없는 거야. 교장 선생님도, 크레이그도…. 다른 애들 모두."

"괜찮아." 나는 손가락으로 나탈리의 사과 단어의 가장자리를 찔렀다. 그 단어에 미안함과 아픔이 느껴졌다. 나탈리는 진심으로 사과하고 있었다. "그래도 한 가지 물어보고 싶은 건 있어. 교장 선생님한테 걸린 단어 두 개는 어제 주운 거야?"

"아니야. 절대 어제 안 주웠어. 며칠 된 건데 주머니에 들어 있었던 거야. 내가 주머니에 〜〜〜 잊어버렸던 것 같아." 나탈리의 억울하고 황당해하는 표정을 보니 나탈리를 원망했던 마음이 조금은 사그라들었다. "내가 어제 단어 줍는 걸 봤다고 교장 선생님에게 일러바친 애가 누군지 모르지만 우리한테 프레임을 씌우려는 거야."

"프레임?" 사진 프레임은 알았지만 갑자기 왜 나왔는지 알 수 없었다.

"우리 잘못처럼 만드는 거. 누명을 씌운 거지."

"그 뜻이구나." 셸린이 나탈리의 신발을 쿵쿵거려 셸린을 안아 올리자 내 팔 안에서 버둥거렸다. "그리고 크레이그는 범인 아니더라. 오늘 학교에서 직접 얘기해 봤어."

"정말? 와. 대단해. 그 애가 뭐래?" 나탈리가 눈을 깜박였다.

나는 크레이그의 말을 전부 전해 주었다. 범인은 자기 말로 시를 만들었을 것이기 때문에 애들의 말을 눈여겨보면 누가 시를 보냈는지 짐작할 수 있을 거란 이야기도 했다. 나탈리가 눈썹을 치켜올렸다.

"그건 꽤 좋은 아이디어인데? 하지만 우리한테 그 시가 적힌 종이가 없잖아. 어떻게 알아내지?"

대답을 하려고 하는데 야야가 화장실에서 나와 우리가 있는 현관으로 왔다. 우리 집에 온 친구를 보자 얼굴이 환해졌다. "와, 안녕! 네가 그 유명한 나탈리구나."

나는 나탈리가 새로운 사람 앞에서는 많이 불안하고 수줍어해서 내 이전 친구들처럼 양쪽 뺨에 뽀뽀하는 인사 같은 건 못할 거라는 이야기는 미리 해 두었다. 야야는 뺨 인사를 나누는 대신 나탈리에게 같이 산책하자고 말했는데, 야야의 따뜻한 노란색과 주황색의 단어들이 바닥에 떨어졌지만 나탈리는 이해하지 못했다. 내가 야야의 말을 통역해 주자 나탈리는 핸드폰을 들더니 자기도 같이 가도 괜찮겠냐고 써서 보여 주었다.

"그래. 너도 같이 가자." 나는 화가 약간은 덜 풀렸지만 이렇게 말했다. 화는 이쯤에서 풀고 어서 다음 계획을 의논해야 했다.

개들이 우리보다 먼저 뛰어가면서 신나게 짖어 댔다. 나탈리와 처음 학교에서 점심을 같이 먹었을 때 좋아하는 장소라고 말해 줬던 페어리 글렌까지 걸어갔다. 처음 가 보는 곳이었는데 왜 그렇게 나탈리에게 소중했는지 알 수 있었다. 숲이 우거진 조용한 산책로 옆에는 작은 개울이 흐르고 있었고 새들이 지저귀면서 머리 위 나뭇가지들 사이를 부지런히 날아다녔다. 땅은 눈송이와 수선화로 뒤덮여 있었다.

"와, 동화 속 한 장면 같은걸." 야야가 말했다.

나에게도 새로운 장소였지만 야야가 감탄하니 괜히 마음 한 켠이 뿌듯해졌다.

걷다가 바위 사이 웅덩이로 시원한 물줄기를 떨어뜨리는 작은 폭포에 도착했다. 나탈리가 전에 말해 준 적이 있는 곳이었다. 가끔 생각해야 할 것이 있거나 단어를 찾을 때 온다고 했었다. 개들은 새로운 장소를 탐험하느라 정신없었고 야야는 친구들에게 보내야겠다며 사진을 찍었고 나탈리와 나는 개울 바로 앞 커다란 바위 위에 앉았다. 야야가 가져온 포도와 비스킷을 집어 하나씩 먹을 때 나탈리는 핸드폰에 하고 싶은 말을 길게 썼다.

내 생각에 교장 선생님에게 우리가 단어 줍는 걸 봤다고 거짓말을 한 애가 그 나쁜 시들을 보낸 애 같아. 그 애는 우리가 단어 찾기를 한다는 걸 알 테고 얼마 전에 좋은 시를 쓴 사람들도 우리라는 걸 알았을 거야. 그래서 우리를 곤경에 빠뜨리려고 일부러 나쁜 시들을 보낸 거지. 원하는 결과를 얻었고.

"하지만 대체 왜 우리를 골탕 먹이려고 해?" 메시지를 끝까지 읽고 물었다. 나탈리가 다르다는 이유만으로 나탈리를 좋아하지 않는 사람들이 있다는 걸 알고 있다. 아마 비슷한 이유로 나를 좋아하지 않을 수도 있다. 하지만 그렇다고 해서 우리 인생을 그렇게까지 꼬이게 만들고 싶어 한다고? 그건 좀 소름 끼치지 않나?

"너희들 무슨 이야기 하고 있었어?" 야야가 바위 위로 올라와 우리 옆에 앉았다.

야야는 단어와 시를 둘러싼 사건에 대해 속속들이 알고 있었고 나는 야야에게 나탈리의 의견을 말해 주었다. 야야는 비스킷을 먹으며 듣더니 미간에 주름이 잡히고 가는 눈썹이 찡그려졌다.

"교장 선생님이 아직도 그 시들 전부 갖고 계시니? 애들이 신고하면서 증거로 드리지 않았을까?"

나는 머리를 흔들었다. 에일리 C와 케이틀린은 시를 구겨 버렸고 벤과 아비가일은 찢어 버린 걸로 알고 있다. 하지만 나탈리에게 야야가 한 말을 전하자 나탈리가 내 팔을 잡았다.

"교장 선생님이 한 장 갖고 계셨잖아. 그치? 제인에게 보낸 편지 말이야. 그거 아직도 교장실에 있을 거야!"

나탈리의 밀크티색 단어들이 조용히 흘러나왔다. 잠깐이지만 나탈리는 야야 앞에서 말을 한 것이다. 이건 나탈리에게도 흔치 않은 일이었다. 나탈리는 학교에서보다 훨씬 더 차분해 보였다. 야야는 늘 사람들에게 그런 영향력을 행사한다. 알록달록 튀는 옷차림과 달리 편안하고 아늑한 분위기를 만들 줄 안다. 야야 옆에 있으면 안전하게 느껴진다.

내가 나탈리의 답을 번역해 주자 야야는 고개를 끄덕였다. "잘됐네. 아직도 갖고 계신지 물어보면 어떠니? 아니면 라이언에게 말해 보는 거야. 너희들을 위해 가져와 줄지도 몰라."

나는 조용히 고개를 흔들었다. 교장실로 다시 가기는 싫었다. 들키면 더 최악의 상황에 처하게 될지도 몰랐다. 라이언까지 끌어들이면 아빠가 화낼 수도 있다. 카탈로니아어로 야야에게 이 모든 걸 설명했다. 나탈리는 내 입을 읽으면서 내 무릎에 떨어진 단어들을 살펴보았다. 그리고 보라색의 **오피시나**(oficina, 사무실)라는 단어를 주웠다.

"왓슨 선생님은 항상 교장실 문을 잠그고 다니셔." 나탈리가 사무실이라는 단어의 가장자리를 어루만지며 말했다. "몇 해 전에 4학년 언니 오빠들이 조회 시간에 몰래 숨어 들어가서 선인장을 훔친 적이 있어서 지금은 절대 개방을 안 하시거든. 하지만 안내 데스크에 교장실 열쇠가 있긴 해."

"그건 어떻게 알아?" 내가 물었다.

나탈리가 나를 보며 빙그레 웃었다. "나는 관찰 전문가잖아."

야야가 무슨 말인지 모르겠다는 표정을 지어서 바로 나탈리의 말을 통역해 주었다. 영어에서 카탈로니아어로, 또 그 반대로 번역을 하다 보니 머리가 핑핑 돌았지만 은근히 재미있기도 했다. 다른 언어를 쓰는 두 사람을 연결해 주는 건 매우 근사한 일이었다. 두 사람이 친해지기 위해 반드시 공통의 언어가 필요한 건 아니었다. 셀린은 야야의 발목 냄새를 맡으면서 비스킷 한 조각을 달라고 조르는 중이었는데 그런 셀린을 흉내 내는 야야를 보고 나탈리는 소리 내어 웃고 있었다.

"우리 이렇게 해 보는 거 어때?" 약간은 도를 넘는 생각이었지만 일단 말은 던져 보기로 했다. "열쇠를 구해서 교장실에 들어가 보는 거야."

나탈리가 천천히 고개를 끄덕였다. "그러다 걸리면 큰 불상사가 생길 텐데. 그런데 이렇게라도 하지 않으면 우리가 안 썼다는 건 어떻게 증명하겠어."

"으흠. 내가 영어를 잘 몰라도 뭔가 장난을 벌인다는 건 눈치챌 수 있겠어. 두 사람 무슨 꿍꿍이가 있지?" 야야가 웃으며 말했다.

다른 이야기를 지어 낼까도 생각했지만 야야는 언제나 내 거짓말을 알아챈다. 어쩔 수 없이 나의 제안을 이야기했다. 그리고 기다렸다. 그렇게 돌아다니면 안 된다고. 그러다 더 나쁜 일이 생길 수도 있고. 아빠에게 이를 거라는 말을. 원래 위험한 일을 도모하면 어른들이 늘 그러는 것처럼. 하지만 나의 할머니는 포도 한 알을 입에 쏙 넣더니 눈썹을 치켜올리면서 말했다.

"내가 어떻게 도와줄까?"

23장

우리는 이것을 빅 플랜이라고 불렀고 금요일 조회 시간에 실행하기로 했다. 타이밍은 완벽했다. 교장실은 비어 있을 테고 교사들은 모두 강당에 있을 테니 우리끼리 돌아다닌다고 해서 눈에 띄지는 않을 것이다. 다만 조회 시간 중간에 빠져나올 핑계는 필요했다.

"내가 아픈 척할게." 점심시간에 체육실 뒤에서 계획을 짜는 도중에 나탈리가 말했다. "내가 양호 선생님에게 어디가 아픈지 설명하려면 네가 필요할 거라고 말해. 그래서 같이 가야 한다고."

양호실은 안내 데스크 바로 옆이고 교장실이 있는 복도 끝에 있었다. 우리가 후다닥 번개처럼 움직인다면 열쇠를 가져다

문을 열고 시를 찾아오는 데 몇 분밖에 걸리지 않을 것이다. 위험이 따르는 일이긴 하지만 우리가 시도할 수 있는 최상의 방법, 유일한 방법이었다. 우리는 한번 해 보기로 했다.

○

금요일 아침 뛰는 가슴과 떨리는 손을 안고 강당으로 갔다. 왓슨 교장 선생님이 우리를 교장실로 부른 지 나흘이 지났고 아빠와 라이언의 말과 달리 우리 반 아이들은 그 시에 대해 용서하거나 잊어버릴 기미를 보이지 않았다. 우리가 첫 줄에 앉아 있는데 어떤 아이가 우리를 향해 단어를 하나 날렸고 그 단어는 나탈리의 머리카락에 걸렸다.

거짓말쟁이. 가느다란 줄로 이어져 있었고 녹이 슬어 생긴 얼룩 색깔이었다.

그 단어를 머리카락에서 꺼내 바닥으로 던져 내 신발로 짓이겨 버렸다. 아이들의 생각이 틀렸다는 걸 증명할 것이다. 증명해야만 한다.

교장 선생님은 먼저 지난주에 교내에서 있었던 일에 대해 몇 마디 한 다음 얼마 후에 열릴 운동회 이야기를 했다. 나는 언제나처럼 집중력을 잃고 딴생각에 빠졌다. 신경이 곤두서서 위는 꼬이는 것 같았고 오른쪽 무릎이 위아래로 정신없이 흔들리고 있었다. 동시에 *거짓말쟁이*라는 글자는 내 눈꺼풀 뒤에서

네온사인처럼 반짝이고 있었다.

갑자기 내 뒤에서 쿵 하는 소리가 났다. 뒤를 돌아보니 나탈리가 눈은 감고 입은 반쯤 벌린 채 바닥에 쓰러져 있었다. 주변에 앉아 있던 몇몇 애들이 깜짝 놀라 자리에서 일어났다. 교장 선생님이 중간에 말을 멈추었는데 푸른빛이 도는 차가운 회색 단어들이 선생님의 아랫입술에 대롱대롱 매달려 있었다. 너무 놀라서 나는 우리 계획에 대해선 모두 잊고 무릎을 꿇고 나탈리가 숨을 쉬고 있는지 살폈다.

"나탈리, 너 괜찮아?"

강당의 모든 사람들이 우리를 쳐다보고 있었다. 나탈리가 아픈 척한다고 했을 때 나는 나탈리가 손을 들어서 머리가 아프다거나 배가 아프다고 말할 줄 알았다. 이렇게 고목처럼 픽 하고 쓰러질 줄은 정말 몰랐다. 라이언이 강당을 가로질러 우리에게 달려왔고 미스 샤가 그의 뒤에 서 있었다.

"나탈리?" 미스 샤가 나탈리의 백짓장 같은 볼을 톡톡 치며 말했다. "나탈리가 기절한 것 같은데요."

천천히 나탈리의 눈꺼풀이 펄럭거렸고 눈을 떴다. 나는 라이언과 같이 나탈리의 상체를 일으켜 세우고 다른 선생님은 물 한 병을 가져왔다. 모두 걱정스러운 표정이었고 나는 잠깐 동안 이 소란이 모두 연기라는 사실에 살짝 죄책감을 느꼈다. 나탈리는 물을 받아 한 모금 삼킨 후에 미소를 지어 보였고 괜찮다는 듯 손가락으로 오케이 사인을 했다.

"아무래도 양호실에 가서 누워 있어야겠다. 너 거기까지 걸을 수 있겠니?"

"네가 같이 가, 갈라." 라이언이 나탈리를 일으켜 내 쪽으로 넘겼다. "노왁 선생님에게 오늘 컨디션이 안 좋다고 네가 말해 줘."

강당에서 나올 때 수백 개의 눈동자들이 우리를 따라왔다. 나는 팔로 나탈리의 등을 감쌌고 나탈리는 언제라도 넘어질 것처럼 팔을 내 어깨에 둘렀다. 웃음이 터질 뻔하기도 했는데 사람들은 이번 주 전에는 나나 나탈리의 존재를 거의 알아채지 않다가 월요일에 교장실에 다녀온 이후로, 그리고 오늘 조회에서 쓰러진 다음에야 우리의 존재를 알아채는 것 같아서였다.

"너 영화배우 해도 되겠다. 나도 깜빡 속을 뻔했네." 아무도 없는 복도까지 오자 나탈리의 귀에 속삭였다.

나탈리는 살짝 미소를 짓더니 내게 몸을 기대면서 기절한 소녀 1의 연기에 집중했다. 정문 근처 안내 데스크 근방에 도착했을 때 짧은 회색 머리에 밝은 핑크색 코트를 입은 한 여인이 데스크 직원에게 말을 걸고 있었다. 나의 위는 또 공중제비를 돌고 있었다. 우리 계획의 2단계가 시작된 것이다. 야야가 학교에 들어왔다.

"실례합니다. 한 가지 물어보려고요." 야야는 리허설한 대로 영어로 이야기했다.

야야는 집에서 인쇄한 포트로즈 지도를 손가락으로 가리

켰다. 나탈리는 야야를 진짜 관광객처럼 보이게 하기 위해 새아버지의 카메라를 빌려 와 목에 걸어 주었다. 데스크의 미스 리브스는 입은 웃고는 있었지만 어리둥절한 표정을 지었다. 나는 터지는 웃음을 가까스로 참으려고 입술을 꾹 다물고 데스크를 지나쳐 양호실 문을 노크했다. 노와 선생님이 문을 열자 내가 자초지종을 설명했다.

"오늘 아침은 먹었니?" 선생님이 나탈리에게 물었다. 나탈리가 고개를 흔들자 선생님이 웃었다. "그러면 혈당이 낮아져서 잠깐 어지러웠을 수도 있어. 일단 침대에 누워 있을래? 너도 원하면 친구랑 같이 있어도 돼. 조회 끝날 때까지만이라도."

양호 선생님은 구석에 있는 작은 침대를 가리켰고 양호실 뒤쪽에 있는 창고로 갔다. 나탈리와 나는 서로를 바라보았다. 나탈리는 침을 삼키고 넌 할 수 있다는 뜻으로 주먹을 쥐어 보였다. 야야는 미스 리브스를 오랫동안 붙잡아 놓지는 못할 것이다. 우리가 정말 해야 한다면 지금이어야 한다.

"아니에요. 괜찮아요." 나는 노와 선생님이 들릴 정도로 크게 말했다. "저는 다시 강당에 가 보겠습니다."

너무 긴장되어 토할 수도 있겠다 싶었지만 서둘러 양호실을 빠져나왔다. 다행히 미스 리브스가 데스크에는 없었고 야야와 같이 문 앞에 서서 하이 스트리트를 가리키고 있었는데 그건 정확히 우리가 그린 장면이었다. 최대한 날쌔게 움직여 책상 안쪽으로 들어가 열쇠고리를 찾았다. 나탈리가 말한 바로 그곳,

컴퓨터 뒤에 있는 작은 못에 걸려 있었다. 한 손에 열쇠를 집어 들고 미친 듯이 교장실로 달려갔다.

하지만 그제야 알았다. 열쇠 뭉치에는 열 개가 넘는 열쇠가 달려 있었고 나는 그중 뭐가 교장실 열쇠인지 모른다는 것을. 손에 잡히는 열쇠를 무작정 넣어 보았지만 맞지 않았다. 두 번째 열쇠, 세 번째 열쇠도 아니었다. 덜덜 떨리는 손으로 또 다른 열쇠를 넣어 돌렸다. 열쇠가 찰칵 소리를 내며 움직였다! 문고리를 잡고 문을 열기 직전….

"갈라? 너 지금 뭐 하고 있는 거야?"

내 얼굴의 모든 피가 빠져나갔다. 너무나 익숙한 목소리였다. 라이언이 복도 끝에 서서 충격받은 얼굴로 서 있었다. 나도 기겁을 했고 라이언이 학교에서는 영 선생님이라는 사실을 잊고 어이없다는 말투로 물었다.

"*라이언*은 여기서 뭐하는데요?"

"나탈리가 걱정돼서 확인하려고 와 봤지. 그거, 그거. 그 열쇠 ~~~~ 교장실 ~~~~? 열쇠는 어디서 났어?"

"데스크에서 가져왔어요. 그 나쁜 시가 적힌 종이를 제 눈으로 직접 봐야 한단 말예요."

영어로 설명하기 시작했지만 너무 긴장하다 보니 말이 얽혀 카탈로니아어로 바뀌었다. 라이언의 눈은 내 말을 읽기 위해 지그재그로 움직였다. 하지만 그가 한숨을 내쉬는 것으로 보았을 때 왜 그 시가 필요하다고 했는지 이해하는 듯했다. 그가 얼굴을 돌려 나를 보더니 교장실 문을 열었다.

"넌 여기서 기다려라. 내가 들어가서 찾아볼게."

라이언은 교장실로 들어가서 성큼성큼 선생님 책상에 다가갔다. 책상 위에 가득 쌓여 있는 파일과 서류를 넘겨보고 서랍을 열어 보고 휴지통을 뒤져 보더니 고개를 절레절레 흔들었다. 심장이 철렁했다.

그 시가 아직 교장실에 있을 리가 없지. 우리가 여기 불려온 지도 벌써 나흘이나 지났잖아. 교장 선생님은 그 시를 휴지통에 버렸을 테고 청소 직원들은 매일 휴지통을 비운다. 그대로 있을 거라 생각한 우리가 바보처럼 느껴졌다.

"여기 없네, 갈라." 라이언은 문을 닫고 주머니에 열쇠를 넣었다. "너, 정말로 해서는 안 되는 짓을 했어. 걸렸으면 심각한 벌을 받았을지도 몰라."

라이언은 어두운 카펫 위에 떨어진 단어를 자기 신발로 눌러 나중에라도 아무도 볼 수 없게 했다. 단어들은 짙은 핑크색이고 평소보다 작았고 글자는 평소의 헐렁한 폰트보다 훨씬 가깝고 단단하게 붙어 있었다. 화가 나 있었던 것이다. 이제까지 라이언이 이렇게까지 화난 모습을 본 적이 없었다.

"죄송해요. 아빠에게 말할 거예요?" 나는 작은 파란색으로 말했다.

"모르겠다." 라이언은 손가락으로 머리를 쓸어 넘기며 한숨을 쉬었다. "아마 안 할 거야. 조르디는 네 〰〰 걱정하는 것

외에도 스트레스가 많아. 월요일에 너희에게 벌칙을 줄 거야. 너와 나탈리 둘 다."

내 입이 떡 벌어졌다. "정말이요?"

"그래. 정말이야." 단어의 모양은 너무 뾰족해서 평소의 라이언 단어답지 않았고 나도 한 발 물러날 수밖에 없었다. "조회 시간 이제 막 끝났다. 나탈리 데리고 너희들 반에 가 있어."

나는 다시 사과하려고 했지만 라이언은 열쇠를 데스크에 둔 다음 뒤도 돌아보지 않고 체육실로 향했다. 속이 뒤집힐 것 같았고 구역질이 날 것도 같았다. 라이언이 저 정도로 화가 났다면 우리는 정말 선을 넘은 걸지도 몰랐다.

양호실로 돌아와 보니 나탈리는 눈을 감고 한 손을 이마에 올리고 누워 있었다. 내가 들어오는 소리를 듣더니 일어나 앉아 다리를 침대 다른 쪽으로 뻗었다. 나탈리가 흥분과 기대가 섞인 얼굴로 나를 봤지만 나는 고개를 흔들었다.

"교장실에 없더라. 그리고 라이언한테 들켰어. 우리 둘 다 다음 주 월요일에 학교 남기 벌칙 받는대."

놀랍게도 나탈리는 씩 웃더니 자기 책가방으로 손을 뻗었다. 삼각형 모양으로 찢긴 종이 한 장을 꺼냈다. 그 종이를 건네주는데 심장이 철렁했다. 그 페이지에는 입말 두 행이 붙어 있었다.

"너 찰았네!" 나는 말하자마자 찰았네가 아니라 찾았네라는 맞춤법을 기억했지만 그 순간 너무 기뻐서 신경 쓰지도 않왔다. "어디서 찾았어?"

나탈리는 데스크를 가리키더니 가방과 재킷을 들고 양호실에서 나왔다. 나탈리를 따라가 보니 미스 리브스의 자리 옆에 종이 재활용 분리수거함이 있었다. 열쇠를 가져다 교장실로 몰래 들어가려고 그 난리를 피웠는데 우리가 찾던 증거는 그동안 내내 데스크에 있었던 것이다. 웃어야 할지 울어야 할지 알 수 없는 기분이었다! 종이를 펼치고 시를 살펴보았다.

제인제인 너 멀리 **가 버려**
매일매일 **너 너무** *짜증 나*

"와, 아주 라임이 딱딱 맞는 게 자알 썼는걸." 나는 다른 언어를 할 때보다 영어로 말할 때 더 냉소적이 되었다.

나탈리는 *제인*의 이름과 *짜증 나*라는 단어를 가리켰다. 둘 다 보랏빛 빨간색이었고 속삭일 때 나오는 것처럼 오른쪽으로 약간 휘어진, 가늘고 약한 글자였다. 같은 사람에게서 나온 단어라는 데에는 의심의 여지가 없었다. 이제 누구에게서 나왔는지만 알아내면 될 터였다.

사람들이 복도에 점점 많아지고 있는 걸 보니 조회는 끝난 것 같았다. 다음 수업 교실로 가려고 했는데 나탈리가 내 팔을 잡더니 정문을 가리켰다. 복도 끝에서 야야가 아직까지도 지도를 보는 척하고 있었다. 주변에 선생님이 한 명도 없다는 걸 확인하고 잠깐 밖으로 나갔다.

"야야, 고마워요!" 야야에게 달려가 팔로 꼭 안았다. "오늘 최고였어요."

"그래도 도움이 되어서 다행이다, 우리 토깽이한테. 아빠한테는 말하지 말아 줘. 그러면 다시 여기 못 놀러 올지 몰라." 야야는 우리를 보고 씩 웃어 주었다. "그래서 시는 찾았니?"

라이언의 화난 얼굴이 떠올라 가슴에 주먹을 한 방 맞은 듯 죄책감이 강하게 스치고 지나갔다. "네. 그런데 교장실에는 없었어요. 나탈리가 재활용 수거함에서 찾아냈어요."

"아, 똑똑하네. 아까 그 친절한 데스크 직원이 나한테 길을 가르쳐 주는데 나탈리가 그 근처에서 뭔가 찾고 있긴 하더라고." 야야는 손가락으로 지도의 한 곳을 가리켰다. "이 작은 미술관 가는 길을 어찌나 상세하게 가르쳐 주는지 안 가면 안 될 것 같더라. 근데 이제 할머니는 집에 가서 짐을 싸야 한단다."

야야의 스페인행 비행기는 다음 날 아침 출발이었다. 그 생각을 하니 심장이 아파 왔다. 야야가 온 지 일주일밖에 안 되었는데 벌써 야야가 부엌에서 노래 부르는 소리, 태블릿으로 TV 프로그램을 보면서 웃는 소리에 익숙해져 있었다. 야야가 있으니 집이 더 꽉 찬 느낌이었다.

"할머니 가는 거 싫어요. 저도 할머니랑 같이 가면 안 돼요?" 나의 단어는 길게 늘어졌고, 높은 소리였으며, 물망초의 청보라색이었다.

"너를 데려가려면 셀린과 디온도 같이 데려가야 하는데 너희 셋 다 내 여행 가방에 들어가려나." 야야는 웃더니 학교를 가리켰다. "얼른 학교로 들어가 봐야지. 너희들 이제 본격적으로 추리에 들어가야 하지 않겠니?"

24장

다음 날 아침 아빠, 라이언과 함께 인버네스에 가서 야야의 비행기를 같이 기다리기로 했다. 작은 공항이었지만 놀라울 정도로 붐볐고 바닥에는 너무나 많은 단어들이 흩어져 있어서 신발이 거의 보이지 않을 지경이었다. 발로 단어들을 밀면서 걷고 있을 때 야야는 항공사 체크인 카운터에서 체크인을 하고 짐을 부쳤다. 재미있는 단어들이 많이 떨어져 있었다. 반짝반짝 은색으로 빛나는 *보고 싶을 거야*라는 단어도 있었고 체리처럼 붉은 **몇 분**이라는 단어는 분명 시간에 쫓기는 사람이 한 말일 텐데 여러 다른 언어로 떨어져 있었다. 하지만 학교에서 있었던 사건 때문인지 이제 단어 수집도 예전과는 달리 그 빛을 잃어버렸다.

단어들을 뒤로하고 사람들이 많이 가는 쪽으로 따라가 보안 검색대까지 갔다. 야야가 마지막으로 우리에게 팔을 흔들 때 이번 주 두 번째로 눈물을 흘렸다.

"울지 마, 우리 토깽이! 몇 주만 지나면 만나잖아!" 야야가 나를 팔로 감싸고 품에 꼭 안아 주었다.

"너무 길단 말예요." 얼굴을 야야의 핑크색 코트에 묻었다. "조금 더 있다 가시면 안 돼요?"

"나도 이제 집에 가야지 않겠니? 갈라, 다음 주 토요일에 패들 경기가 있다고. 할머니가 말했지? 필라한테 이번에도 트로피를 빼앗길 수는 없어. 정말 그 여자만큼은 참을 수 없다니까." 야야는 웃으며 내 이마에 키스했다. 내가 몸을 빼고 나니 야야의 코트에 내 눈물 자국이 남아 있었다. "3주만 기다려. 눈 깜빡할 사이에 가 있어서 너도 놀랄걸?"

야야는 아빠와 라이언을 한 번씩 안아 주고 나를 마지막으로 한 번 더 안아 준 다음 출국 게이트로 들어갔고 곧 우리 시야에서 사라졌다. 3주. 어른들은 항상 시간이 눈 깜빡할 사이에 간다고 말하지만 어떤 아이에게는 1주가 영원처럼 느껴질 수가 있다. 그 아이에게 3주란 세 번의 영원과도 같다. 특별히 나의 경우에는 1학년에서 가장 인기 없는 여자애로 살아야 하는 세 번의 영원이다.

집에 오는 길, 야야가 없는 차 안의 침묵은 너무 길게 느껴졌다. 라이언은 오랜만에 점심은 외식을 하자고 했지만 아빠도 나도 특별히 선호하는 것이 없다고 하자 우리를 데리고 해변 옆의 작은 마을로 데려갔다. 자갈길을 따라 카페와 레스토랑이 늘어서 있었고 해변에는 커다란 야자수 한 그루가 심겨져 있었다. 키가 큰 나무가 한쪽으로 기울어져 있었고 며칠 전에 불었던 강풍 때문인지 커다란 이파리가 떨어져 있었다. 그래도 그 야자수를 보니 우리 옛날 동네가 떠올랐고 나는 또 울기 시작했다.

아빠는 내 어깨에 팔을 둘렀다. "그래. 할머니 떠나서 힘들지, 우리 딸. 아빠도 할머니가 가자마자 보고 싶네. 그래도 얼마 안 있으면 만날 테니까 잘 기다려 보자."

아빠는 나를 다시 안아 주려고 했지만 나는 아빠 품에서 벗어나 계단을 내려가 해변으로 향했다. 아빠가 내 이름을 불렀지만 라이언이 잠시 혼자만의 시간을 주는 편이 좋겠다고 말했다. 라이언은 우리의 빅 플랜에 대해서는 아직 아빠에게 말하지 않았고 어제 퇴근했을 즈음에는 원래의 해맑은 라이언으로 돌아와 있었다. 하지만 우리 사이 어딘가에는 벌칙이란 단어와 함께 껄끄러운 비밀이 떠돌고 있었다.

15분 정도 해변을 걷다 말다 하면서 바다를 향해 작은 돌을 던져 보았다. 어떤 단어를 소리 내어 말하고 그 단어를 자갈 위에 평평하게 폈다가 물 위로 던졌다. 향수병. 단어는 물 위를 통통거리며 세 번 뛰었다. *외로워*. 네 번 후에 사라졌다. *학교*. 다섯 번 튀고 바다 안으로 쏙 들어갔다.

그렇게 걷다 보니 울고 싶은 기분은 사라졌고 배가 고프기 시작해서 아빠와 라이언에게 돌아갔다. 두 사람은 레스토랑 야외 테이블에 커피와 샌드위치를 시켜 놓고 앉아 있었다. 다가가려고 계단을 오르는데 아빠의 말투 때문에 그 자리에서 멈춰서 둘의 대화를 엿들었다.

"나는 우리 딸이 적응 잘 하고 있다고 생각했어." 아빠는 라이언에게는 항상 영어로 말하는 편이었기 때문에 카탈로니아어로 말하고 있어 놀라기도 했다. "하지만 요즘 애가 표정이 너무 안 좋고, 학교에서 문제까지 일으키고… 이전에는 한 번도 그런 적 없었는데."

"학교 일이 생각보다 심각한가 봐. 갈라의 담임 선생님에게도 말씀드려 봤는데 시간이 지나면 괜찮아질 거라고만 하시네." 라이언이 영어로 말했다.

"그래. 그럴 거야. 애들이 그렇지. 며칠만 지나면 아무 일도 없는 것처럼 되려나."

라이언은 잠시 동안 말이 없었다. "근데 나도 잘 모르겠어, 조르디. 애들이란 원래 ～～～라고들 하잖아. 그래도 우리가 갈라에게 큰 변화를 겪게 만든 건 맞지. 어쩌면 갈라를 여기로 억지로 데려온 게 좋은 생각이 아니었나 싶기도 하고."

"하지만 우리는 가족이잖아. 나는 같이 살고 싶었어. 우리 셋이 같이." 아빠는 이제 영어로 바꾸어 말했다.

"물론 우리는 가족이지. 그건 변함없는 사실이야. 다만 어쩌면… 어쩌면 말이야. 우리 다시 이 결정을 재고해 봐야 할 필요도 있을 것 같아."

또 한 번의 긴 침묵이 흘렀다. "무슨 뜻이야?"

"나도 잘 모르겠다." 라이언이 한숨을 쉬었다. "어쩌면 우리 예전 방식으로 돌아가는 게 낫지 않을까? 한 달에 한 번씩 서로의 집에 오가는 거."

"안 돼. 그건 안 돼." 아빠가 말했고 아빠의 단어가 깜짝 놀랄 때 나오는 빨간색이라는 걸 보지 않아도 알 수 있었다. "그건 너무 지치잖아. 우리 둘에게 좋지도 않아. 갈라에게도 좋지 않아. 그리고 나 아파트도 팔았잖아."

"너희 어머니 집에 있어도 되잖아. 임대를 해도 되고. 나는 갈라가 여기서 불행하길 원하지 않아." 라이언이 커피를 한 모금 마셨다. 그가 다시 말할 때 나온 단어들은 굵었다. "내 말은… 나도 갈라의 부모라고 생각해. 그렇기 때문에 갈라를 최우선으로 두고 싶어."

두 사람은 침묵 속으로 들어갔고 나는 벽을 따라 걸어갔다. 이 대화를 두세 달 전에 들었다면 나는 벌써 가방을 싸고 고향의 친구들에게 전화해서 집에 갈 것 같다고 말했을 것이다. 정확히 내가 원한 바였다. 어떤 면에서는 현재 내 문제의 해결책이기도 했다. 다시 카다크의 학교로 돌아간다면, 몇천 킬로미터 떨어진 다른 나라의 아이들 몇 명이 내가 하지도 않은 일로 날 싫어한들 전혀 상관하지 않을 것이다.

하지만 이 두 사람의 대화는 내 가슴에 슬프고 공허한 감정을 남겼다. 아빠와 내가 예전의 삶으로 다시 돌아간 모습을 그려 보았지만 그 안에 라이언이 없다고 생각하니 어색하고 이상했다. 학교에서 집까지 오는 길이 그리울 것이고 개들과 포인트에 산책하러 가는 것도 그리울 것이다. 라이언이 만들어 준 핫초콜릿, 아빠가 바쁠 때 같이 해 줬던 게임, 매일 아침 카펫에 뿌리는 반짝이 노래 가사들도 모두모두 그리울 것이다. 라이언이 나의 부모이기도 하다는 그의 말을 생각했고 그 말이 사실이라는 걸 깨달았다. 그는 시 사건이 생겼을 때 나를 믿어 주었고 교장 선생님 앞에서도 나를 지지해 주었다. 잘못하다 징계를 받을 수 있는데도 나 대신 교장실에 들어가 증거를 찾으려고도 해 주었다. 우리 가족이 어디에서 살건 우리 곁에 라이언이 없다면 허전하고 공허할 것이다.

스노 글로브를 흔든 다음에 마지막으로 떨어지는 몇 개의 눈송이들처럼 내가 포트로즈와 카다크에 가진 복합적인 감정은 제자리를 찾아 들어갔다. 나는 야야가 보고 싶다. 친구들도 보고 싶고 아마 앞으로도 계속 보고 싶을 것이다. 하지만 이제 상황이 바뀌었다. 스페인으로 돌아가는 것이 라이언을 떠나는 것이라면 — 가족 한 사람을 뒤에 두는 것이라면 — 원치 않았다. 이제는 원치 않았다.

내가 계단을 재빨리 뛰어 올라가자 아빠와 라이언 둘 다 벌떡 일어났다.

"아빠, 라이언, 나 이제 괜찮아졌어요. 이 샌드위치 먹어도 돼요?" 활짝 웃으면서 말하자 나의 단어는 햇살 같은 노란색으로 흘러나왔다.

"물론이지, 꼬맹이." 아빠가 눈을 깜빡이더니 내가 앉자마자 접시를 내밀었다. "햄치즈 샌드위치가 있고, 참치 샌드위치도 있고…."

"햄치즈 먹을래요."

두 사람이 나눈 대화에 대해서는 전혀 언급하지 않았다. 엿듣고 있었다는 걸 알리고 싶지 않았다. 그 몇 주 전에 프랭키가 했던, 너무 안 웃겨서 웃겼던 농담 이야기를 했고 말을 너무 빨리해서 단어 몇 개는 내 입술 위에 붙어 있기도 했다. 라이언과 아빠는 둘 다 웃었고 라이언은 가르치는 4학년 학생이 했던 더 안 웃긴 농담을 해 주었고, 내가 만들어 내려고 했던 가짜 웃음은 진짜가 되어 버렸다. 어쩌면 샌드위치를 먹어 기분이 좋아서일 수도 있고 어쩌면 정말로 기분이 나아져서일 수도 있었다.

그렇다 해도 앞으로 5년 동안 학교 왕따로 살고 싶지는 않다. 나탈리와 나는 그 시를 스크랩해 왔고 적어도 증거 하나는 갖고 있다. 우리는 우리 명예를 되찾아야 한다.

25장

월요일 마지막 수업이 끝나는 종이 울렸을 때 나탈리와 같이 라이언이 우리에게 준 벌칙을 받기 위해 경영 수업 교실로 올라갔다. 교실엔 우리 외에 여러 명의 아이들이 있었고 그중엔 에일리 C도 있었다. 모두 책상에 앉아 있고 미스터 로시는 아이들이 한 숙제의 점수를 매기고 있었다. 나는 에일리 C 오른쪽 책상에 앉았다.

"네가 여기 웬일이야?" 내가 속삭였다.

"수업 시간에 떠들다 걸렸어. 이번 달만 벌써 두 번째야." 에일리 C는 입을 삐죽거렸다.

의외였다. 에일리 C는 어딜 가든 자기 자리에 산더미 같은 단어를 흘려 놓는 아이이긴 했지만 그래도 선생님들에게 아부를 잘해서 벌칙까지 받지는 않았다. 한 달에 두 번이나 벌칙을 받았다면 정말 태도가 나빴던 모양이었다.

"너 숙제도 안 하고 그렇게 떠들다가 세 번째 된다." 미스터 로시가 채점을 하다 말고 고개를 들어 말했다.

"알겠습니다, 선생님." 에일리 C의 단어는 지루함이 가득 묻은 회색이었다. 미스터 로시가 다시 채점 시험지로 돌아가자 에일리 C는 얼굴을 찌푸렸다.

나는 들리지 않을 정도로 키득댔지만 에일리 C는 나와 마주 보고 웃지 않았는데 몇 주 전과는 완전히 달라져 있었다. 에일리 C가 내 존재를 무시하지는 않았지만 그 나쁜 시 사건 이후 우리 사이는 전과 같지 않았다.

에일리 O는 진지하게 에일리 C에게 그러지 말라고 설득했지만 에일리 C는 나탈리와 나의 결백을 믿지 않는 것 같았다. 에일리 C와의 관계를 위해서라도 나는 누가 우리를 일러바쳤는지 반드시 알아내고 싶었다.

나탈리는 프랑스어 숙제를 시작했고 나는 미스 샤가 영어 시간에 가르쳐 준 관용 표현이 적힌 공책을 내려다보고 있었다. 45분 후에 종이 울렸을 때 나는 음식과 관련된 열 가지 표현을 외울 수 있었다. 그중에서 내 마음에 든 표현은 "*너의 국수를 이용하라*(머리 좀 써라)"와 "*오이처럼 차가운*(차분하고 침착한)"이라는 표현이었다. 오늘 집에 가서 당장 아빠와 라이언에게 이 말을 사용할 계획이었다.

에일리 C는 종이 울리자마자 내게 인사도 없이 교실을 뛰쳐나갔다. 나는 나탈리가 가방을 챙길 때까지 기다렸다가 같이 교실에서 나왔다. 그때 갑자기 나탈리가 내 팔을 꽉 잡아서 나는 아! 하고 소리를 질렀다. 나탈리는 나를 잡지 않은 다른 손으로 바닥의 한 지점을 가리켰다. 복도 전체가 단어의 홍수를 이루고 있어서 나탈리가 무엇을 가리키는지 알기까지 시간이 꽤 걸렸다. 작은 글씨의 *부당해*라는 단어였다. 밝은 실내등 아래 이 단어는 레드 와인이 흐른 자국처럼 반짝 빛나고 있었다. 무릎을 꿇고 자세히 들여다보았다.

"이거다!" 지난주 금요일부터 우리는 제인의 시에 적힌 단어를 찾고 있었다. 이 단어는 그 시의 단어와 색깔도 똑같고 모양도 동일했다. "어쩌면 더 있을지도 몰라."

나탈리가 나에게 왼쪽에서 찾으라고 손짓하고 나탈리는 오른쪽을 훑어보았다. 하루 종일 떨어진 말 사이에서 특정 단어를 찾는 것은 미스 샤가 가끔 수업 시간에 내주는 단어 찾기 퍼즐과 비슷했으나 한 가지 다른 점은 *100배쯤* 더 어렵다는 것이었다. 5분 정도 후에 우린 같은 색깔과 형태의 단어를 찾아냈다. *이것*이었다.

"찾았다!" 나탈리를 불렀다. 나탈리의 눈이 반짝 빛나더니 수북한 단어들을 헤치고 내가 있던 복도 끝으로 왔다. 몇 분 후에 나탈리도 같은 모양의 단어를 찾아냈는데 *믿다*였다. 그다음에는 내가 가장 위쪽 계단의 난간에 매달려 있는 *위해서*를 발견했다. 그 단어들을 주우면서 따라가 보니 한 층 내려가 음악실로 향했고 음악실 문에 빨간색의 또가 붙어 있었다. 음악실 안에서 웅얼거리는 소리가 들렸다. 우리는 서로를 마주보았다. 나탈리는 손으로 문고리를 감싸 쥐고 돌리기 직전이었다. 심장이 쿵쿵 뛰었다.

"열어 봐." 내가 속삭였다.

나탈리가 번개 같은 속도로 문을 한번에 확 잡아당겼다. 그 안에 있던 사람은 두 명의 청소 미화원이었다. 단어를 쓸어서 단어 전용 대형 파란색 수거함에 담고 있었다. 두 분 모두 우리 문소리를 듣고 화들짝 놀랐다.

"아이고, 학생들 때문에 기절초풍하는 줄 알았네!" 한 아주머니가 가슴에 손을 얹으면서 말했다. "너희들 뭐 놓고 간 거 있니?"

"아니요. 아니에요." 나의 어깨도, 나탈리의 어깨도 실망으로 축 쳐졌다. "죄송합니다."

돌아서서 음악실을 나오는데 쿵쾅거리던 심장이 철렁하고 내려앉는 일이 있었다. 복도에 서서 우리를 바라보고 있는 사람은 코트를 입고 어깨에 가방을 멘 교장 선생님이었다. 선생님은 인상을 찌푸리더니 우리에게 가까이 다가왔다.

"너희 둘 아직까지 집에 안 가고 여기서 뭐하는 거지?" 교장 선생님이 묻자 순간적으로 머릿속이 텅 비어 버린 듯 대답할 때 필요한 단어를 찾을 수가 없었다. 우리가 묵묵부답하자 선생님은 나를 가리켰다. "갈라, 너 손 좀 펴 봐라. 뭐 쥐고 있지?"

내가 아는 가장 심한 스페인어 욕이 혀 안쪽에서 생성되고 있었지만 가까스로 삼키고 손을 펼쳐 보였다. 내 손바닥에는 우리가 범인이라 생각한 사람의 단어들이 있었다. 보랏빛이 도는 빨강색의 *이것, 믿다, 위해서, 또*였다. 교장 선생님은 두 눈을 가늘게 떴다.

"실망했다, 갈라. 내가 단어 줍기 금지한 거 알고 있지 않니?" 선생님은 크게 한숨을 쉬었지만 선생님의 굵은 황동색 단어에는 실망이 전혀 들어가 있지 않은 것처럼 보였다. 교장 선생님은 주머니에서 흰 종이 하나를 꺼냈다. "너희들 학교 남기 3일이다. 둘 다."

"그게요, 선생님…." 나는 해명을 하려고 해 보았지만 여전히 목에서 말이 막혀 나오지 않았다. 교장 선생님은 이미 우리 이름을 적고 있었고 내가 어떤 말을 했어도 들어주지 않았을 것이다.

○

나탈리와 학교에서 나오니 거의 오후 5시가 되어 있었다. 교장 선생님과의 예기치 않은 만남 때문에 기분이 엉망진창이었지만 나탈리가 자기 집에 가서 차를 마시자고 하니 기분이 조금은 좋아졌다. 아빠에게 문자를 보내 허락을 받았다. 아빠가 아는 한에서 나는 나탈리와 학교에 일부러 남아 숙제를 했고 그건 대체로 사실이기도 했다. 아빠는 엄지를 치켜든 스폰지밥 이모티콘을 보냈고 얼마 후 우리는 아담한 흰색 주택에 도착했다.

나탈리의 엄마는 저녁 식사를 준비 중이었고 새아버지 찰리는 다림질을 하고, 에이바는 TV 만화를 보고 있었다.

"우리 집 문제아 왔네." 애비는 우리가 들어오는 걸 보고 나무 수저를 흔들며 인사했고 단어는 부드러운 갈색이었다. "벌칙은 어땠나요, 반항아 제임스 딘님?"

나는 제임스 딘이라는 사람이 누구인지 몰랐지만 나탈리가 웃었다. "그런데 완전 유용해요. 우리 숙제도 다하고 왔잖아요. 그리고…" 나탈리는 주머니에서 벌칙 카드를 꺼내서 뽐내듯 식탁 위에 올려놓았다. "우리 학교 남기 벌칙 3일치 더 받았어요."

"3일이나?" 찰리 아저씨가 깜짝 놀라 반복했다. 찰리는 키가 작고 마른 편이며 대머리에 안경을 쓴 아저씨였다. 찰리 아저씨는 나탈리의 교복 스웨터를 스팀다리미로 다리고 있었고 안경에 수증기가 올라와 있었다. "나탈리, 이번엔 무슨 말썽을 피웠는데?"

나탈리는 학교에서 무슨 일이 있었는지 설명했다. 나탈리는 부모님이 난생 처음 벌칙을 받아 온 딸을 보며 기쁨과 흥분을 숨기지 않더라는 이야기를 했었다. 나탈리가 드디어 자기만의

"껍질에서 나온다"고 생각해서다. 그래도 두 번째 벌칙을 받아오자 부모님은 약간 걱정하는 듯 보였다. 그때 에이바가 밝은 노란색으로 "안녕!" 하고 인사했고 식탁에서 내려와 우리에게 다가왔다. 에이바는 이유식 숟가락을 들고 있다가 귀한 선물이라도 되는 양 나에게 내밀었다.

"감사합니다." 나는 사뭇 진지하게 말했다.

나탈리는 에이바를 안아 올려 한 바퀴 빙 돌렸다. 에이바가 까르르 웃으며 손뼉을 친 다음 내려 달라고 했는데 세탁기 버튼을 누르고 싶어서였다.

"내 방으로 가자." 나탈리가 말했다.

"20분 후에 차 마시러 내려와. 우리 벌칙에 대해서 〜〜〜하게 이야기 좀 해 보자. 알았지?" 나탈리의 엄마가 말했다.

"알겠습니다, 어머님." 나탈리는 장난스러운 목소리로 말했고 단어들은 우리가 농담할 때처럼 만화 같은 글씨체로 나왔지만, 방에 들어가자마자 나탈리는 얼굴을 베개에 묻고 침대에 엎어져서 크고 긴 신음 소리를 내뱉었다.

"너 괜찮아?" 내가 물었다.

"괜찮아. 미안." 나탈리는 몸을 뒤집은 다음에 손으로 머리를 쥐어뜯는 시늉을 했다. "너무 답답하다. 그 단어가 누구 입에서 나온 건지 아직도 모르다니. 우리 앞으로도 못 밝혀내면 어쩌지?"

나도 나탈리 옆에 누웠다. 나탈리 방 천장에는 조명을 끄면 반짝이는 야광별들이 붙어 있었다. 카다크의 내 방에도 똑같은 별 스티커가 붙어 있었다. 내 방 천장을 생각하니 이사 오기 전에 그 별 스티커들을 떼지 않았다는 사실이 떠올랐다. 지금도 붙어 있을까? 아니면 새 집주인이 들어오자마자 떼 버렸을까?

"짜증 나!" 나탈리가 말했다. *짜증 나*라는 단어를 너무 세게 내뱉어서 단어는 공중에서 펄럭이며 날아다니다 나탈리의 코 위에 풀썩 내려앉았다. 그 모습이 우스워 키득키득 웃었다.

"*정말이지* 짜증 난다니까." 내가 *정말*이라는 단어로 강조하자 이 단어도 몇 초 동안 내 위에서 공중 부양을 하다가 내 이마에 착지했다.

"그래도 네가 있어서 다행이야, 갈라. 아무리 별별 일이 다 벌어져도 네가 전학 온 다음부터는 학교가 다닐 만해. 훨씬 좋아." 나탈리가 말했다.

"나도 그 의견에 동의합니다." 나는 가슴에 손을 얹고 이야기했다. "나는… 위대하니까."

나탈리는 눈을 흘기며 양손으로 내 얼굴을 잡고 멀리 떨어뜨려 놓았고 나는 깔깔 웃었다. 아무리 일이 꼬이고 나쁘게 흘러가도 내 편이 있고, 그 사실을 안다는 건 참으로 좋은 일이었다. 하지만 나는 에일리들, 올루, 프랭키 등 다른 친구들과 어울리는 것도 즐거웠다. 어떤 그룹에 소속되어 있다는 느낌이 좋았고 다른 애들과도 나탈리만큼 친해지고 싶었다. 또 다른 애들이 나탈리가 얼마나 멋진 친구인지 알았으면 했다. 아니

그게 어렵다면 적어도 우리를 싫어하지는 않았으면 했다.

"어쩌면 우리가 잘못 대처한 건가?" 나는 일어나 앉아 나탈리의 커다란 도넛 모양 베개에 등을 기댔다. "우리는 줄곧 나쁜 시를 쓰지 않았다고 말했잖아. 좋은 시를 쓴 건 우리라고 말하는 게 낫지 않았을까?"

나탈리가 고개를 들어 나를 보았다. "그게 도움이 되려나?"

"우리가 왜 단어 줍는 소녀들이 되었는지 설명하는 거지. 그게 우리한테 왜 중요했는지 차근차근 설명하는 거야. 그러면 애들도 우리가 주운 단어로 나쁜 짓을 할 리가 없다는 걸 알아주지 않을까?"

"글쎄. 애들이 알아준다고? 네가 왜 영어로 말하는 게 힘든지는 이해하겠지. 그건 그래. 하지만 찰리 아저씨도 선택적 함구증에 대해서는 아직도 완전히 이해하지 못하는걸. 아저씨가 엄마를 처음 만났을 때 나에게 계속 말을 시키고 내가 말을 하길 바랐어. 내가 낯가림이 심하거나 시무룩한 애라고 생각한 것 같아. 지금은 많이 좋아졌지. 몇 년 전에는 나와 대화하고 싶어서 수화도 배우기 시작했으니까. 그래도 여기까지 오는데 꽤 오래 걸렸어."

"맞아. 네 말이 맞을지도 모르겠다. 그래도 단 한 사람, 아니면 두 사람이라도 들어주고 이해할지도 모르잖아. 아무도 안 믿어 주는 것보다는 낫지 않을까, 안 그래?" 내가 말했다.

나탈리는 잠시 동안 말없이 가만히 있었다. 나는 나탈리가 단어를 조합하기를 기다리면서 눈은 플라스틱 별에 고정시켰다. 아빠에게 내 방에 붙일 수 있게 야광별 스티커를 사 달라고 할까. 나는 밤에 천장을 올려다보는 걸 좋아하고 내 갤럭시 램프를 은은하게 켜 놓으면 더 환상적으로 보일 것 같은데.

"그러면 우리가 어떻게 우리를 설명하지?" 한참 동안 생각에 빠져 있던 나탈리가 물었다. 나탈리는 내 입에서 떨어진 밝은 녹색의 *들어주다*라는 단어를 주워서 자기 손가락에 꽂았다. "시를 더 쓰는 건 좋은 아이디어는 아닌 것 같아."

"편지는 어때? 아니면 이야기는?"

"그래. 그게 좋겠다. 이야기가 좋을 것 같아. 우리가 수집함에 모아 둔 단어들로 이야기를 써 보는 거야." 그 아이디어를 말하는 나탈리의 눈이 초롱초롱하게 빛났다. "교장 선생님이 알아내거나 말거나 무슨 상관이람. 또 걸린다고 해도 학교 남기 벌칙이나 며칠 더 받겠지."

나는 씩 웃으며 고개를 끄덕였다. 우리 둘 다 단어 찾기가 그리웠고 수집함에 있는 단어로 무언가를 만들어 내고 싶었다. 학교 남기 또한 막상 해 보니 그렇게 나쁘지 않았다. 나탈리도 말했지만 집에 가기 전에 미리 숙제를 해 놓을 수 있다는 장점도 있었다. 숙제를 다하고 가면 저녁에 집에서는 자유 시간이었다. 하지만 우리가 이야기를 만든다면 어떤 방식으로 전달해야 할까?

"사진을 찍어서 영상을 만들면 어떨까?" 나탈리가 말했다.

"파일을 업로드한 다음에 이메일로 1학년 전교생에게 링크를 보내는 거야."

하지만 그건 친밀하고 개인적으로 느껴지지는 않았다. 우리는 어떤 단어를 수집할 때마다 우리의 감정을 담았었다. 그 감정이 사진 한 장으로 전달되지는 않을 것이다.

"조회 시간. 금요일 조회 시간에 해 보는 거야." 내가 불쑥 말했다.

나탈리가 한쪽 팔꿈치 위로 몸을 올리고 나를 빤히 바라보았다. "너 그러면 영어로 말해야 하는 거 알지? 진짜 전교생 앞에서 하고 싶어?"

몇 달 전만 해도 사람들이 보는 앞에서 영어로 길게 말을 한다는 건 상상만 해도 몸서리가 쳐질 정도로 떨리고 두려웠다. 지금도 그렇다. 그래도 못할 것 같다는 생각은 들지 않는다.

"나 할 수 있어." 나는 긴장을 삼키며 말했다. "어떻게 생각해? 우리 해 볼까?"

"음…." 나탈리는 손톱을 잘근잘근 깨물다가 얼굴을 손에 묻더니 웃어 버렸다. "갈라, 넌 나를 600명의 사람들 앞에 서 있는 걸 고민하게 만들었어. 그건 나에게 최악의 악몽이라고."

"너 끝내주게 잘해 낼걸!" 나탈리의 옆구리를 살짝 찔렀다. "너는 오이처럼 차분할 거야."

"그보다는 젤리처럼 흔들리게 될 가능성이 더 높을 것 같은데?"

나탈리는 웃더니 내 손등을 찰싹 때리며 말했다. "그래. 우리 해 보자. 시도할 가치는 있겠다!"

26장

우리는 일주일 동안 매일 만나 이야기를 짰다. 처음에는 우리가 하고 싶은 말이 무엇인지 이야기했고, 그다음에는 그 말을 할 수 있는 가장 적합한 단어들을 나탈리가 찾았다. 내가 할 일은 우리가 만든 이야기와 문장을 외우는 일이었고 당연하지만 그건 쉽지 않았다. 내 폰에 입력해 놓고 쉬는 시간이나 자기 전에 수시로 읽고 외웠다. 강아지들과 산책할 때, 목욕을 할 때도 중얼중얼 외우면서 다녔다. 외운 다음에는 발음하기 어려운 단어는 연습하고 또 연습하여 정확하게 들리고 보이게 만들었다. 리허설을 얼마나 많이 했던지 밤에 치실을 할 때 내 치아 사이에 *그리고*와 *그러나* 같은 작은 단어들이 잔뜩 끼어 있을 정도였다.

목요일이 되자 떨리긴 했지만 다음 날 금요일 조회 시간에 단상에 서서 우리가 완성한 이야기들을 할 준비가 되어 있었다. 우리가 받은 마지막 학교 남기 벌칙을 이용해 재빨리 수학 숙제를 끝내고 영어 공책 뒤의 새 페이지를 펼쳐서 다 외웠는지 확인하기 위해 처음부터 끝까지 한 번 써 보기도 했다. 준비한 대로 완벽하고 자연스럽게 흘러가길 바랐다.

"에일리 치좀!" 미스터 로시의 목소리가 너무 크게 들려서 벌칙 반에 있던 모든 아이들이 화들짝 놀랐다. "너 여기서 핸드폰 ~~~~~~ 안 되는 거 알아 몰라."

에일리 C는 또다시 우리와 벌칙을 받았는데 이번에는 독일어 시간에 떠들어서였다. 에일리 C는 옅은 분홍색 단어로 평계를 중얼거렸고 모든 아이들이 책상 밑에서 에일리 C가 쥐고 있는 핸드폰을 보았다. 미스터 로시가 에일리 C에게 다가가 손을 내밀었다. 에일리 C는 한숨을 쉬더니 핸드폰을 선생님에게 건네주었다.

"너 내가 두 번 경고한 거 알지. 한 번만 더 그러면 월요일에 또 벌칙 받으러 오게 한다."

에일리 C는 의자에 깊숙이 앉아서 거의 들릴 듯 말 듯한 목소리로 무언가를 중얼거렸다. 단어가 너무 작아서 들을 수는 없었지만 그 단어는 에일리의 옷깃을 타고 내려가 카펫 위에 쌓여 있던 단어들 위로 떨어졌다. 뭐라고 말했는지 확인하기 위해 몸을 기울이자 숨이 목에 턱 막혔다. 가늘고 오른쪽으로 쏠린 구불구불한 욕설 단어였는데 보랏빛 빨간색이었다.

심장은 쿵쿵 뛰고 흩어졌던 조각들이 하나씩 맞춰지기 시작했다. 나탈리와 내가 지난주에 따라갔던 단어들은 이 교실 어딘가에서 나왔다가 돌고 돌아 다시 우리가 앉은 이 자리로 돌아왔다.

왜냐하면 그 단어는 에일리 C의 단어였기 때문이다.

에일리 C가 그 시들을 썼다.

나탈리를 팔꿈치로 살짝 찌른 다음 턱으로 바닥에 떨어진 단어를 가리켰다. 바닥에 단어가 너무 많이 떨어져 있어서 발견하는 데 한참 걸렸다. 얼마 후 나탈리는 마치 불에 데기라도 한 듯이 몸을 움찔했다. 나는 너무 충격을 받아 잠시 앞만 멍하니 바라보고 있을 수밖에 없었다. 몇 달 동안 수업 시간마다 에일리 C 옆에 앉았고 쉬는 시간에는 과자나 껌을 나눠 먹었고 그래픽 커뮤니케이션 수업 시간에는 숙제를 깜빡 잊고 하지 못한 에일리 C에게 내 숙제를 보여 주기도 했다. 나는 에일리 C가 내 친구라고 생각했다.

종이 울렸고 에일리 C는 어깨 뒤로 가방을 훌렁 넘기더니 로시 선생님에게 핸드폰을 돌려받은 다음 곧바로 교실에서 나갔다. 단어들은 여전히 내 머리 주변을 빙글빙글 돌고 있었지만 얼른 가방을 챙겨서 에일리 C의 뒤를 쫓아갔다.

"너지!" 소리 지르고 싶었지만 나는 여전히 충격에 싸여 있어 말이 내가 원한 대로 나오지 않았다. 내 단어는 사정없이 흔들리고 있었고 흐릿한 파란색이었다. "그 시 쓴 거 너지?"

에일리 C는 뒤를 돌아봤다. "뭐라고? 무슨 소리야. 내가 안 썼어."

거짓말이었다. 단어가 변하는 걸 보면 알 수 있었다. 단어의 색은 점차 흐려지고 서서히 가늘어지고 있었다. 예전 수업 시간에 에일리 C가 선생님들에게 분명 숙제를 *했지만* 식탁 위에 두고 왔다는 말을 할 때면 단어가 이런 모양으로 나왔었다.

"아니야. 네가 썼잖아." 나는 강하게 밀어붙였다. "그 시에는 너의 단어들이 있었어. 아주 많이."

"갈라, 나 너 무슨 말 하는지 모르겠거든?" 에일리 C는 이 말을 하면서 나탈리 쪽을 보았다. 나탈리는 우리를 향해 뛰어오면서 가방에서 무언가를 꺼내고 있었다. "*저 애가 그렇게 말하던? 전혀 사실과 관계없는 말을?*"

나탈리는 시가 적힌 종이를 나에게 넘겨주었고 벌칙 시간에 바닥에 떨어진 단어들을 펼쳤다. 이 두 개를 모두 에일리 C에게 던지듯 펼쳐 보여 주었다.

"맞지? 두 개가 똑같잖아!"

에일리가 눈을 가늘게 떴다. "너희들 아주 쌍으로 웃기고 있구나. 나 가도 되니? 알다시피 나 무지 바쁜 사람이거든. 이런 헛소리 듣고 있을 시간 없어."

에일리 C는 문을 밀어젖히고 나갔지만 나는 에일리 C를 이대로 보내 줄 수는 없었다. 우리에게는 증거가 있었고, 에일리

C가 계속 잡아떼게 내버려두지는 않을 작정이었다. 나는 1층까지 에일리 C를 따라 달려가면서 내 말이 맞다고 말하고 또 말했다. 계단 하나하나 내려갈 때마다 내 단어의 형태는 점점 더 단단해지고 색깔은 확신이 없는 푸른색에서 강하고 선명한 선홍색으로 변했다. 그렇게 건물 후문까지 따라가자 에일리 C는 뒤로 확 돌더니 천장을 향해 양손을 들었다.

"그래 맞아! 그거 나야! 너희들의 그 멍청한 시가 지긋지긋하게 싫었다고. 제발 그만두게 만들고 싶었다고." 에일리 C가 거칠게 말했다.

에일리 C의 단어는 커졌고 단어 색깔은 이제는 우리 눈에 익숙한 보랏빛이 감도는 붉은색이었다. 하지만 이런 모습의 에일리 C는 처음이었다. 이제까지 한 번도 볼 수 없었던 분노를 표출하고 있었다.

"대체 왜? 이유가 뭔데?" 내가 물었다.

"왜냐면 너희들이 말 그대로 우리 학년 모든 애들에게 시를 써 주고 나한테만 안 써 줬으니까!" 에일리 C가 소리쳤다. "나는 그 시를 보내는 애들이 너랑 나탈리라는 걸 처음부터 알았어. 너희들이 화학 시간에 단어 주워서 주머니에 넣는 걸 봤으니까. 그다음부터 난 기다렸다고. 너희들이 나에게도 한 편 써 주길. 그런데 너희들은 나만 빼고 모든 애들에게 다 써 줬지. 별것도 아닌 사소한 고민이 있는 애한테는 써 주고 나한테만 안 써 줬다고. 갈라, 난 우리가 친하다고 생각했어."

에일리 C의 눈은 분노로 불타오르고 있었다. 그제야 내가 나탈리에게 에일리 C에 관해 시를 쓰자는 제안을 한 번도 하지 않았다는 사실을 떠올렸다. 왜냐하면 에일리 C는 처음부터 우리의 시가 괴상하고 소름 끼친다고 말하기도 했고 에일리 C에게 어떤 시를 써야 할지 알 수 없었기 때문이기도 했다. 에일리 C는 가끔은 퉁명스러울 때는 있어도 대체로 쾌활하고 명랑했다. 언제나 말이 많았다.

"너한테 무슨 고민이 있는데?"

내 말투가 너무 거칠게 나와 나 스스로도 몸을 움찔했다. 하지만 어떻게 다르게 말해야 할지 알 수가 없었다. 에일리 C는 코웃음을 쳤지만 입술은 떨리기 시작했다.

"우리 엄마가 편찮으셔." 단어가 구불거리면서 나왔고 색깔은 짙은 빨강에서 옅은 핑크색으로 갑자기 바뀌었다. "올해 내내 건강이 안 좋으셨어. 점점 악화되고 있는 중이고."

에일리 C의 눈에 눈물이 가득 차올랐고 이 말을 하면서 등을 돌려 버렸다. 나탈리를 바라보았다. 나탈리는 자기도 몰랐다는 듯 고개를 저었다.

"미안해. 우리도 몰랐어. 네가 말을 안 하는데 어떻게 알아?" 내가 말했다.

"말했어!" 에일리 C는 코웃음을 쳤다. "미술 시간에 너한테 말했다고. 기억 안 나? 엄마가 애버딘에 있는 병원에 검사하러 가셔서 며칠 동안 할머니와 같이 있어야 한다고 말했잖아."

솔직히 전혀 기억나지 않았다. 어쩌면 에일리 C가 말했지만 듣지 못했거나 에일리 C의 입에서 나온 단어들이 너무 많다 보니 그 부분만 놓쳤을지도 모른다. 에일리 C의 말은 너무 빨라서 하던 이야기가 어떻게 끝나고 어디서 다른 이야기가 시작되는지 알기 힘들 때도 있다.

"미안해…. 몰랐어." 나는 다시 사과했고 나의 짙은 푸른색 단어로 내 진심이 전달되길 바랐다.

"다들 미안하기만 하대. 그 말밖에 못 해." 에일리 C의 말은 또다시 빨강색으로 변했다. "그 이야기 하면 다들 안타깝다고 안쓰럽다고 한마디 한 다음 바로 다음 주제로 넘어가. 아무도 내 문제에 대해 이야기하고 싶어 하지 않아. 아무도 신경 안 써."

나는 정말 몰랐던 일이었다. 에일리 C는 언제나 자신감 넘치는 애였다. 친구도 정말 많았고 언제나 할 말이 있었다. 수업 시간 내내 말을 하고 체육 시간 중에 게임할 때도 말을 하고 시험 볼 때도 말을 했다. 선생님들은 항상 말이 많다고 에일리 C를 나무랐고 그래도 에일리 C는 말을 멈추지 않았다. 이사 온 이후에 나는 에일리 C의 입에서 흘러나오는 단어의 강을 보면서 부러워한 적이 한두 번이 아니었다. 나도 그렇게 할 수 있었던 시절이 그리웠고 친구들과 그런 방식으로 소통하던 내가 그리웠다.

하지만 많은 말을 한다는 것이 반드시 자기가 하고 싶은 말을 한다는 뜻은 아닐 것이다. 모두가 듣고 있다고 느끼는 것도 아닐 것이다. 그 마음이 어떤 마음인지 알 것 같았다.

이런 생각들을 내 말로 전하려고 했는데 에일리 C는 손등으로 눈을 가리더니 훌쩍이기 시작했다. 손을 내리고 나를 올려다보았을 때 얼굴에 슬픔은 사라지고 없었다.

"교장 선생님에게 말하든지 말든지 네 맘대로 해. 난 끝까지 아니라고 우기면 되니까." 에일리 C는 팔짱을 끼고 비웃는 표정으로 바라보았다. "교장 선생님이랑 우리 아빠랑 같이 골프 치는 사이거든. 너희들 일러바친 거 복수하려고 나한테 잘못을 뒤집어씌우고 있다고 말하면 그만이야. 너희들 생각대로 안 돼. 꿈도 꾸지 마."

더듬더듬 문장을 만들며 대답을 하려고 하는데 에일리 C는 문을 열더니 밖으로 뛰어나갔다. 하나로 높이 묶은 머리가 찰랑거렸다. 문이 닫히지 않게 잡았지만 뒤를 쫓아가지는 않았고 에일리 C도 뒤돌아보지 않았다.

"믿을 수가 없네." 나는 카탈로니아어로, 나탈리에게라기보다 나 자신에게 말했다.

이 단어는 문에서 빠져나가서 바람을 타고 멀리 날아가 버렸다. 에일리 C는 우리 시에 무심했고 때론 비판하는 것처럼 보였는데 그 이유가 질투가 나서일 거라고는 예상하지도 못했다. 또한 이런 일까지 저지를 아이라고 전혀 상상하지도 못했다. 에일리 C는 내가 생각했던 에일리 C가 아니었다.

나탈리는 벌써 무릎을 꿇고 에일리 C의 단어들을 줍고 있었다. 주변에 선생님이 없는 걸 확인하고 나도 같이 해 보려고 했다. 어쩌면 에일리 C가 아까 한 말들을 다시 이어 붙여서 교장 선생님에게 가져갈 수도 있을 것이다. 하지만 에일리 C가 문을 세게 열고 가면서 단어들도 바람에 날아가 버렸고 그 전에 말했던 단어들도 바닥에 깔려 있는 다른 단어들 사이에서 사라지거나 섞여 버렸다.

"넌 어떻게 생각해? 교장 선생님에게 말씀드려야 할까?" 나탈리에게 물었다.

나탈리가 고개를 흔들었다. 에일리 C가 옳았다. 우리에겐 확실한 증거가 없고 증거가 없으면 분명 교장 선생님은 에일리 C 편을 들 것이었다.

"우리가 계획한 대로 우리 이야기를 들려주자." 나탈리는 손에 든 단어들을 내려다보며 말했다. "사실 약간 수정하고 싶은 문장이 몇 개 더 있는데. 내일 아침까지 외울 수 있겠니?"

나는 최선을 다해 보겠다고 말했다. 이건 사람들에게 우리를 이해시킬 수 있는 유일한 기회였다. 이제 더 이상 우리의 결백 주장만은 아니었다. 우리에 대한 이야기이고 우리가 말하고 싶은 것에 대한 이야기였다.

내일 우리는 일어나 말하기로 했다.

27장

 다음 날 아침 머릿속에서는 단어들이 핑핑 돌았고 가슴은 계속 두근두근했다. 너무 긴장되어서 아침을 먹을 수도 없었는데 말조차 나오지 않을 지경이었다. 아빠는 계속 내 이마에 손을 짚어 보면서 열이 있는지 물었고 아프면 결석해도 된다고 두 번이나 말했다. 나도 아프다고 말하고 하루 종일 침대에서 이불을 뒤집어쓰고 누워 있고 싶은 마음이 굴뚝같았지만 어떻게 된 일인지 나는 고개를 저으며 학교에 가겠다고 말했다. 우리는 이 프로젝트에 정말로 모든 것을 바쳤고 최선을 다했다. 만약 이 일이 끝나고 여전히 모두에게 미움받는다고 해도 우리는 반드시 해야만 했다.
 조회 시간에 자리에 앉았을 때 너무 떨리고 긴장되어 실제

로 그 자리에서 토할 수도 있을 것 같았다. 내 옆의 나탈리는 손톱 주변의 거스러미를 뜯어내고 있었고 다리를 사정없이 떨고 있었다. 교장 선생님이 앞에서 하는 말이 하나도 들리지 않았다. 교장 선생님이 전달 사항을 거의 다 전하고 학생들에게 주말을 잘 보내라는 인사말로 마치려고 할 때 나는 손을 번쩍 들고 자리에서 일어났다. 수백 개의 얼굴이 나를 주시하고 있었다. 얼굴이 빨갛게 달아오르는 것이 느껴졌다.

"죄송합니다, 선생님. 잠깐만요. 나탈리와 제가 할 말이 있는데요."

교장 선생님이 눈을 깜박였다. "여기서? 조회 시간은 끝났는데요. 갈라, 여기가 아닌 다른…."

하지만 나는 이미 단상으로 향하고 있었고 나탈리도 내 옆에 서 있었다. 첫 번째 계단을 오를 때 다리는 젤리처럼 흐물거렸지만 그래도 계속 앞으로 나아갔다. 단상에 서서 관객석을 바라보았다. 수백 명의 학생들과 수십 명의 선생님들이 있었다. 1학년 아이들 대부분은 못마땅한 얼굴로 우리를 보고 있었다. 크레이그와 아비가일은 비웃고 있었고 에일리 C는 우리를 너무 심하게 쏘아보아서 눈이 아프지 않을지 걱정될 지경이었다. 선생님들은 서로 작게 속삭이고 있었고, 라이언은 당황스럽고 걱정되는 표정으로 나를 뚫어지게 바라보았다.

그때 에일리 O의 눈과 마주쳤는데 에일리 O는 약간 어리둥절해하다가 응원의 미소를 보내 주었다. 어쩌면 그 미소 덕분에 일주일 내내 연습하고 또 연습했던 단어를 말할 용기를 낼 수 있었다. 단상 위에 책가방을 내려놓은 다음 교장 선생님에게 다가갔다.

"저희가 들려줄 이야기가 있어서요."

"갈라, 지금이 그 이야기를 할 때인지 잘 모르겠구나…." 교장 선생님이 말했지만 미스 샤가 중간에 끼어들었다.

"해 보렴, 갈라." 미스 샤가 한 발 앞으로 나와 말했다. "우리가 들어 줄게."

"알겠습니다." 나는 침을 삼켰다. "강당 불을 꺼 주실 수 있을까요? 부탁드립니다."

누군가는 키득댔고 어떤 애들은 눈을 흘겼지만 내 말이 끝나기가 무섭게 라이언이 일어나 스위치를 내렸다. 구름이 잔뜩 낀 흐린 아침이었고 바깥을 내다보지 말고 교장 선생님의 말에만 집중하라는 뜻으로 창문엔 회색 블라인드가 내려져 있었기에 조명을 끄자 강당은 암흑처럼 캄캄해졌다. 나탈리가 무대 중앙으로 걸어갔고 나는 몸을 숙여 우리 책가방의 지퍼를 열었다. 내 가방 안에는 내 방에서 가져온 갤럭시 램프와 배터리 팩이 있었고 나는 바닥에 앉아 램프를 꺼내서 켰다. 램프를 나탈리의 정면에 비추자 푸른색과 보라색의 별이 내리는 은하수가 나탈리의 몸에 입혀졌다.

관객석에서 수군수군대는 소리가 들렸다. 이번 주에 이 장면만 몇 시간을 연습했는데도 아주 잠깐 찾아온 공포의 순간,

머리는 백지장처럼 하얗게 변해 외운 단어가 단 하나도 기억나지 않았다. 하지만 심호흡을 하고 단어가 나에게 돌아오길 기다린 다음 입을 열어 말을 시작했다.

"옛날 옛적에 스노 글로브에 사는 소녀가 한 명 있었습니다." 내가 말했다. 나는 되도록 선명하고 또렷하고 크게 발음했다. 물론 너무 많은 사람들이 보고 있다는 걸 의식하면 순간적으로 단어가 작아지는 느낌이 들기도 했다. "하지만 소녀는 눈송이가 아닌 단어들로 둘러싸여 있었습니다."

나는 수천 개의 단어로 가득 채워져 있는 나탈리의 가방 안에 주먹을 깊이 집어넣었다. 단어를 한 움큼 쥔 다음 공중에 뿌렸다. 단어들은 위로 풀썩 떠올랐다가 눈송이처럼 가만히 나탈리 머리 위와 옆으로 떨어졌는데 갤럭시 램프의 화려한 조명 안에서 단어들이 제각각 빛을 냈다. 두 번째 단어 뭉치를 뿌리자 나탈리는 그 자리에서 천천히 한 바퀴 돌았다. 나탈리의 머리에도, 옷에도, 귀 뒤에도, 손등에도 단어들이 붙어 있었다. 나탈리는 그중 하나에 손을 뻗어서 잡으려고 했는데….

"이제 그만!" 교장 선생님이 무대로 올라와 고함쳤다. "내가 너희 둘에게 경고했지. 불 켜고 다시…."

"잠깐만요." 라이언이 강당 복도로 달려와 무대까지 다가왔다. "우리 학생들 이야기를 마저 들어보죠, 선생님."

교장 선생님은 라이언을 내려다보았다. 그의 콧구멍이 벌름거렸다.

"영 선생님, 갈라에게 이미 여러 차례 단어 수집 금지라고 말했습니다."

"알아요. 압니다. 애들은 ～～～ 받아들여야 합니다. 하지만 애들은 이미 하고 있어요." 라이언은 나를 바라보았다가 다시 교장 선생님을 보았다. "아이들이 하고 싶은 말을 하게 해 주세요. 부탁해요, 선생님."

미스 샤도 일어나서 교장 선생님에게 부탁했고 관중석 고학년 학생들이 소리 질렀다. "계속하게 해 주세요." 아마 다음 수업 시간을 조금이라도 늦게 시작하려는 의도 같았지만 그래도 그 반응이 고마웠다. 결국 교장 선생님이 한숨을 쉬더니 우리를 바라보았다.

"그럽시다. 그럼." 그의 단어는 짙은 회색이었다. "하지만 두 사람, 끝나고 날 보러 오도록 해요."

나탈리와 나는 동시에 고개를 끄덕였다. 우리는 잠시 조용히 기다렸다가 다시 자리를 잡고 나는 또 한 번 가방 안으로 손을 뻗어 한 줌 가득 단어를 집었다. 오늘 수업 시작 전에 우리는 체육관 뒤에 있는 커다란 분리수거함으로 가서 어제 버린 단어들을 주워 나탈리 가방에 하나 가득 채웠더랬다. 우리의 공연을 몇 번은 더 할 수 있을 정도로 충분히 많았다.

"옛날 옛적에 스노 글로브에 사는 한 소녀가 있었습니다. 하지만 그 소녀는 눈송이가 아닌 단어에 둘러싸여 있었습니다." 내가 다시 시작했다.

이번에 단어들을 공중에 던질 때는 잠시 숨을 고르고 이 단어들이 공중에서 춤추다 바닥에 살며시 떨어지는 것을 지켜보았다. 나탈리는 평화로운 모습으로 떨어지는 단어들의 눈송이 사이에서 차분하게 빙그르르 돌았다. 강당의 누군가가 무슨 말을 속삭이자 또 다른 누군가가 그 사람에게 조용히 하라고 했다. 강당은 완전한 고요 속으로 들어갔다. 모두가 우리의 말을 듣고 있었다.

"소녀는 단어를 사랑했습니다. 소녀에겐 그 단어들로 말하고 싶은 것들이 너무너무 많았습니다. 하지만 두껍고 단단한 스노 글로브가 막고 있어서 어느 누구도 소녀의 말을 들을 수 없었습니다." 나탈리는 돔 안에서 나가려다 부딪치는 동작을 해 보였다. "글로브 안에 있으면 외롭기도 했습니다. 가끔은 아무도 볼 수 없는 폭풍 속에 갇힌 것만 같았습니다."

폭풍을 말하는 부분에서 나는 다시 단어 한 줌을 주워 뿌렸고 나탈리는 몇 바퀴를 빠른 속도로 빙글빙글 돌았다. 집에서 연습할 때는 우스워 보이기도 했는데 무대에서 아련한 푸른색과 보라색 조명을 받으며, 너울거리는 수백 개의 단어에 둘러싸여 있는 나탈리를 보니… 완벽하다는 표현이 저절로 떠올랐다.

"하루 종일, 소녀는 글로브 밖으로 지나가는 사람들을 지켜보았습니다. 얼마 후 소녀는 무엇인가 알아채기 시작했습니다."

내 심장은 시속 수백 킬로로 뛰고 있었지만 다시 한번 호흡을 고른 다음 대사를 멈추었다. 나탈리는 바닥에 앉아 관객을 차분히 응시했다. 이제 긴장이나 떨림 같은 건 사라진 것 같았다. 한 치의 흐트러짐도 없었다.

"소녀는 어떤 사람들은 말을 많이 하면서도 정작 하고 싶은 말을 하지 못한다는 사실도 알았어요. 많은 사람들이 아무도 자기 말을 듣지 않는다고 느꼈어요. 소녀처럼 말이죠. 소녀는 아주 멀리, 먼 곳까지 보면 다른 사람들도 자기만의 글로브 안에 갇혀 있다는 것을 알 수 있었어요. 수십 개, 수백 개의 글로브들이 있었어요."

나탈리는 무릎으로 움직이면서 손을 뻗어 끌어당기는 몸짓을 하며 단어들을 자기 쪽으로 쓸어 담기 시작했다.

"소녀는 계획을 세웠습니다. 소녀는 자기가 글로브에서 나오고 싶어 하지 않는다고 생각할까 봐 걱정했어요. 바깥세상이나 다른 사람들에게 아무 관심이 없다고요. 하지만 그건 사실이 아니었습니다. 소녀는 자기만의 글로브 안에서 행복하기도 했지만 하고 싶은 말이 있었고 사람들이 자신의 말을 듣기를 바랐습니다. 소녀는 단어를 수집하기 시작했고 사람들이 바깥에서 읽을 수 있도록 단어를 유리에 붙이기 시작했습니다."

내 입은 너무나 많은 말을 해서인지 바짝바짝 말랐지만 또다시 숨을 고르고 입술을 침으로 적셨고 나탈리는 우리가 같이 시를 만들 때처럼 양손으로 단어들을 이리저리 움직였다.

나탈리는 엄지와 검지로 부드럽게 단어 하나를 잡아서 얼굴 앞에 들어 보였다. 나는 램프를 움직여 그 단어를 직접 비추었다. 벽에 그림자로도 드리워져 있는 그 단어는 *희망*이었다.

"소녀는 단어를 이용해 하고 싶은 말들을 했습니다. 사람들이 듣고 싶어 한다고 생각하는 말을 하기 시작했어요. 다른 사람들이 혼자가 아니라는 사실을 알기를 바랐습니다. 그렇게 느낄 때조차 실제로는 그렇지 않다는 걸 알려 주고 싶었어요. 소녀는 오직 좋은 이야기만 했고 나쁜 이야기는 하지 않았습니다. 어떤 사람들은 소녀의 메시지를 오해하고 거부하기도 했습니다. 하지만 어떤 사람들은 소녀의 단어를 이해하고 미소 지었습니다. 소녀는 자신의 말이 가닿는다고 느꼈습니다."

나탈리는 단어들을 하나씩 집어 들어 올려 조명빛 안에 가까이 두었다. **두려움. 변화. 가족. 혼자. 사랑. 미래. 듣다.** 손가락으로 마지막 단어를 집어 들었다가 스르르 떨어지게 한 다음 위를 바라보며 살짝 얼굴을 찡그렸다. 손을 위로 뻗은 다음 아치 모양으로, 마치 글로브 안을 더듬더듬하듯 쓰다듬었다.

"얼마 후 소녀는 무언가를 알아챘습니다. 단어들이 유리에 미세하게 금을 내기 시작한 것입니다. 그것을 보며 언젠가는 글로브가 깨질 수도 있고, 자신이 원하기만 한다면 그 안에서 나올 수도 있을 거라고 생각하게 되었습니다."

나는 램프를 돌려서 다시 나탈리로 향하게 했고 얼굴을 비췄다. 나탈리의 뺨에 세 개의 단어가 붙어 있었고 그 단어들은 마치 눈물처럼 반짝였다. 나탈리는 볼에 붙은 단어들을 털어 냈고 나는 다시 숨을 깊이 들이쉬고 이야기의 결말로 향했다.

"소녀는 변하고 싶지 않았고 다른 누군가가 되고 싶지는 않았습니다. 그저 밖으로 나가고 싶었고 자신의 말이 들리길 바랐습니다. 단어들은 그렇게 할 수 있는 그만의 방법이 되었습니다."

나는 관객석을 바라보았다. 600명이 넘는 사람들이 모두 나의 말을 경청하고 있었다.

"소녀의 단어 사용법은 소녀가 세상을 알아 가는 방법이 되었습니다."

나는 램프를 껐다. 아주 잠깐이지만 우리는 완전한 암흑, 완전한 침묵 속에 있었고 이 상태는 영원히 이어질 것만 같았다. 그때 한 선생님이 뒤쪽 벽에서 스위치를 올려 불을 켰고 누군가 박수를 치기 시작했다. 나는 주변을 둘러보았고 심장은 요동쳤다. 박수 치는 사람은 다름 아닌 크레이그였다. 장난기나 비웃음은 전혀 섞여 있지 않았다. 순수한 마음이 담긴 박수였다.

그 뒤에 라이언과 미스 샤의 박수 소리가 이어졌고 에일리O와 프랭키가 손뼉을 쳤다. 몇 명의 사람들이 합류하고 이윽고 강당 전체에 박수 소리가 울렸다. 나는 나탈리에게 팔을 뻗었고 나탈리는 자리에서 일어났다. 웃는지 아닌지 알 수 없는 얼굴이었는데 지금 일어나고 있는 일을 보고도 믿지 못하는 것 같았다. 나도 마찬가지였다. 교장 선생님까지도 찡그린 표정을 완전히 거두지 않은 채 박수 행렬에 참여했다. 아무튼 우리는 해냈다. 나탈리와 내가 진짜 해낸 것이다.

　우리는 손을 잡았다. 그리고 우리 발밑에 흩어진 수천 개의 단어들을 헤치고 한 발 나가서 고개를 숙여 인사했다.

28장

 안타깝게도 우레와 같은 박수가 우리를 구원해 주진 못했다. 교장 선생님은 우리가 수거함에서 단어를 "훔쳤다"며 또 한 번의 일주일 학교 남기 벌칙을 내렸다. 또 조회가 끝난 다음에 무대에 떨어뜨린 모든 단어를 깨끗이 치우라고 지시했다. 원래 그럴 계획이었기 때문에 상관은 없었다. 모두가 강당에서 빠져나간 다음 라이언과 샤 선생님이 무대에 올라와 우리에게 말을 건넸다.
 "먼저 너희 용기를 칭찬해 주고 싶어. 그리고 무대도 멋졌어. 감동했다." 미스 샤가 우리를 바라보며 환한 미소를 지었다.
 "영리한걸." 라이언의 말은 반짝이는 보라색이었다. "갈라, 네가 자랑스럽다."

학교에서 라이언은 영 선생님이었지만 나는 그 순간 까치발을 하고 팔을 라이언의 목에 둘렀다. "이제 카다크로 이사 가고 싶지 않아졌어요."

그 단어는 내 허락도 없이, 마치 언제라도 탈출하길 기다렸다는 듯 내 입에서 스르르 빠져나왔다. 라이언은 몸을 빼고 나를 보았다. "정말이니?"

"네. 지난번에 야야를 공항에 데려다주고 아빠와 아저씨가 하는 이야기를 들었어요." 나는 카탈로니아어로 말했다. "그런데요. 이제 나 카다크에 가고 싶지 않아요. 우린 가족이잖아요. 우리 셋이 같이 살았으면 좋겠어요."

라이언은 나를 보고 눈을 끔뻑끔뻑했다. 잠시지만 라이언이 울지도 모른다고 생각해 기겁했다. 우는 라이언은 딱 두 번 봤는데 둘 다 영화에서 강아지가 죽는 장면이 나올 때였고 그때 그는 휘파람을 삼키는 소리를 냈었다. 다행히 이번엔 울지 않고 웃더니 나를 잡아당겨 품에 안았다.

"걱정 마. 이제부터 아빠와 나는 너에게 묻지 않고 우리끼리만 중요한 결정을 내리지 않을게." 그의 단어는 이제 따뜻한 캐러멜색이었다. "우리는 그저 네가 행복하길 바라."

"저 여기서 행복해요." 이번엔 영어로 말했고 내 단어는 햇살 같은 노랑색으로 내 진심으로 한 말임을 잘 보여 주었다. "물론 야야도 없고, 추로스도 없고, 매일 화창한 날씨도 없죠. 하지만 셀린과 디온이 있고, 아저씨도 있잖아요. 그게 나한테 지금 가장 필요한 것 같아요."

이 말을 하자마자 라이언은 '영화 속에서 강아지가 죽기 직전'의 얼굴이 되었다. 라이언은 재빨리 눈을 내리깔더니 자기 운동화를 내려다보았다. 운동화는 우리 공연에서 나온 단어들로 뒤덮여 있었다. 라이언은 경비원에게 빗자루를 빌려 와야겠다는 말을 중얼거린 후에 허겁지겁 나갔다. 얼마 후 무대를 치우고 있는 우리에게 빗자루와 쓰레받기를 가져다주었고 우리에게 축하한다며 크게 하이 파이브를 해 주고 체육 수업을 하러 갔다.

우리끼리 남아 무대에 떨어진 모든 단어를 쓸어 담은 다음 최대한 창고까지 먼 길로 돌아가서 청소 도구를 놓고 왔다. 다음 시간은 수학이었지만 교실에 들어가는 건 조금이라도 더 미루고 싶었다. 모두가 우리를 향해 박수를 쳐 주었지만 우리 반 아이들이 정말로 우리 말을 믿어 줄지 아닐지는 아직 자신이 없었다. 어쩌면 상황을 더 악화시켜 버렸을지도 모를 일이었다.

어찌 되었건 간에 나는 우리가 자랑스러웠다. 석 달 전 처음 스코틀랜드에 왔을 때라면 오늘 한 일을 절대 해내지 못했을 것이다. 만약 누군가 내게 한번 해 보라고 했다면 그 자리에서 거절했을 것이다. 오늘 아침에는 영어 문장이 모국어처럼 내 입에서 자연스럽게 흘러나왔고 단어의 색깔들은 밝았고 글자 모양은 선명하면서도 매끄러웠다. 아직 배워야 할 것이 많지만 오늘 처음으로 영어가 내 언어처럼 느껴지기 시작했다.

문을 열고 교실에 들어갔을 때 모두가 고개를 돌려 우리를 쳐다보았다. 핸더슨 선생님도 피타고라스 공식을 설명하다가 우리를 돌아보았다. 순간 온몸이 굳는 게 느껴졌다. 그때 크레이그가 등을 의자에 기대고 손을 머리에 얹으며 말했다.

"너희들 이야기 꽤 재밌더라. 단어를 던져서 눈송이처럼 만든 거. 그거 효과 좋았어."

"맞아. 단어들을 조명 안으로 쏟아지게 한 부분. 나도 마음에 들더라." 벤 듀퐁이 코발트블루색으로 말했다.

"정말 멋지더라, 갈라." 핸더슨 선생님이 웃으며 말했다. 선생님이 웃는 모습은 처음 본 것 같았다. "이제 우리 다시 수업으로…."

"그러면 나와 에일리 치좀 외에 몇 명이 받은 이상한 메시지는 너희들이 쓴 게 아니란 말이야?" 아비가일은 큰 목소리로 물었다.

모두가 조용했다. 나는 나탈리를 바라보았다. 우리는 누가 그 시를 써서 애들에게 보냈는지 알았고 사실을 밝히면 우리의 결백이 더 확실해질지도 몰랐다. 그동안 우리에게 심술궂게 굴었던 아이들이 우리에게 사과를 할지도 몰랐다. 하지만 그때 에일리 C가 생각났고 에일리 C의 엄마 걱정이 생각났다. 또 아무도 자기 이야기를 들어 주지 않는다고 했던 말이 마음에 걸렸다. 에일리 C가 지금보다 더 힘들어지기를 바라지는 않았다. 나탈리가 고개를 흔들 때 나도 고개를 흔들었다.

"아니야. 우리가 아니야." 나는 아비가일에게 고개를 돌렸다. "어쩌면 누가 한 짓인지 영영 모를 수도 있어."

"이상하네." 아비가일이 어깨를 으쓱했다. "그렇다 치고. 무조건 너희들 탓해서 미안하다."

그 말을 하면서 아비가일은 나를 똑바로 바라보았고 나탈리에게는 웃어 보이기까지 했다. 나탈리는 아비가일이 유니콘으로 변신해서 테일러 스위프트 노래를 부르기라도 한 것처럼, 충격받은 얼굴이었다.

핸더슨 선생님은 목을 가다듬더니 수학 수업을 시작했고 나는 교실을 가로질러 내 자리인 에일리 O 옆에 앉았다. 선생님이 공식 설명을 마치고 우리에게 문제 풀이를 시켰을 때 에일리 O가 나에게 몸을 기댔다.

"에일리 C가 한 짓 맞지?" 에일리 O는 속삭였는데 너무 작게 말해서 나는 에일리 O의 교과서에 떨어진 단어를 읽어야 했다.

"그 못된 시 보낸 거 에일리 C잖아."

나는 눈을 깜박였다. "처음부터 알고 있었어?"

에일리 O는 고개를 저었다. "아니! 좀 전에 알았지. 조회 시간 끝나고 같이 오는데 애가 너무 조용한 거야. 교실까지 단 한마디도 하지 않더라. 그 애답지 않다는 거 알잖아." 에일리 O가 나에게 더 가까이 다가왔다. "교장 선생님에게 가서 말하고 싶다면 나도 네 편 들어줄게. 그 애가 저지른 일로 네가 비난받는 건 옳지 않아."

"괜찮아." 나는 라이언이 자주 사용하는 표현을 찾아냈다. "걔도 자기 이마가 석 자야."

"제 코가 석 자라는 말이겠지?" 에일리 O는 웃으며 말했다. "나도 알아. 그래도 그냥 넘어가면 안 된다고 생각해. 그 애가 한 짓은 분명 학내 괴롭힘이야."

그랬다. 달리 표현할 수는 없었다. 하지만 여전히 에일리 C에게 기회를 주고 싶었다. 고개를 젓자 에일리 O가 알았다면서 나에게 우유곽 모양 필통을 건네주었다. 나는 나비넥타이를 한 라마가 그려진 펜을 하나 고른 다음 숫자라는 언어에 집중하기 시작했다.

쉬는 시간 종이 울렸고 교실 밖에서 에일리 C가 날 기다리고 있었다. 에일리 C의 주근깨 낀 얼굴은 유난히 창백했고, 불안한 사람처럼 오른발로 왼쪽 종아리 뒤를 계속 문지르고 있었다.

"그 시 쓴 거 미안하다." 에일리 C가 불쑥, 빠르게 말해서 글자들이 모두 다닥다닥 붙어 있었다. "정말 한심한 행동이었어."

"그건 또래 괴롭힘이야." 에일리 O의 단어는 고드름처럼 차갑고 날카로웠다. "그걸 잊으면 안 되지."

"나도 알아. 미안해. 내가 무슨 생각이었는지 모르겠어. 그저… 아니 그건 중요하지 않지. 아무튼 하지 않았어야 할 일이야." 에일리 C는 자기 발끝을 내려다보았다. "교장 선생님한테 가서 내가 했다고 말씀드리려고 해. 그렇지만 *제발* 부탁인데 애들한테는 말하지 말아 줄래? 애들이 날 싫어하면 나 견딜 수 없을 것 같아."

"지난 몇 주 동안 너희가 우리를 지독하게 싫어한 것처럼?" 흥분한 나머지 말이 그냥 튀어나왔다. 나탈리는 자기 팔을 내 소매에 올려놓고 잡아끌었다. 나는 길게 숨을 내뱉었다. "그래. 아무한테도 말 안 할게."

"고마워, 갈라. 나탈리도. 정말, 정말 미안해."

에일리 C가 고개를 들자 볼에는 다시 혈색이 돌아와 있었다. 에일리 C는 에일리 O에게 말했다. "수업 끝나고 2층에서 프랭키랑 애들이랑 같이 볼까?"

"아니. 안 그래도 될 것 같아." 에일리 O는 딱딱하게 미소 지었지만 눈은 웃고 있지 않았다. "프랑스어 수업 시간에 보자."

에일리 O의 단어는 차가운 보라색이었고 가장자리는 삐죽삐죽했다. 에일리 C는 상처받은 듯 보였지만 고개를 끄덕였다. 우리에게서 벗어나 안내 데스크와 교장실로 가는 코너를 돌 때까지도 뒤를 돌아보지 않았다. 에일리 C가 사라지자 에일리 O는 목을 가다듬고 나탈리에게 약간 쭈뼛거리며 웃어 보였다.

"있잖아… 오늘 혹시 너희들하고 점심 먹어도 될까? 아무래도 같은 이름의 아이랑 단짝 친구로 지내는 건 이제 충분히 한 것 같아."

나탈리를 바라보았다. 나탈리의 얼굴이 잠깐 동안 굳었다. 단둘이만 점심시간을 보내는 데 너무 익숙해져 있어서 우리 사이에 새로운 사람이 들어오는 건 아주 큰 변화였다. 하지만 그때 작은 웃음이 터졌고 나탈리가 고개를 끄덕였다. 나는 너무 기뻐 물개처럼 박수를 쳤다. 나의 두 친구 모두 웃으며 다음 수업 교실로 걸어갔다.

29장

 나탈리, 에일리 O, 이렇게 우리 셋이 같이 점심을 먹을 때는 구름이 조금씩 걷히고 있었고 오후에는 완전히 화창해졌다. 에일리 O는 금요일마다 인버네스에서 탭댄스 수업이 있다며 갔고 나탈리는 나와 함께 개를 산책시키고 싶다고 해서 같이 집에 왔다. 에일리 O와 같이 점심을 먹을 때는 나탈리가 말을 하지 못했기 때문에 집까지 언덕을 올라가면서 공연 이후로 처음 말을 했다.
 "우리가 해냈다니, 믿을 수가 없어. 너 정말 잘하더라. 발음도 완벽했어!" 나탈리가 말했다.
 "정말?" 그 말을 듣자마자 빙그레 웃음이 나왔다. "몇 마디는 조금 뭉갠 것 같았는데."

"전혀. 만약 조금 틀렸다고 해도 뭐 어때? 네 영어 이해하지 못하는 사람은 하나도 없었을걸. 넌 우리가 하고 싶었던 말을 했어. 그게 중요한 거지."

"너도 대단하더라." 팔꿈치로 나탈리의 옆구리를 찌르면서 말했다. "연기력이 대단하던걸. 가끔은 너 보느라 말하는 거 잊어버릴 뻔했다니까."

나탈리가 웃었다. "고마워. 사실 예전부터 연기에 관심이 있었거든." 나탈리는 잠깐 멈추어서 데이지 꽃에 걸려 있던 흐린 노란색의 *세계*란 단어를 집어 들었다. "연극 동아리에 가입하고 싶기도 해. 맞다. 그 동아리에 에일리 O도 있다고 했지. 너도 같이 하면 좋겠다."

나는 생각해 보겠다고 했다. 네트볼 팀에 지원하는 일을 진지하게 고려 중이었고 여름방학 후에는 여자 축구 동아리에서 활동하고 싶기도 했다. 시간이 있을지 몰라서 확답은 할 수 없었다. 나는 운동을 좋아하고 특히 팀 스포츠가 주는 소속감이 그리웠다. 라이언이 들으면 무척 기뻐하겠지. 집에 가자마자 말해 줘야지.

"에일리 C가 정말로 교장 선생님에게 사실대로 말했을 것 같니?" 나탈리가 물었다.

"응. 그건 그랬을 것 같아."

그 말을 할 때 에일리 C의 단어는 매우 선명하고 굵었기에 거짓말처럼 보이지는 않았다. 내가 원하는 그림은 교장 선생님이 점심시간에 우리를 찾아와서 우리를 믿어 주지 않아 미안하다고 정식으로 사과하는 것이지만 아마 그런 일은 일어나지 않겠지. 따지고 보면 그건 그리 중요하지도 않다. 우리는 하고 싶은 말을 했고 사람들은 들었다. 중요한 건 그게 아닐까?

문을 열고 우리 집 안으로 들어가 커다란 초록색으로 "다녀왔습니다"라고 소리쳤다. 언제나 그랬듯이 개들이 가장 먼저 복도를 뛰어와 나를 맞았다. 디온이 나탈리를 보자마자 흥분해서 나탈리에게 뛰어오르려다가 머리를 램프에 찧고 말았다. 강아지들 뒤로 아빠가 웃으면서 나왔다. 아빠는 나탈리에게 인사한 다음 오늘도 역시 라이언의 러닝화와 싸우려고 하는 셀린을 안아 올렸다.

"라이언이 오늘 학교에서 있었던 너희들의 공연에 대해 말해 줬어." 아빠가 나탈리도 알아들을 수 있도록 영어로 말했다. 아빠의 단어는 복숭아색이었고 말 그대로 입이 귀에 걸려 있었다. "말로만 들어도 환상이던데. 나도 가서 보면 좋았을 텐데."

"나탈리가 정말이지 끝내줬어요. 완전 배우 같았다니까요."

"여자니까 *여배*우라고 해야 맞지." 아빠가 말했지만 나탈리와 나는 동시에 고개를 저었다.

"요즘에는 그냥 배우라고 하거든요. 배우가 더 낫다고 하는 사람도 많고요." 내가 말했다.

미스 샤가 지난주 좋아하는 영화 이야기를 하는 시간에 그렇게 말해 주었다.

아빠가 놀란 얼굴을 하더니 웃으며 내 머리를 헝클어뜨렸다. "이제 아빠보다 영어를 더 잘하게 생겼네."

우리는 곧장 부엌으로 갔고 아빠는 초콜릿 샌드위치를 만들어 주었다. 나탈리의 책가방은 여전히 우리가 휴지통에서 건져 온 단어들로 반쯤 차 있었고 우리는 샌드위치를 먹으면서 단어 더미에서 재미있는 단어들을 찾았다. 2층으로 올라가 내 비스킷 상자를 가져와 마음에 드는 단어를 골라 넣었다.

"사실 아직도 이걸로 뭘 해야 할지는 나도 모르겠어. 시는 아닌 것 같아. 시는 네 전공인 거 같고." 내가 말했다.

아빠가 컴퓨터에서 눈을 들어 우리를 봤다. "나탈리가 네 생일에 선물로 준 공책 있잖아. 그 안에 써 넣는 건 어때?"

그 이야기를 들으니 아이디어가 하나 떠올랐다. 샌드위치의 마지막 조각을 입에 털어 넣으며 내 방으로 다시 달려가서 노트를 가져왔다.

"네가 에이바를 위해 만드는 책 같은 걸 나도 만들어 볼까 봐." 나는 밝은 오렌지색으로 말했다. "아기 첫말은 아니지만 내가 좋아하거나 기억하고 싶은 단어들로."

나탈리는 웃더니 손가락을 들어서 잠깐 기다리라는 표시를 했다. 내 비스킷 상자에서 단어 하나를 빼고 자기 가방을 뒤져 몇 개를 찾아내더니 테이블에 펼쳐 놓았다. **갈라의** *단어 사전*이었다. 나는 웃으며 손뼉을 쳤다.

"바로 이거야! 마음에 들어."

나탈리가 만들어 준 제목을 들어서 공책 첫 장에 다시 배치했다. 앞으로 이 공책 안에 모든 종류의 단어를 넣을 것이다. 영어, 카탈로니아, 스페인어는 물론 내가 앞으로 배우게 될 어떤 언어든 넣어도 좋을 것이다. A부터 Z까지, 내 세계를 만든 단어를 이 안에 채워 넣을 것이다.

나탈리와 나는 아직 첫 장을 배치 중이었다. 가장 먼저 내가 좋아하는 **아보카도**부터 시작했다. **아이주플럭**(aixopluc)은 카탈로니아어로 "비 피하는 쉼터"를 뜻한다. 라이언도 네트볼 연습에서 돌아왔는데 신문지에 피시앤칩스 3인분을 포장해 왔다.

"오늘만큼은 내가 한 요리를 먹고 싶지는 않아서 말이지." 라이언이 음식을 조리대에 내려놓으며 말했다.

"근데 원래 요리 안 하잖아. 우리가 여기 오기 전에는 시리얼과 토스트에 통조림 콩 먹으며 살았으면서." 아빠가 웃으며 말했다.

라이언은 티 타월로 아빠를 살짝 쳤다. "어떻게 알았지. 그냥 내가 먹고 싶어서 사 왔어. 또 오늘은 특별한 저녁이잖아. 이걸 이대로 포인트에 가져가서 먹을까? 나탈리, 너도 같이 갈래? 네 명은 충분히 먹을 수 있는 양인데."

나탈리는 엄마에게 문자를 보냈고 허락받자마자 우리는 셀린과 디온을 데리고 제일 먼저 현관으로 달려갔다.

등대에 도착해 강아지들 목줄을 풀어 주자 강아지들은 바닷가 쪽으로 잽싸게 뛰어가며 짖기 시작했다. 아빠는 벤치 아래에서 오래된 프리스비 하나를 발견해 흥분한 디온을 위해 던져 주었다. 얼마 후 라이언은 쓰레기통을 엎으려는 셀린을 막으러 갔고 나탈리는 단어를 더 찾으러 골프 코스 쪽으로 갔다. 그래서 나와 아빠 둘만 남게 되었다.

"그런데 너 학교에서 공연할 계획이라는 거 왜 아빠한테 말 안 했어?" 우리 둘만 남자 아빠가 카탈로니아어로 말했다.

나는 어깨를 으쓱했다. "뭐 정식 연극을 공연하는 것도 아니고. 우리가 왜 시를 만들었는지를 설명하는 이야기였어."

"그래도. 알았으면 너희들 연습 도와줄 수도 있었을 텐데."

아빠는 팔을 번쩍 올려 모래사장 쪽으로 프리스비를 던졌다. 디온이 즐거운 비명을 지르더니 벌써 몇 번째 모래를 우리에게 흩뿌리며 뛰어갔다.

"대단하다, 갈라. 들어보니까 굉장히 열심히 준비한 것 같던데."

"그런가? 우린 잘못이 없다는 걸 증명해야 했으니까." 나는 TV 드라마의 대사처럼 감정을 실어 연극적으로 말했고 단어는 선명한 검은색이었다.

"그래서 더 멋지다는 거야. 아빠가 그때 널 바로 믿어 주지 못해서 미안하다." 아빠는 내 몸에 팔을 둘렀다. "우리 꼬맹이, 아빤 언제나 네 편인 거 알지? 무슨 일이 있어도."

아빠 어깨에 머리를 기댔다. "나도 언제나 아빠 편이야. 비디오 게임할 때만 빼고. 그때는 나만 내 편이지."

아빠가 고개를 흔들며 웃었다. 프리스비는 물 안에 빠졌고 디온이 풍덩거리며 그 안에 들어가 찾으려고 했다. "2주만 있으면 부활절 휴가야. 고향집 가는 거 기대되니?"

"그럼!"

물론 그랬다. 야야와 헤어진 지 일주일도 채 되지 않았지만 야야를 하루빨리 보고 싶었다. 부활절에 야야가 만들어 주는 또띠야와 함께 부엌에서 팝송을 부르며 추던 춤이 그리웠다. 파우와 매리엄과 라이아와 같이 단골 가게에서 추로스를 사 먹고 공원에서 탁구를 치고 싶었다. 내 피부에 닿는 뜨거운 햇살과 내 발목을 간질이는 파도를 느끼고 싶었다.

"그렇긴 하지만…." 나는 잠깐 멈춰서 바다에서 불어오는 시원하고 짭짤한 바람, 그리고 저 멀리 초록빛 언덕에서 불어오는 바람, 우리 앞에 드넓게 펼쳐진 하늘에서 오는 바람을 모두 가슴 한가득 받아들였다. 라이언과 개들과 나탈리를 보았고, 에일리 O와 딸기 타르트와 내 생일에 놀이공원에서 탔던 워터 슬라이드의 속도를 떠올렸다. "*나 여기 살게 돼서 행복해.*"

아빠의 얼굴에 커다란 웃음이 번졌다. 아빠는 다른 팔을 내 몸에 두르고 내 이마에 키스했다. 이제 우리에게는 집이 두 곳이라 할 수 있었다. 우리 것이라고 부를 수 있는 두 나라, 세 개의 언어가 있었다. 우리는 운 좋은 사람들이었다.

셀린이 쓰레기통 뒤집기에 지루해졌는지 젖은 프리스비를

뒤쫓고 있는 디온의 뒤를 쫓아 뛰기 시작했다. 나탈리와 라이언이 그 뒤를 따라 뛰어갔고 둘 다 숨이 차서 웃고 있었다. 우리는 모두 모래사장에 앉아 저녁을 먹었다. 이렇게 이른 시간에 저녁을 먹는 건 여전히 비정상 같았지만 라이언이 나와 나탈리에게 우리 몫을 나누어 주자 내 배는 꼬르륵 소리를 냈다.

피시앤칩스는 따뜻하고 맛있었다. 여기에 사는 것의 좋은 점에 이것도 포함시키고 싶었다. 미스 샤가 말하길, 튀긴 생선 요리 레시피는 몇백 년 전 스페인과 포르투갈의 유대인 이민자들이 전파한 것이라고 했다. 그 말을 들으니 기분이 좋았다. 가장 영국적인 전통이라고 알려진 문화의 일부는 나 같은 사람들에 의해 만들어진 것이다.

나탈리와 내가 작은 나무 포크를 가지고 커다란 칩을 두고 장난으로 싸우고 있던 바로 그때 바다에서 움직이는 무언가를 보았다. 파도 속에서 회색의 물체가 잽싸게 움직이고 있었다. 그 뒤로 또 하나, 또 하나가 더 나왔다.

"와, 저기 봐!" 내가 소리쳤다. "돌고래다!"

나무 포크를 내려놓고 바다 가까이 뛰어갔다. 돌고래 대여섯 마리가 해안가에서 몇 미터도 떨어지지 않은 파도 안을 펄쩍 뛰어올랐다 내렸다 하고 있었다. 곧이어 다른 사람들도 가까이 다가와 손가락으로 돌고래를 가리키고 사진을 찍기 시작했다. 돌고래들은 우리가 기다리고 있었다는 걸 아는 듯했다.

"돌고래가 *진짜* 있었네요!" 내가 라이언을 돌아보며 말했다.

"진짜 있으니까 있다고 하지 없는 걸 있다고 했을까 봐."

라이언이 뱉은 단어는 짙은 자두색으로 가짜로 화난 척했을 때의 색이었다. "설마 내가 지어낸 이야기라고 생각한 거니?"

아빠가 웃었다. "실은 나도 슬슬 의심하고 있던 참인데."

나는 핸드폰을 들었다. 돌고래가 실제로 이 해변에 찾아온다는 사실을 야야에게 말할 때 증거가 필요했기 때문이다. 그러다 곧 핸드폰을 내려놓았다. 앞으로도 사진을 찍을 기회는 많을 것이다. 사진을 찍지 않고 그 자리에 가만히 서서 오늘 돌고래가 펼치는 공연에 빠져 보기로 했다. 아빠와 라이언이 내 옆에 서서 서로에게 팔을 두르고 있었다. 셀린과 디온은 파도에 다가가 장난을 쳤다. 나는 나탈리를 돌아보며 환하게 미소 지었다.

"우리가 드디어 돌고래를 보네!"

나탈리는 웃더니 손을 펼쳤다. 손바닥 안에는 딱 하나의 단어가 들어 있었다. *완벽해.* 내가 가장 좋아하는 옅은 산딸기색이었다. 이 순간이 딱 그 빛깔과 단어 같았다.

그 단어를 받아서 내 주머니에 넣었다. 집에 가면 내 사전에 넣을 단어가 될 것이다. 그러나 지금은 바다 쪽으로 다시 몸을 돌려서 저녁노을 속에서 뛰어오르며 놀고 있는 돌고래들을 바라보는 데 집중하기로 했다. 돌고래들은 저 멀리 아득한 수평선을 향해 조금씩 이동하기 시작했다.

나무픽션 9
단어 줍는 소녀들

초판 1쇄 발행 2025년 6월 30일

지은이 소피 캐머런
옮긴이 노지양
표지 일러스트 모차
펴낸이 이수미
편집 김연희
북 디자인 이지선
마케팅 임수진
종이 세종페이퍼   인쇄 두성피엔엘   유통 신영북스

펴낸곳 나무를 심는 사람들
출판신고 2013년 1월 7일 제2013-000004호
주소 서울시 용산구 서빙고로 35, 103동 804호
전화 02-3141-2233   팩스 02-3141-2257
이메일 nasimsabooks@naver.com
블로그 blog.naver.com/nasimsabooks
인스타그램 instagram.com/nasimsabook

ISBN 979-11-93156-27-8 44840
      979-11-90275-27-9(세트)

- 이 책은 저작권법에 따라 보호받는 저작물이므로 저작권자와 출판사의 허락 없이 이 책의 내용을 복제하거나 다른 용도로 쓸 수 없습니다.
- 책값은 뒤표지에 있습니다. 잘못된 책은 바꾸어 드립니다.